皇民文學與
反皇民文學之研究

褚昱志　著

目　次

第一章　緒論

第一節　研究動機及方法

　　遠在筆者就讀研究所時期，就曾讀過鍾肇政及葉石濤所主編的《光復前臺灣文學全集》，其中第八卷中，收錄有王昶雄日據時代的成名作品〈奔流〉。然而當時筆者在看到編輯們為其所作的簡介，其中有一段是這般敘述的：「在這全集的八卷中，本作可說是最受人爭議的一篇。有人說這是一篇皇民意味甚濃的御用作品，也有人說是一篇站在臺灣人的立場，傾訴皇民化苦悶心聲的寫實小說。這兩種褒貶互見的論點，都可能影響到本篇小說的評價。」[1]這樣的說明，頗引起筆者的興趣，因為編輯到底是想告訴讀者，〈奔流〉是一篇皇民文學呢？抑或是一篇反皇民文學？還是連編輯群們也不敢給予一個肯定的結論，而要讀者閱讀後，自己去作判斷呢。

　　而記得筆者在第一次讀完王昶雄的〈奔流〉後，即直覺地認定，這是一篇認同殖民統治者的皇民文學無疑，因為從文中主角勉勵林柏年的那段話：「柏年啊！歷史的腳步，不論喜歡不喜歡，日漸向著湍流，本島人要成為堂堂的日本人，躍上真正的舞台的時期，就要來臨了。」以及林柏年的回應：「嗯，無論怎樣艱苦。本島人也

---

[1]　王昶雄著，〈奔流〉，收入於鍾肇政・葉石濤主編，《光復前臺灣文學全集8・閹雞》，（臺北，遠景出版社，1979.7），頁257。

是堂堂的日本人。」[2]在這樣聲聲呼籲「本島人要成為堂堂的日本人」、「也是堂堂的日本人」之對話中，實在很難不將其視為是篇呼應「皇民化運動」的皇民意味甚濃之御用作品。然而對於另一派評論者，認為這是一篇站在臺灣人立場，傾訴皇民化苦悶心聲的寫實小說，筆者雖也能從中讀出些許端倪，但畢竟感受並不甚深。而對於同一篇小說，竟有如此差異的評價，其中的緣由，當時已引起筆者極大的探索興趣。可是此後，因為研究所論文的研究主題不在於此，故一直將此議題擱置。

　　直至數年後，因在偶然的機會裡，研讀了前衛出版社所出版的《周金波集》，該書中收錄了日本文評家中島利郎為周金波文學所作的兩篇評論──〈周金波新論〉及〈皇民作家的形成──周金波──關於遠景出版社版《光復前臺灣文學全集》〉。而這兩篇論文所要共同闡述的主旨，都是：周金波並不是「皇民作家」，而是一位真正「愛鄉土、愛臺灣的作家」。他並且在文中質疑遠景出版社所出版的《光復前臺灣文學全集》第八卷，只收錄了王昶雄的〈奔流〉，而竟然把原先預定要收錄其中的周金波〈水癌〉及〈尺的誕生〉這兩部作品，以皇民化意味甚濃之理由而遭剔除，他認為這是全集編輯群們選錄不公的結果。對於中島利郎的這些說明與指控，再度引起筆者的注意。

　　日據時代，以小說〈志願兵〉一文，獲得第一屆「文藝臺灣賞」的作家周金波，真的是如中島利郎所說的，並不是「皇民作家」，而是一位「真正愛鄉土、愛臺灣的作家」嗎？而且他所指控的《光

---

[2]　王昶雄著，〈奔流〉，收入於鍾肇政・葉石濤主編，《光復前臺灣文學全集 8・閹雞》，頁 284-285。

復前臺灣文學全集》的編輯群們，將周金波的〈水癌〉及〈尺的誕生〉排除於全集之外，而獨收入當時也是具有「皇民文學」爭議的王昶雄之〈奔流〉，當真也是一種選錄不公的作法？這種種問題所引起的疑惑，即促使筆者決心好好深入去探究，除期望能一窺皇民文學之堂奧外，並冀望藉此得以解開中、日文評家對相同作品，卻有極端不同評價，所引發爭議的背後真相。

而此時筆者也由中島利郎的〈皇民作家的形成──周金波──關於遠景出版社版《光復前臺灣文學全集》〉論文中得知，鍾肇政在主編《光復前臺灣文學全集》時，曾為了平息編輯群們對皇民文學的爭議，也為了讓全集的讀者們，能對皇民文學有更清楚的認知，於是在《聯合報》發表一篇〈日據時期臺灣文學的盲點──對「皇民文學」的一個考察〉。文中他仔細地將「皇民文學」區分為「盲目型」、「屈從型」、「自覺型」及「別格」等四種類型，因此筆者即選擇從這篇文章入手，除想藉以了解何為皇民文學之外，也將文中所舉出較具有皇民文學爭議的作家，如王昶雄、周金波、陳火泉甚至於楊逵等人的文學作品重新加以檢視，以釐清其之所以引起皇民文學爭議的真正原因。

第二節　研究成果

此以皇民文學與反皇民文學為研究之主題論文，共由六篇子論文所組成，所挑選的研究對象，都是目前較具有皇民文學爭議的作家及其作品，依序是吳濁流的文學、周金波的文學、王昶雄的〈奔

流〉、陳火泉的〈道〉、楊逵的文學及庄司總一的〈陳夫人〉。論文架構主要構築於鍾肇政所著的〈日據時期臺灣文學的盲點——對「皇民文學」的一個考察〉一文中，他首先對「皇民文學」所作的定義是：「簡言之就是做一名日本順民的文學，不用說是失去了民族本位的文學。」[3]並將皇民文學區分的「盲目型」、「屈從型」、「自覺型」及「別格」等四種類型。

　　然而筆者發現前面三種類型，不論是作家心甘情願，或迫於形式的無奈，不得不屈從地去為皇民化運動作宣傳，實質上內容都符合鍾肇政如上為皇民文學所作的簡單定位。而第四類型的「別格」，鍾肇政在文中還特別指名為吳濁流是這類型的代表。然就筆者所知，吳濁流的文學，在日據時代是以抗議殖民統治者不公不義的行為著稱，為何在此會被鍾肇政列入其皇民文學定位的第四類型，於是筆者決定將其列入此主題論文的第一篇來研究。

　　原來鍾肇政所謂的「別格」，是無以名之的意思，也就是不知如何為其命名，故取名為「別格」。其實嚴格說來，這種別格鍾肇政雖說無以名之，然觀吳濁流在日據時代的文學內容，實際上它就是一種不折不扣的反皇民文學。而當時寫這種揭露殖民統治者治臺歷史真相的小說，是需要冒著相當程度的生命危險。故筆者以〈拼命文章才堪跨——論吳濁流的反皇民文學〉為篇名，並藉由對吳濁流的成長背景入手，逐步來了解他反日意識的成型，而最後他又利用中、日八年抗戰的機緣，以一個臺灣人的視角，藉文學的表現，給予皇民化運動一個有別於其他皇民作家的評價，並因此而成就其

---

[3]　鍾肇政著，〈日據時期臺灣文學的盲點——對「皇民文學」的一個考察〉，收入於《聯合報》1979.6.1，第十二版。

反皇民文學的定位，而這大概也就是為何被鍾肇政列入其皇民文學第四類型的主要原因吧。

　　而此論文的第二篇是以討論周金波的文學為主，當所有臺灣文評家一致認定周金波是個不折不扣的皇民作家時，日本的文評家中島利郎卻撰文為其辯誣，認為他不但不是皇民作家，還是一個真正愛鄉土、愛臺灣的作家。然則實情到底為何，經筆者針對周金波的文學作品，作深入的細部解讀分析，所得到的結論，實質上完全符合鍾肇政所作「盲目型」的皇民文學之定位。而且依據周金波根深蒂固的日籍意識，他也從來都沒有出來否認，他在日據時代的文學創作不是皇民文學。故筆者以〈無悔的執著──論周金波皇民文學的書寫意識〉為其篇名，並兼及為其皇民文學的表現作一評論。

　　第三篇〈是皇民文學？還是抗議文學（一）──論王昶雄的〈奔流〉〉，此篇論文則是以王昶雄的作品〈奔流〉為主軸，來探討這篇小說，到底是篇為皇民化運動作宣傳的皇民文學呢，還是如《光復前臺灣文學全集》的編輯群們，為其所作的評論：是一篇站在臺灣人的立場，傾訴皇民化苦悶心聲的寫實小說。其實一開始時，筆者也認定這是一篇皇民意味甚濃的御用作品，但當我們再仔細地去研讀其內容，並靜心地思索後，才真正領略出作者在這篇小說中，所隱藏著的那段言外之意與弦外之音。因為在動輒得咎的那段戰爭時期裡，為了避開臺灣總督府情報課的思想檢查，王昶雄在這篇小說中，實質上運用了相當多的表現技法，來達到其「隱裝」及「正話反說」的效果，以換取得以發表在《臺灣文學》雜誌的機會。而這樣的文學表現，在日據時期的眾多小說中，確實可以稱得上是篇成熟且不可多得的小說作品。然而因為我們的不察，反而曲解這些先

輩作家的苦心，而隨意給予一些錯誤的評價及指摘，這實在是我們
對光復前臺灣文學之研究，一個不可原諒的錯誤與盲點，也許藉這
篇論文的呈現，可以稍微彌補這方面的一個缺失。而至於王昶雄的
〈奔流〉，是不是一篇抗議文學，或許每個人有各自的解讀方式與
看法，但筆者的結論，在此可以完全肯定的是，〈奔流〉絕對不是
一篇「皇民文學」。

　　第四篇〈是皇民文學？還是抗議文學（二）──論陳火泉的
〈道〉〉，則是以陳火泉日據時代的成名作〈道〉為依據，來探討這
篇小說的主旨和其創作動機，並冀望依此來為這篇小說作一歷史定
位。〈道〉在刊登於西川滿所主編的《文藝臺灣》雜誌時，已被神
川清等日人，評定為是「皇民文學的結晶」，以致於光復後鍾肇政
主編《光復前臺灣文學全集》時，編輯群們對他的這篇作品，認為
「這是皇民文學，不必譯吧！也不想譯。」並將原稿退還。此舉迫
使原作者陳火泉將其自譯為漢文，並於當時鍾肇政所主編的《民眾
日報》副刊上連載，今日我們才得以能一窺其中文之原貌。

　　然而幾乎被中、日文評家一致認定為是皇民文學代表作的
〈道〉，為何陳少廷和葉石濤仍要撰文，稱其「也許」也可以看作
是一個臺灣人抗拒皇民化的心理掙扎的記錄。於是經筆者研究發
現，陳火泉的這篇小說，對於臺灣人如何努力登上皇民之「道」的
陳述，之所以引起中、日文評家的討論與爭議，應出於它的立論基
礎，是建構在臺灣人為何要皇民化，以及要如何成為皇民的雙重結
構上。而臺灣文評家所看到的，是臺灣人在追求皇民化的過程中，
那伴隨其背後，殖民統治者所加諸於臺灣人無可迴避的差別待遇，
以及在這差別待遇下臺灣人所承受的種種苦難。而日本人所看到

的，卻是主角為要成為一個不折不扣的皇民，期間所付出的種種努力與心血，最後還響應政府的號召，成為一名願為天皇無條件犧牲的志願兵之歷程。而就在此雙重結構的呈現之下，故當〈道〉被視為是皇民文學的代表作時，不可否認的，我們同時也從這篇小說當中，看到臺灣人追求皇民化過程中的矛盾、痛苦與掙扎。而這也應是中、日文評家視角差異及立論觀點不同所獲致的必然結果。而至於陳火泉創作〈道〉的初衷，是否就是想為皇民化運動作宣傳，根據陳火泉的自述，這點似乎還有待商榷，然而筆者認為，藉著控訴以尋求自己兼及其他臺灣人的升官之路，恐怕才是陳火泉創作這篇小說意在言外的真正用心之所在。

　　第五篇〈是皇民文學？還是抗議文學（三）──論楊逵日據時代的文學〉是以探討楊逵日據時代的文學為主，鍾肇政在〈日據時期臺灣文學的盲點──對「皇民文學」的一個考察〉文中，是將楊逵擺在「自覺型」作家的類型，而且也是唯一的一位這類型作家。日據時代以實際行動領導農民抵抗日本帝國主義的剝削，而進出日本人監獄如家常便飯的楊逵，其文學的展現，自然也應該都是充滿著抗議日本殖民統治色彩之力作。然而就在楊逵逝世後不久，張恒豪教授就在第九十九期的《文星》雜誌中，發表一篇〈超越民族情結、重回文學本位──楊逵何時卸下「首陽農園」？〉的文章，文中對楊逵在戰爭時期所撰述發表的〈「首陽」解除記〉及〈增產之背後──老丑角的故事〉這兩篇文章，提出他的質疑，認為這兩篇文章有淪為「扭曲自我，呼應時局」的皇民文學之嫌。

　　如果這個質疑的結論為真，那麼是絕對足以顛覆我們對楊逵那深具抵抗精神的既定印象，其對作家的歷史評價影響當然也會極大。然則鍾肇政卻沒有因此而將其定位為「屈從型」的作家[4]，而是直接歸入為「自覺型」作家的行列，並為此而作出如下的說明：「這一型作家是儘管身處險境，仍然不失去其民族立場的人物，可以楊逵為代表，而楊逵恐怕也是唯一的這一型作家。楊氏被逼參與「皇民化劇」運動，竟意想天開編寫了劇本「撲滅天狗熱」（天狗熱為當時流行的熱病），強烈地諷刺榨取農民的高利貸李天狗。此劇不但未遭隻字刪除刊登在一份雜誌上，還似乎在各地公演。楊氏簡直可稱之為神通廣大。」[5]鍾肇政雖然在文中並未對〈「首陽」解除記〉及〈增產之背後──老丑角的故事〉這兩篇文章，是否為皇民文學作出任何的說明，但強調楊逵受逼為「皇民化劇」撰寫劇本，而巧妙地將他的抵抗精神隱藏在字裡行間，以通過總督府情報課的層層檢查，並獲得刊登與公演的機會。顯然鍾肇政並不認為楊逵有「為了保命，而不得不屈從」的文學創作事實。那麼他將楊逵歸入「自覺型」作家的行列，是否有意藉

---

[4]　依據鍾肇政為「屈從型」作家所作的定位，他認為：「這一類型的，多數為成就較高的作家，由於他們已成名，目標顯著，即『樹大招風』是。時代空氣既如上述，做為一個著名作家，隨時都被監視著，日本官方有所活動，輒成為首先被考慮的對象，例如參加大東亞文學者大會，或派遣到各地去參觀訪問，然後以見聞為本撰成文學成品。這時，他縱使滿腔的孤憤與痛苦，亦無可如何。為了保命，恐怕是不得不屈從的。」如果楊逵在戰爭時期所發表的〈「首陽」解除記〉及〈增產之背後──老丑角的故事〉這兩篇文章，真的是「扭曲自我，呼應時局」的皇民文學的話，那麼以楊逵當時在臺灣文壇的知名度與成就，應該是符合這個「屈從型」作家的定位才是。

[5]　鍾肇政著，〈日據時期臺灣文學的盲點──對「皇民文學」的一個考察〉，收入於《聯合報》1979.6.1，第十二版。

此而間接地暗示上述的那兩篇文章，也是受逼之下所不得不然的結果呢。

　　果然筆者從這兩篇文章內容的一些蛛絲馬跡中，尋到楊逵所刻意留下他被逼為文的線索，同時我們也找到楊逵在宣揚日本精神的那段「光明尾巴」後面，所隱藏的他對日本帝國侵略性之國策的深層抵抗。故而連先前對這兩篇文章提出質疑的張恒豪教授，也不得不承認，而說出：「〈增產之背後──老丑角的故事〉，是一九四四年中日戰況激烈之際，應臺灣總督府情報課邀請，到各處產業結構參觀所撰寫的「報告文學」，小說中雖不免有呼應中日親善，頌揚「美麗的日本精神」，但更不乏反面寄意，在非常時期，能夠拋除智識分子空想的徬徨苦悶，全力投入勞動的生產行列，可說是小說的微言大義，這與楊逵向來所主張的社會主義及行動哲學完全是一致的。」[6]因此在此似乎可以斷言楊逵並未曾扭曲過自我，而創作出違反其一貫抗議精神的皇民文學，而這應該也是鍾肇政將楊逵列入「自覺型」作家的主要原因吧。

　　最後一篇〈殖民地上國族認同的迷思──論庄司總一的《陳夫人》〉，前面五篇論文所探討的文學作家，都是出生於本土的臺灣籍，而《陳夫人》的作者庄司總一，則是日據時代的在臺日人。他以一個日本人的視角及觀點，記錄日籍女子安子遠嫁臺灣人陳清文，並隨其來臺定居的生活點滴之《陳夫人》，曾獲得一九四三年大東亞第一屆文學獎次獎，並被當時臺灣總督府情報課推薦為優良圖書，而作者在該書的〈再版有感〉文中，曾不諱言地提到：「我

---

[6] 張恒豪著，〈不屈的死靈魂──楊逵集序〉，收錄於張桓豪主編《臺灣作家全集‧楊逵集》，頁13。

想，在這些所謂『皇民化』運動措施中，必有細節小事性質的或要
求過分的目標存在。不過，靜靜想來，除了人為性的強制以外，還
是不能否定臺灣本身的方向和本質該改變的時間已到來這種時代
的必然力量。」[7]這般的發言，故一度被視為「在政治上被利用為
從旁支持臺灣的皇民化運動的文學作品。」因此筆者將其選出，想
驗證這篇小說，是否真如傳聞中所說，是一篇站在日人的角度，支
持臺灣皇民化運動的文學作品。

　　然而經筆者深入探究，結論卻頗令人意外，小說中不但沒有
為皇民化運動作任何宣傳，在某部份的內容，還相當不客氣地對
日本領臺的種種不合理統治措施，提出他的控訴。可惜這樣一篇
強調族群融合以及國家之「愛」的文學創作，其立論的觀點仍不
脫為殖民統治者的立場，故被葉石濤評為這種紮根於對日本統治
認同的愛，是無法解救臺灣人被壓迫的靈魂，終究只會令臺灣人
更加絕望罷了。

　　總結而論，皇民文學對於日據時代的臺灣先輩作家來說，似乎
是存在於心中一段不可磨滅的傷痛。因為提倡皇民文學的當時的日
本殖民政府，它所提供給作家的，絕對不是一個自由自在地創作空
間，而是扼殺其創作心靈，要他們配合戰爭時局，宣傳也許連作家
都不會也不願相信的軍國主義侵略政策。當時臺灣文學作家所處的
環境，絕非身處於現在的我們可以去體會。因為在那充滿扭曲人性
的戰爭時局裡，作家們連保持沈默的權利都沒有，於是某部份的作
家為了避免麻煩以及不必要的騷擾，不得不虛與委蛇的去回應。然

---

[7]　庄司總一著‧黃玉燕譯，《陳夫人‧再版有感》，頁 484。

而這時期所留下的作品，就成為光復後臺灣文學評論家質疑為失去民族立場的文學創作，而完全否定其文學價值。這樣的評斷，是否為公允，筆者在此仍不敢枉評，但筆者絕對認同鍾肇政對皇民作家應以寬容態度來看待的呼籲，畢竟要如吳濁流般寫出那種反皇民文學的道德勇氣，來為那段橫逆的歷史留存真言，只是凡軀的我們，恐怕也很難做到吧！

　　故筆者以皇民文學與反皇民文學來作為此論文研究的主題，絕對沒有任何要去檢討或譴責皇民作家及其作品的意味，只是想去釐清日據時代那些被指為皇民文學的作家及作品，是否為真正符合皇民文學的定義，或僅是我們昧於真相的去曲解它的原意。然結論不管為何，相信只要經過我們的不斷努力，最終還是會還予日據時代的臺灣作家，一個公正客觀且詳實的歷史評價。

第二章 拼命文章才堪誇
──論吳濁流的反皇民文學

第一節 前言

　　一九七九年七月，收錄日據時代臺灣重要先輩作家作品的《光復前臺灣文學全集》即將問市，然而在這部全集出版上市的前夕，無可避免地要去面對如此全集主編鍾肇政所言的：日據時期臺灣文學的盲點──皇民文學。日據時代末期臺灣文壇突然出現所謂皇民文學的風潮，其緣由正如羊子喬所論述的：

> 如今回顧一九三七年七七事變之後，至一九四五年八月十五日終戰，這八年又一個多月的臺灣文學發展，我們清晰地發現：臺灣文學是受到日本帝國主義的國家機器所宰制的。[1]

當時臺灣總督府一方面為了穩定臺灣民眾的情緒，以避免島民呼應對岸祖國而造成島內的動亂，及為了戰時更易獲取臺島人力、物力資源的考量，而在民間大力地推行「皇民化運動」[2]。另一方面也為了統合

---

[1] 羊子喬著，〈歷史的悲劇・認同的盲點──讀周金波「水癌」、「尺的誕生」有感〉，收入於《臺灣文學》第八期，（1993.10），頁231。

[2] 吳濁流對總督府所推行的皇民化運動之認知，他說：「當時，日本發動了所

戰力以及達到國策宣傳的目的，除於各言論機構明訂禁用臺語作文章外，還在一九四一年四月成立所謂皇民奉公會，將臺灣知名作家全數納入決戰體制。並於一九四三年十一月中旬，由總督府情報課、皇民奉公會中央本部出面贊助，臺灣文學奉公會在臺北公會堂主辦所謂的「臺灣決戰文學會議」，會中並「確立本島文學決戰態勢，以及文學者如何協助戰爭」的議題，再依此議，而將所有的作家積極動員起來以協助戰爭。

　　而所謂作家動員以協助戰爭，依據鍾肇政的說明：

> 所謂動員不是到前線打仗，而是把作家，日本人也好、臺灣人也好，集體地下鄉去體驗戰時生活。作家一般來講是住在都市裏面，日本人弄起來的作家文化人的動員，讓他們下鄉去看看一般農民的生產、工廠裏面的生產。那時高喊增加生產量，大家拼命地在工作，讓這些作家去看，然後寫一些報導文學或者把他寫成小說諸如此類的。就是逼他們要交出所謂的「戰爭協力」的作品。所以每一個作家，不管你願不願意，都被動員。[3]

謂滿州事變，得手後野心就越來越大，以致有了征服全世界的妄想，因此對臺灣人的態度也就愈益苛酷起來。他們想把臺灣人的性格靠人為手段打破，改造成日本人，於是有皇民化運動的推進。首先，他們想撲滅中國的色彩，寺廟廢止，禁穿臺灣服，禁用臺語等命令相繼頒布，這是全面否定臺灣人的傳統，藉此灌輸日本精神。家家戶戶都被迫奉祀『大麻』，說的必須是日本語，並以『滅私報國』的口號，讓臺灣人從事『勤勞俸仕』。尤其青年，開始被強制動員。」語見吳濁流著，《無花果》，頁 109。

[3] 鍾肇政著、莊紫蓉編，《臺灣文學十講》（臺北：前衛出版社，2000），頁225。而當時被動員的臺灣人作家，及因而所發表的作品，就有呂赫若〈風頭水尾〉（《臺灣時報》／台中州謝慶農場）、張文環〈雲の中〉（《臺灣文藝》／太平山）、龍瑛宗〈若い海〉（《旬刊月刊》／高雄海兵團）、楊雲萍〈鐵道詩抄〉（《臺灣文藝》／臺灣纖維工場及鐵道）、楊逵〈增產の蔭に〉（《臺

而這些為配合時局需求所產生的「戰爭協力」作品，就是我們今日見到的所謂「皇民文學」。

　　當時因為是強制動員，當然不會去考慮作家的意願如何，而這些被動員的作家，因此所呈現出來的文學，自然也絕非完全出自於作家自由意願的真實聲音。既然有可能不是這些作家真實心境的反映，那麼當我們在解讀這些作品時，如果只依表面的字義，而未考慮作家所處的環境，那就極有可能產生理解上的盲點。故當全集在編纂時，為了民族情感的關係，全集的編輯群們在其〈出版宗旨及編輯體例〉中，對日據時代的臺灣文學，列舉了七項割棄不收錄的理由，其中第七項即明列「寓褒貶於編選之中，凡是皇民化意味甚濃的御用作品，以不選錄來隱示我們無言的、寬容的批判。」[4] 而這項標的，卻讓日籍文評家中島利郎十分地不滿，以為全集的編輯群們對皇民文學的認知有所偏差，故選了亦有皇民文學爭議的王昶雄之〈奔流〉，而遺漏他認為不是皇民文學的周金波之〈水癌〉及〈尺的誕生〉[5]。

　　對於皇民文學的定位，以及如何釐清何者為皇民文學以避免爭議的這個盲點，早有所覺的鍾肇政，因此在全集上市之初的一九七九年六月一日，即於《聯合報》發表一篇〈日據時期臺灣文學的盲點——對「皇民文學」的一個考察〉，文中除為皇民文學作一「簡

灣文藝》／石底炭礦）、高山凡石【陳火泉】〈御安全に〉（《臺灣文藝》／金瓜石礦山）、周金波〈助教〉（《臺灣時報》／台南州斗六國民道場）。

4　鍾肇政、葉石濤主編，《光復前臺灣文學全集》（臺北：遠景出版社，1979），頁 4。

5　此言論見中島利郎著，〈皇民作家的形成——周金波——關於遠景出版社版《光復前臺灣文學全集》〉，收入於周金波著，《周金波集》，頁 324。

言之就是做一個日本順民的文學，不用說是失去了民族本位的文學。」[6] 之定義，並將皇民文學依內容與層次的不同而區分為「盲目型」、「屈從型」、「自覺型」及「別格」（即無以名之）等四種類型。前三類型的作品，不論是作家真情相挺或是虛與委蛇，然內容或多或少都與日本戰時所推行的國策宣導不無關係。而只有第四類型的「別格」，不但未失去民族本位為日宣傳，還不時地透過文學將皇民化前後臺灣社會的實際狀況，以嘲諷的筆調「直言不諱」地傳達出來。這種型式的文學作品，鍾肇政雖說無以名之，然其實說白了，就是「反皇民文學」。而被鍾肇政歸於這類型的作家中，僅有吳濁流一人，為何當同時期的作家或殫於日本軍部的淫威，或果真相信天皇的無敵，而創作出昧於良心或事實的皇民文學時，只有他敢無視於外在環境的橫逆，只為揭發日本帝國主義的謊言。而又是什麼樣子的信念，能讓他不顧己身的安危，堅持為臺灣文壇留下這些歷史的真實聲音呢。在此筆者即期望透過對其成長背景的認識，及其日據時代文學呈現的檢視，來一一加以探討解答。

第二節　民族意識的覺醒

依其年譜知吳濁流出生於一九〇〇年，也就是臺灣淪日後的第五年。所以他與一般同年齡的小孩一樣，是在純日式教育的環境中成長，因其資質及努力，日後也成為新竹州下的鄉村教師。按理說

---

[6]　鍾肇政著，〈日據時期臺灣文學的盲點——對「皇民文學」的一個考察〉，收入於《聯合報》（1971 年 6 月 1 日）第十二版。

他只要選擇服膺日帝的統治，與大多數的臺灣民眾一樣當個順民，便可過著衣食無虞的生活。然而他終究還是站在公義的一方，以文學來控訴日本對臺荒謬的殖民政策，而到底是什麼樣的機緣，讓他作出如此地抉擇呢？

　　其實吳濁流反日意識的成型，以及訴諸文學作為抗爭手段的作法，並非出自於偶然，而是歷經一段不算短的時間之醞釀。受日式殖民教育的他，一開始也曾對日本文化充滿著認同與期許，然而隨著智識的成長及親身體驗日帝治臺時的種種不平等現象，使原本的認同、希望慢慢地質變為懷疑與失望。而當在那樣的環境中忍耐善處也不可得時，行事風格自然也就由妥協而漸漸轉化為反抗。這樣的心境轉折，我們從吳濁流近於自傳的小說《無花果》及《臺灣連翹》中，得以十分清楚而完整地探悉：首先他自承一生的行事思想，受其祖父的影響極深。由於具有中國文人特質的祖父吳芳信，與其他同輩的臺灣人一樣，對於日本的統治自然不能甘心接受，但見證過日軍強大武力的他，卻也不敢公然地反抗，最後只得在表面的思想言行上，私淑陶淵明，種菊吟詩，以求平安地盡他的餘年。可以想見，老人在這樣落寞的心境之下，自然也希望他的子孫都能謹言慎行以避禍，故常以此來告誡吳濁流，他說：

> 臺灣是一個孤島，周圍都被海包圍著，想逃也逃不出去。我們完全和籠中鳥一樣，並不知什麼時候會被殺死。是我們可悲的命運。志宏，你長大了，一定要以『明哲保身』為第一，絕不能因一時的憤怒而衝動起來，無論如何都得隱忍自重。一時的憤怒或慷慨是任何人都會的，永遠的堅忍自重就非大

丈夫做不到。處世上，對這一點非好好了解不可。乘一時的
血氣行事，不僅會招來自滅，也會連累族人。……志宏，反
正已經變成日本人的天下了，只要照他們的要求繳納重稅，
以後便做自己喜歡的事，這世間還是可以過得很快樂的。要
像你們的父親，不想多餘的事，專心賺錢，在日本人的天下，
也可以快樂地生活的。[7]

可是雖然吳芳信以如此消極的言詞來叮嚀他的子孫，但自己卻
無法忘懷據臺之初日人對臺人的殺戮與歧視，於是私下卻又時常有
壓抑不住的憤怒表現出來。因此除了不忘灌輸吳濁流故鄉在「廣東
省鎮平縣興福鄉盧阿山口排子上」等充滿漢民族意識的觀念外，亦
時常講《史記》中韓信跨下之辱，張良圯下納履等忍辱負重的故事
給吳濁流聽。從這裏似不難明白老人的內心深處，還是期望吳濁流
能發揮高度的忍耐心，以等待最佳時機，來恢復臺灣人應有的尊
嚴。然而在當時吳濁流幼小的心靈中，對祖父的弦外之音當然還茫
然不得其解，直到進了新埔公學校，以及日後考入臺灣總督府國語
學校師範部就讀，才在實際與日人接觸的過程中，親身領受到身為
被殖民者的悲情。

如公學校五年級時的級任老師濱野先生，就為了一隻懷錶而冤
死自己的學生[8]，而六年級時的龜井老師，亦時常有不當體罰學生

---

[7]　吳濁流著、鍾肇政譯，《臺灣連翹》（臺北：南方出版社，1987），頁 35-36。
[8]　根據吳濁流的回憶，在公學校時代，他的同學陳勝芳有一天晚上到濱野先生
　　的宿舍去玩，湊巧老師不在，他在無聊之際，把放在桌上的懷錶拿起來看，
　　不小心失手把錶弄壞，於是他急忙將錶送到錶店去修理，但濱野卻向警方
　　報告失竊，因此陳君就成了犯人，被囚禁了四個月，陳君因不承認盜竊，
　　被打得很慘，出獄後不久就死掉了。事件詳見吳濁流著《臺灣連翹》，頁 42。

之情事[9]。就連在國語學校師範部就讀時，也遭遇到攸關民族情感的「清國奴事件」[10]，以及所謂的「怪火事件」[11]，在這些事件發生後，遭學校毫無理由退學的臺籍學生就有好幾個，而這些人皆非首惡，只不過是平素受到舍監的注目而已。臺籍學生所遭受的這種種不合理地對待，令他真切地感受到「臺灣人是臺灣人，日本人是日本人，兩者之間有一條鴻溝，自然隔成兩個社會。」[12]而不幸的是，日據時代的臺灣人永遠只能處在殖民社會的最底層，默默地承受著統治者所強加於己的不平等差別待遇。然而這些見證與遭遇，當時也僅只令吳濁流的民族意識覺醒，他的反日意識仍需待其成為鄉村教師後，一步一步地被逐漸喚起。

---

[9] 事件發生在某一天的體操時間，因同學胡君的立正姿勢不好，受到指責，被龜井老師痛揍一頓，胡君平時身體就不好，因此當場暈倒，同學見了，都同情胡君而實行罷課，那天因校長出差不在學校，第二天調查的結果，以體操不再由龜井先生擔任為條件，把事情化無。詳見吳濁流著《無花果》，頁58。

[10] 此事件原委是有一天，在萬華新起町的舊書店裏，一個國語學校的學生不小心碰到了書架，使書架上的書掉落下來，看見這事的店員脫口就罵「清國奴」，同去的同學們聽到這種無禮的話，就提出抗議。日本店員不但不道歉，還在一大堆髒話中連說了許多「清國奴」，事情終於鬧到學校，由於舍監是日本人，所以雖作了種種調查後，對罵人的事一點也不加追究，反而怪學生的不注意，事件後，學校的處置卻很嚴屬，事件中參與的人物不用說，連一向受舍監注目的人物，也被誣陷而全遭退學。詳見吳濁流著《臺灣連翹》，頁46-47。

[11] 在吳濁流念師範三年級的時候，有一天凌晨破曉時分，宿舍一樓自修室的手工櫥突然著火，火勢經同學的合力，很快就撲滅。但因學校當局懷疑是學生故意放火，所以將學生集合起來，一一加以詢問，這種調查延續了三天，仍然沒有查到任何疑犯。但卻有好幾個同學毫無理由地遭到退學，而這些人也只是平素受到舍監的注目罷了。也由於這事使吳濁流更加覺得自己非相當小心處事不可。此事詳見吳濁流著，《臺灣連翹》，頁50。

[12] 吳濁流著，《無花果》，頁76。

第三節　反日意識的成型

　　大正九年（一九二〇年），吳濁流自臺北師範學校畢業後，旋即被派回故鄉的照門分校服務，此後二十一年（其中除了昭和七年因疑似肺病，休職在家之外）他都在偏遠的照門、四湖、五湖、關西和馬武督等鄉下公學校或分校任教。在這二十年的教師生涯中，儘管他謹遵祖父的告誡如何地小心處世，還是不斷地在左遷與降調的遭遇中渡過，原因無他，只因吳濁流從不肯隨波逐流去附和殖民統治者的政策，而引來他們的側目以及報復。然而深知其中緣由的吳濁流依然故我，一點也沒有想為升官或獲得更好的職務而改變。而在這段期間，吳濁流也曾一度受第一次世界大戰後的民族自決、自由民主主義的思潮影響，所以在教學之餘，他開始閱讀起由東京所發刊的《臺灣青年》和《改造》雜誌。並在其影響之下，意識到「六三法」[13]對臺灣人的無理迫害，而對於與自己有切身關係的差別待遇[14]，尤令其反感，因此渴求自由平等的思想也愈來愈熾烈。

　　然而畏亂的性格及成長後對日本軍力的認識[15]，終究還是使他不敢採取激烈的抗爭手段，反在心中異想天開地主張採取穩健的方

---

[13] 明治二十九年三月三十日，日本政府公布了法律第六十三號，臺灣總督在其管轄區域內，有權頒布與法律同等效力的「律令」——這就是六三法。臺灣的一切惡法，例如匪徒刑罰令、鴉片吸食取締令、遊民取締令、保安規律、保甲連坐法等都是這種律令之下所產生的法律。

[14] 例如同是師範學校畢業，日籍學生就可以甲種教諭聘任，而臺籍學生則只能以丙種教諭來任用，又同職務的日籍教師一定比臺籍教師有多六成的薪俸加給可支領。而此差別待遇的區分僅只依日、臺籍別不同而已，而非以工作能力及表現來決定。

[15] 吳濁流在就讀師範二年級時，曾與同學至基隆參觀日俄戰爭時，日本的旗

式，認為對於日本的一切均應「訴諸理性，促使日本當局的反省，日本的知識份子基於人道主義，應予本島人自由。」當然在那時還「不曾認識日本軍國主義的性格，光是基於論理或道德，要求確認本島人的解放及平等看待。」[16]的這種空洞理想，自然是不可能獲得日本政府的任何同情，而給予臺灣人真正的自由平等。於是現實生活中差別待遇仍然沒有任何地改變，而日臺之間對立的問題也還是時有所聞，這時對於民族不平等問題充滿無力感的吳濁流，只能仿效其祖父般埋首於有關倫理學、哲學等思想問題的書籍中，企圖來麻痺自己那原本充滿濟世熱情的神經。

可是如此一來，不但不能使其思想超脫，反讓他本來就無十分確認的人生觀，更加混亂而徬徨煩躁，終於令他走入逃避和懷疑的矛盾思緒中無法自拔。可是雖然厭惡生長在這種環境之中，但是他也明白現實的無情，而自云：

> 在這種內（日）臺對立的教育界中，我雖厭惡這種空氣，可也無法斷然辭去教職，因為辭了之後，就沒有自己適當的工作場所了。沒有經商的興趣，也沒有甘為農夫的決心。因而，除順其自然之外，別無他法。[17]

艦三笠號。事後吳濁流回憶那次的經驗時說：「第一次見到軍艦時的我，對那大砲之大，十分驚異，依說明，知主力砲十四吋，射程十哩。我在心中暗算，這三笠若在淡水港外向臺北發砲，臺北是會成廢墟的。若從舊港附近發砲，新竹當然不用說，我的故鄉也在射程之內，我也知道，全島的都市都在它的射程之內，也曉得臺灣人是絕對無法對付日本人的了。」語見吳濁流著，《臺灣連翹》，頁 59。

16 以上之語，均見吳濁流著《臺灣連翹》，頁 59。

17 語見吳濁流著，《無花果》，頁 90。

既沒有下定辭職的決心，也未有其他轉業的打算，如此，只有抱定為偏遠地方教育而犧牲的精神，才是正途。而此時也正逢社會教育的全面開展時期，各地方均以學校、警察、保甲聯合會為主體，設立國語講習會，開始所謂的成人教育。吳濁流雖然也明白這種教育的目的，只是為了讓日本帝國在推行其殖民政策，及經濟榨取時，更加的方便有效率罷了，實質上對臺灣人智識水平的提昇，是完全沒有任何的幫助。但是雖有上述體認的吳濁流，還是別無選擇地，每晚為日本帝國作兩個小時無報酬的成人教育。而這樣的認知與體驗，即成為他日後撰寫〈水月〉及〈功狗〉的最佳素材。

　　昭和十二年（一九三七年），吳濁流改調任新竹郡下最大的關西公學校之首席訓導，關西公學校的規模除了本校的二十五班外，尚有分教場六班，農業補習學校二班，因此人事關係頗為複雜，加上這兒內臺教師間的對立，較吳濁流以往所待過的任何一所學校都來得嚴重，所以內臺教師間的明爭暗鬥之事，也就無時不已地在學校中上演。處在這種環境之下的吳濁流，再也不能像從前一樣，可以視而不見地整天待在教室裏過日子，因此對於內臺教師間相處上的矛盾就不能不在意，但是想到再過半年就可以獲得敘勳時，才生起的反抗情感又馬上被壓抑下來。於是只得想出蘇東坡〈留侯論〉中的句子：「匹夫見辱，拔劍而起，挺身而鬥，大丈夫忍小忿而就大謀。」來藉此安慰自己。所以在逢到同是臺灣人同事向他抱怨日本校長的私心，以及日臺間各種不平等的差別待遇時，吳濁流總以剛到任，對校內、外都還陌生為理由，來搪塞這種場面。

　　然而這種種不平等的差別待遇，不也是吳濁流自己長久以來所經歷過，而且也是一直極思反抗的問題嗎。因此這次面對殖民地上

臺灣的這種種切身問題，他再也不能如從前般尋個理由而加以釋懷，於是幾經思量之結果，他說：

> 剛要師範畢業時，曾在《臺灣青年》雜誌上看到過諸如民族自決，六三問題等的論述，可是那時的不平只是為不平而不平，從未深一層去思考過。後來一直待在山村，自然與這類思想脫節了。縱使偶爾去想想，也不免為過去的苗栗革命或西來庵事件而霍然心驚。面對日本的強大武力，臺灣人等於是難堰裏的難而已。註定無能為力了，反抗祇有招來破滅的惡運。但是內心裏依然有時會生起不平不滿之念。這種反抗的感情是與生俱來的，雖明知無濟於事，仍難免時而湧現。總之我發現到自己祇有懷抱著這種矛盾，偷生苟活下去，思念及此，不禁惶然。[18]

從這段描述中，不難理解長久潛藏在其心中的反日意識，實已漸漸成熟而達爆發之階段了。

　　果然，吳濁流調到關西公學校三個月後，蘆溝橋事變就爆發，這次的事件終演變成中日的全面開戰。這時臺灣總督府為了達到更有效地利用臺島資源，控制臺灣人的思想，斷然採取以夷制夷的政策，將臺灣人驅向戰場。而另一方面又向青少年鼓吹對中國的憎惡與敵愾心，並把公學校畢業生全部納入青年團的組織，加以軍隊化的訓練。戰時的在臺日人，可以說是將其民族之優越感提昇至最高點，因而反映在學校的教育上，都感染到武士道精神那種殺伐的野蠻作風，於是經常可看到臺籍學生遭受狠打毒揍，被罰跪在混凝土

---

[18] 語見吳濁流著，《無花果》，頁 108。

地上。而將這種情形看在眼中的吳濁流，再也無法坐視如此變相的教育歪風橫行，於是糾集臺籍的教員，團結起來以抵制日籍教員的不當措施。可是情況還是沒有因此而獲得任何地改善，直到有一次一個日本教員打傷了一位地方名流的小孩，被告到法院，暴虐的情形才得以暫時稍微緩和下來。

顯然生活在如此充滿不平等且毫無理性的環境中，任誰都沒有辦法再長期地繼續忍受下去，於是吳濁流那按捺已久的叛逆精神，終於在與日籍代用教員鵜本的爭執中，爆發開來。當時爭執的焦點，只不過是這位狐假虎威的鵜木，為了動員青年團的團員種植路樹，而想藉機來欺壓臺灣人，結果卻遭吳濁流毫不客氣的拒絕，吳濁流並趁此反諷他曰：「這樣的時候才是應該發揮日本精神的。」這一句話使得那位平日歧視欺壓臺灣人甚甚的日本人無言以對，繼而惱羞成怒地想毆打吳濁流，卻又反遭同為臺灣人的青年團員之包圍，終迫使他知難而退，不敢造次。而這種事任誰都能判斷出孰是孰非，可是，第二天，校長卻把吳濁流叫到校長室，狠狠地責罵他侮辱日本人教員，然而這時吳濁流亦也不甘示弱地回以：

> 那不是真的，我祇說：『這樣的時候才是應該發揮日本精神的。』如果這也算是侮辱了日本人，那麼校長每天晨會都向學生說要發揮日本精神，不是成了謊言嗎？這是鼓勵的話，如果鵜木老師認為那是侮辱的話，那就表示他是個日本人而不大懂得日本話的。[19]

---

[19] 語見吳濁流著，《無花果》，頁 111。

　　這番「以子之矛，攻子之盾」的詰問，自然也說得這位日籍校長啞口無言。然而積聚胸中已久的鬱憤，一經發作，又豈能輕易地消解，於是吳濁流接著又衝口而出，指責校長的私心：

> 校長常說內臺融和，一視同仁，可是事實好像不完全是那麼一回事。請看這教員名牌張掛的情形，這不是差別嗎？日本人就掛在上段，這用得著嗎？青年團訓練，大隊長和中隊長都由日本人當，同樣是師範畢業的，本島人的前輩當小隊長，後輩的日本人當中隊長，這豈不是天大的矛盾嗎？[20]

吳濁流索性將這殖民政策的虛偽性質一揭到底，然而如此露骨而切實地責問，當然能為被欺壓已久的臺灣人出一口怨氣，但是所換得的代價，卻是第二學期令吳濁流左遷到更偏遠的馬武督分教場。

　　然而就在左遷馬武督的第二年秋天，由郡主辦的運動會如火如荼展開之際，卻發生了郡視學毆辱臺籍教員的事件[21]。當時吳濁流也是被毆辱的教員之一，受此屈辱的吳濁流，再也無法忍受殖民者毫無理性的統治，終於發出「人在該死時不死，恥辱就終生不能湔雪。」[22]的感慨。並毅然提出辭呈，以示對殖民者無言的抗議。然

---

[20] 語見吳濁流著，《無花果》，頁111。

[21] 據吳濁流的追憶，一九四○年秋天，郡主辦的運動會在新埔舉行，郡內各校的師生都參加。運動會照節目單順利進行，快結束的時候，有個節目是女教員的一百米賽跑，郡視學跑出來勸導女教師參加，但她們都忸怩作態，沒有一個出來。郡視學邊笑邊向女教師一個一個地勸駕。吳濁流看到這種情形，禁不住大聲揶揄：「邊笑邊叫不會出來的！」這話惹得大家大笑起來，也有人附和著喊對啦。視學勃然變色，大吼一聲，「哪一個？」就飛奔到觀覽席，邊問「是你吧？」邊打那兒教員的頭。被打的都是關西、馬武督、照門等校的本島人教員。吳濁流當然也在其中。此事件詳見語見吳濁流著，《無花果》，頁113。

[22] 語見吳濁流著，《無花果》，頁114。

顯然涉及此事件的那位郡視學雖也覺理虧，卻還為了要維護殖民統
治者的面子，首先由州視學出面傳達郡視學向吳濁流直接道歉，有
損威信的訊息，所以希望吳濁流能以教育者的寬宏胸襟原諒他。但
又由於吳濁流的堅不妥協，只好透過郡守向吳濁流表達郡視學的間
接道歉。雖然此舉仍不為吳濁流所接受，但事件就這樣不了了之。
經此事件又讓他再次看清日本殖民教育虛偽本質的吳濁流，再也不
願待在那樣混濁的教育界，做那些殖民統治者的「功狗」，最後以
長期請假來迫使日本當局核准其辭職。辭職後的吳濁流，因害怕沒
有工作後即遭日軍當局徵調至更危險的前線，剛好讀師範時的好友
鍾壬壽，此時正任南京汪精衛政府的高官，透過他的協助，一九四
一年元月，吳濁流獨自跑到大陸去另求發展。

　　來到大陸的吳濁流一面學習中文，一面在南京的日本商工會議
所所發行的刊物《南京》擔任翻譯的工作。原本還慶幸從此脫離殖
民地的桎梏，且獲得一份穩定的收入可以在此安身立命的當兒，又
發生與議會書記頭市來的衝突 23。事件後，市來雖也覺理虧而向吳

23　事情的經過，根據吳濁流自己的回憶及描述，是在會議所任職的第七天，
　　吳濁流過去在臺灣教過的學生余君到會議所去找他，由於余君當時為汪
　　政權任下的上校軍官，穿著軍服，外表堂堂。因此吳濁流即將他當做貴
　　賓，而將他領到會議所裏最漂亮的會議室中去招待。但不久，一位日本
　　女同事進來轉告吳濁流說，市來書記頭命令指出這裏是不能進來的。這
　　番話實無異使得吳濁流在其學生面前丟臉，受此污辱的吳濁流立刻向余
　　君道歉，並去找市來詰問：「你怎麼可以叫人在我的客人面前說出侮辱人
　　的話？會議室為什麼不能進去？如果不能進去，那就應該在我來工作時
　　就告訴我。就算忘了告訴我，也應該先叫我出來告訴我，或者寫張條子
　　遞給我也可以。偏偏要當著客人面前說，沒禮貌也該有個程度。到底你
　　是日本人嗎？像你這樣垃圾也配來大陸談什麼大東亞建設嗎？」說得這
　　位書記頭手足無措，只得低頭道歉。此事詳見語見吳濁流著，《無花果》，
　　頁 127。

濁流當面道歉，但已經受夠日本人頤指氣使的吳濁流，自覺在祖國土地上自尊心還要遭日人如此無理的踐踏，於是毫不遲疑地辭去了這僅任職十天的工作。辭職後的吳濁流，由於內心的失望，加上諸事的不順遂，所以乃興起回臺的念頭。而正在考慮的同時，吳濁流與市來的爭執，竟透過與市來事事對頭的大野業務部長之口，將消息傳到大陸新報社。此事乃引起新報的上野重雄編輯部長之注意，並透過關係力邀吳濁流加入報社，於是在吳濁流失業後不久，便又進入大陸新報社，從此開始他的記者生涯。

而就在大陸任新聞記者的這段期間，吳濁流幾乎接觸了所有南京汪政府的高官。在對這些人的言行了解中，以及目睹日本愚昧地將戰局不斷擴大，吳濁流乃斷定日本必遭慘敗。為了怕日本戰敗後，臺灣人會被當作日本人而遭到報復，因此在太平洋戰爭爆發後不久，便毅然決定返臺，並於一九四二年三月二十一日，平安地抵達臺灣。回到臺灣後的吳濁流，經人介紹又進入米穀納入協會任苗栗出張所主任，在此職位一待即近兩年的吳濁流，日後亦曾對這個出張所的職務，做這樣的補述：

> 這出張所也就是米穀局的外圍機構，工作多半是假藉局的名義推行。主要的業務是實施米穀的預備檢查，藉此牟利。[24]

這種出張所，說穿了，只是日本當局假借各種名義來剝削臺灣人民脂民膏的機構，戰時類似這種機構還不知凡幾。面對這些殖民統治者對臺灣人的種種豪奪巧取，反日意識已完全成熟的吳濁流再也不願沈默以對。但是既然無法訴諸武力，那麼就選擇以筆代劍，

---

[24] 語見吳濁流著，《無花果》，頁 141。

用文學來作為反抗的手段，一樣能達到抗爭的目的。因此就在任職這個職位的第二年，吳濁流開始執筆創作他在日據時代的拼命代表作《胡志明》[25]。

　　一九四四年元月，因其在大陸曾任記者的特殊經驗，故而經人介紹得以進入臺灣日日新報重任記者。然就在吳濁流進入日日新報沒多久，日本因著大東亞戰事的膠著，國內的物資也愈形匱乏，於是掠奪殖民地的物資也益形迫切需要。再加上為便於言論的箝制，這時日本人乃假借擁護國策的美名，將全島報社歸併為一，成立了臺灣新報。報社合併後，吳濁流仍擔任該報文化部的記者。但吳濁流已不再天真地相信日本帝國所發佈的種種謊言，相反地他還時常利用職務之便，邀請臺北帝國大學教授中的反戰論者及厭戰者執筆，藉此來反映出戰時臺灣真實的景況。同時他亦以己身之所見所聞，而創作出反皇民運動的經典作〈先生媽〉。一方面以用來譏諷另

---

[25] 語見吳濁流著，〈回顧日據時代的臺灣文學〉，收入於張良澤編《吳濁流作品集 5・黎明前的臺灣》，頁 63-64。文中，吳濁流曾如此回憶：「回想我寫這本小說的動機，當時臺灣知識份子面臨四大危機：一、可能像歐清石那樣的文字獄。二、一旦美軍上陸，日軍當局可能先處理而虐殺，或驅使前線以供美軍相殺。三、可能被空襲炸死。四、營養不足，可能生病致死。我想到此，碰到此時局，誰都不能苟全性命，白死豈不可憐？不如再冒日警逮捕之險，偷寫一本誰都不敢寫的小說，比白死總比較有價值吧，於是這樣決心不求結果，像做詩一樣，只求自己滿足而已。」由此憶述，可知吳濁流創作《胡志明》這篇小說，完全是冒著生命危險的。此書在光復後得以順利出版，但因書名「胡志明」與北越領導人胡志明同名，為防混淆，故主角改名胡太明，然而吳濁流在命胡志明之名時，原是帶有很多寓意的，他說：「日據時代的臺灣人像五胡亂華一樣被胡人統治，又臺灣人是明朝之遺民，所以要志明，此明字是指明朝漢族的意思，而且這個胡字可通何字，所以可以解釋『怎麼不志明呢？』。」可見他創作此篇小說時，心中仍存在著強烈的回歸祖國之思想。此篇小說後即改名為《亞細亞的孤兒》。

一批臺北帝大那些盲目奉行國策而毫無理性批判能力的教授們[26]，另方面亦藉以來暴露皇民化運動的荒謬本質。

第四節　反皇民文學的呈現

　　其實吳濁流的反日意識的理論基礎，是建築在日人所不厭其煩地灌輸於臺人「內臺平等」、「一視同仁」的謊言上。日帝的統治臺灣，並非想要為臺灣人建造一個等同於日本領土的現代島嶼，他們建設臺灣的目的，只不過想更順利地掠取臺島人力、物力的資源而已。因此從領臺的第一天起，這般的口號即不曾間斷過，然而真正落實於臺灣人身上的政策，卻是充斥著極端歧視與不平等的精神。然而殖民統治者卻還想方設法地要把這種對臺灣人的差別待遇合理化，如時任《臺灣新民報》編輯總務的竹內清，在「七七事變」後所出版的《事變與臺灣人》中，收入他本人的演講詞即稱：

　　根據一視同仁的聖旨而制定的「臺灣統治方針」，才是「皇
　　民化」運動的基礎。總之，本島人和內地人都是帝國臣民，

---

[26] 吳濁流曾在其出版的《泥沼中的金鯉魚》一書自序中，自剖其創作〈先生媽〉的動機，他說：「當時我在臺灣新報作記者，臺灣總督府極力推行皇民化運動，在推行皇民文學期間，軟骨頭的本島人亦有參加，掛著文學奉公會會章，得意洋洋闊步橫行，令人側目，我看到敢怒而不敢言。一方面有志的文化人，以臺大的工藤先生為中心，每月十五日集會，以閒談文學為名，有時也拿出時局問題來私語。皇民奉公會本部顧問臺大中村教授亦來參加，於是我寫這篇〈先生媽〉小說給他看，暗中希望他反省，他看完說：『你的文學另有一種風味。』而且臉上露出一點內疚的樣子。」語見吳濁流著，〈泥沼中的金鯉魚自序〉，收入於張良澤編《吳濁流作品集6・臺灣文藝與我》，頁203。

沒有任何差別待遇。但是，由於他們是剛歸化的人民，因
此在性格、民情、語言、風俗、教育等方面，與內地人有相
異之處，所以法律制度等若與內地完全相同，則反而會使統
治方針無法如期完成，造成不良後果。因而在法律及其他方
面的制定上，與內地有若干差別。但是這些差別並不是人格
上的差別，也絕對不是為了差別而差別；主要是使臺灣人成
為「日本良民」的一種手段而已，所以這種「差別待遇」之
中自然包含了國家的愛與誠。[27]

而早已意識到這些謊言的真實內涵並深受其害的吳濁流，因此在
這時期小說中所反映出的情節內容，正是為了要證明那「內臺融合」、
「內臺平等」，甚至於「人材登用」等，都只是自視為統治者的日人，
為遂行其在殖民地上的種種榨取行徑，而用以欺騙被支配者的臺灣人
的一些口號宣傳罷了。故揭穿殖民統治者的宣傳謊言，不正可視為是
其反皇民化的最佳展現，因此如此文學內涵的呈現，將其解讀為反皇
民文學，絕不為過。而以下即筆者針對吳濁流日據時期的小說中，所
反映出日治社會下，各種不平等現象的揭露，據以分析出：

一、待遇的不平等

吳濁流最早撰寫他的處女作小說〈水月〉，其目的就是為了要控
訴那歧視臺灣人為次等國民，所採取的那同工不同酬之差別待遇。

---

[27] 原文引述自星名宏修著〈「大東亞共榮圈」的臺灣作家（一）──陳火泉之
「皇民文學」型態〉註釋第十九。該文收入於黃英哲編、涂翠花譯，《臺灣
文學研究在日本》（臺北：前衛出版社，1994），頁 52。

而就在他批判日帝藉此差別待遇，對臺灣人從事種種勞力之榨取時，實已直指出那「一視同仁」、「內臺平等」等口號中最深刻的矛盾。然而事實上，以控訴日、臺此同工不同酬的不平等待遇為主題之小說，在所有日據時代的臺灣新文學作品中，可說並不多見。這可能是因為當時臺灣人中，大多數還是以務農為生，支領日人薪金的臺灣人畢竟是少數，故待遇問題，並未被當時的新文學作家所凸顯。但是也並非完全沒有人去注意，早在民國十六年，發表於《臺灣民報》一八九號，由鄭登山所著的〈恭喜？〉，即已指出這個不平等待遇的矛盾。〈恭喜？〉原是描寫一個失業者，在新年期間，無意中獲得十天的臨時郵差之工作後，所引發出的深刻感觸，而這感觸，實來自於他對那日、臺差別待遇的疑惑。文中，鄭登山是這樣寫的：

> 一月十日到了。他便再到××郵便局發送處要候解雇並領取工錢的時候，日本人的臨時郵便配達夫也渾然和他混雜在一塊，於是互相談起各自的配達區域來；不意竟使他知道了同是臨時郵差之中，日本人分擔的是城內，道路好、區域小而容易配達，臺灣人分擔的則是稻艋（稻指大稻埕，即今迪化街及延平北路一帶，艋指艋舺，即今之萬華）道路壞，區域大而難遞送。
>
> 『大和三八－拾六元；毛下矢一－拾六元；許酸澀－拾元；蔡屎－拾元。』他直等至分給勞賃的時候，偶爾又瞧見在勞賃的紙袋面分明書著這樣的數字。『唉！同是一樣的工作，為何日本人較臺灣人有多六成的加俸特權呢？……』[28]

---

[28] 語見鄭登山著〈恭喜？〉，收入於鍾肇政、葉石濤主編《光復前「臺灣文學全集」1・一桿秤仔》（臺北：遠景出版社，1979），頁215。

而這「為何日本人較臺灣人有多六成的加俸特權？」之疑問，不正是吳濁流在〈水月〉中所要申訴的主題嗎，文中他是如此提到：

> 這十五年間他雖然對『會社』有過不少的貢獻，但『會社』對他卻從來也沒有改善過他的待遇，可是，由於他夢想很高，根本不顧現實，因此也不感覺到其中有何矛盾。現在一旦看到現實的無情，再和那自己共事的日本人來比較，同是中學畢業，在『會社』的年資又不如自己，卻沒有一個不是已升為課長或主任的，僅剩他一個人到了不惑之年，仍然是個雇員。日本人的薪水不但比臺灣人高，而且又加上六成的津貼，他們又有宿舍，所以生活安定，都有餘錢可供貯蓄。現在的製糖會社雖然每年很賺錢，只是對臺灣人這樣刻薄，想到這裏，禁不住怒火沖天，這樣的環境，豈是大丈夫可以忍受的呢？[29]

這一段描寫，不是比鄭登山更透徹地道出殖民地上，令臺灣人難以忍受的差別待遇之實情嗎。吳濁流自己身為殖民地上的教師，當他見到同為教師的日籍同事，每月領的是比自己多六成的薪津，年資深的又多可坐上校長的位子，這叫再如何努力都只能做個萬年訓導的吳濁流，情何以堪呢。然而這樣的差別待遇之劃分標準，卻完全無視於個人能力之表現，而只取決於日籍、臺籍之異而已。無怪乎吳濁流要寫下這類主題的小說，一方面給身為日籍的袖川小姐過目[30]，另一方面也藉以一吐積鬱忍受多年的怨氣。

---

[29] 語見吳濁流著，〈水月〉，收入於張良澤編《吳濁流作品集 2·功狗》，頁 6。
[30] 吳濁流曾自敘其從事小說創作的因緣，是來自一位愛好文學的日本少女袖川之刺激與鼓舞。故這人生中的第一篇小說創作，自然是給這位日籍的袖川小姐過目。

二、教育的不平等

　　光復後，一度統治臺灣的日本，還曾十分自豪地表示領臺之時，其對臺灣的經濟建設及教育制度的確立與普及，是促使臺灣經濟得以在戰後迅速邁向現代化的基礎。然而事實果真如此？日據時代做了二十年鄉村教師，熟知殖民地教育本質的吳濁流，在其〈功狗〉中，即為我們提供這個問題的答案。吳濁流首先質疑的是，臺灣人子弟只能就讀相對於設備及師資均較小學校（日人子弟所就讀的學校）為差的公學校。而且公學校的教育重點，只著眼於實業教育及社會教育，根本有意忽略學生的學識教育。所以差別教育在此，即是殖民地上統治者肆無忌憚地歧視被殖民者最明顯的證明。而至於公學校所著重的實業教育及社會教育，究竟是什麼樣本質的教育呢？其實說穿了，實業教育就是農業教育的美稱，殖民地上的公學校為落實農業教育的推行，必須：

> 經營廣大的農場，因此影響到學生的學業很大，一日沒有半天可讀書；學生的知識一天一天退步，反之，農業的勞作一天一天加強。當時雖遭受許多父兄的指斥，奈何公學校不比小學校，這是當局的高等政策所暗示的；任你抗議也是無效的。[31]

　　如此蠻橫地抹殺學生權益的教育政策，也只有在此殖民地上才能見到。而且統治者的教育當局，除一邊提倡實業教育，一邊又策動所謂社會教育。社會教育其實就是向殖民地人民教導殖民母國語言的日語教育，而這種教育，實質上也只是為了讓臺灣總督府在推

---

[31] 語見吳濁流著，〈功狗〉，收入於張良澤編《吳濁流作品集 2・功狗》，頁 35。

行政令上的方便而興辦，並非真具有啟迪民智，使臺灣人免於文盲的偉大使命。至於這種教育能夠達到如何的成果，當時還在為殖民地教育扮演先鋒的吳濁流，在小說中亦有如此真實地描述：

> 要推行『社會教育』就要辦理夜學，夜校的學生不比白天的學生，年齡有大有小，有老有幼，兒童、少女、青年、婦人、老翁、老太婆都有，對象參差不等，是很難教的。一個發音要唸幾十遍，因為老人家舌根已硬，很不靈活，兼之他們都是被迫而來的。因為根據保甲會議的決議，每戶都要派一人參加補習，無故缺席的就罰，若有偷懶的，由保正甲長警察負責督促，所以他們來不過是為敷衍，全無興趣可說。他們往往在教室裏打盹，這也因為白天要勞動，拖著已經疲倦的身體到了教室，自然而然只想睡覺，那有心來聽講呢？[32]

這種強迫施行的教育政策，只會增加受教者的困擾，為他們在白天勞動後的身體，更增添精神上的疲累罷了，這些實在都已嚴重違反教育的本質和意義了。然而殖民地上的教育當局，仍執著於社會教育（基礎日語教育）和實業教育（農業教育）的推行，這不禁讓筆者更加確認其真正的目的，無非只是要能更方便地『馴化』臺灣人，以便於在殖民地上實施更深入而有效的經濟榨取之手段。所以蔡培火在寫《給日本國民》一書中，才會有如此一段悲痛的告白：

> 這些不是很有效的能力榨取教育麼？這些不是露骨的愚民教育嗎？官僚們則稱之為『一視同仁』的聖旨，使能享受與

---

[32] 語見吳濁流著，〈功狗〉，收入於張良澤編《吳濁流作品集2・功狗》，頁36。

　　日本人同樣生活的同化主義教育法。噫！同化！假汝之名的
　　日本語中心主義，真是拘束並抑制我們心靈的活動，使從來
　　的人物一無所能，使一切政治的社會的地位都為日本人所獨
　　佔。又凡受此新型教育的青少年，除了特別的天才以外，都
　　被低能化，失去新時代建設者的資格。[33]

這樣一段話，不正是可以對那些大言不慚，聲明是臺灣近代化功臣的
日本人，做最有力的反駁嗎。

　　當然吳濁流在〈功狗〉中，只反映出公學校教育的典型，至於
公學校畢業學生的出路，吳濁流則也未忽略地將其反映在〈亞細亞
的孤兒〉中：

　　運動會結束以後，學生們便接著準備升學考試，他們都為投
　　考師範學校及中學而專心一意地準備功課。但每年師範學校
　　的新生錄取額，每縣（郡）平均只有一、二名，而縣轄的國
　　民學校卻有十六所，六年級生共有二十多個班級，因此每縣
　　（郡）錄取比率是二十比一，競爭當然是劇烈的。太明為了
　　替自己的學校爭取郡一名僅有的錄取額，每天早晨上課以
　　前，便為學生補習國語（日語）和算術。放學以後又為他們
　　解答入學試題，晚間再在宿舍為考生複習功課，幾乎把全部
　　的時間支配得沒有一點空閒，準備衝破這第一道難關。……
　　可是，同事們對於他這樣熱心，非但不寄予同情，反而背地
　　裏譏笑沽名釣譽，有的還笑他多管閒事，李訓導甚至當面說

---

[33] 語見矢內原忠雄著，《帝國主義下的臺灣》‧〈教育問題〉中所引用蔡培火的
　　《給日本國民》之一段話。頁 152。

他這種作法是枉費心機。他所持的理由是：在本省籍學生的中學入學人數限制未取消以前，無論如何爭取，也是徒勞無功的。譬如甲校的錄取額增加一名，乙校勢必減少一名，結果整個局面還是沒有改變，這就是所謂蝸牛角上之爭。[34]

殖民地上的被支配者，公學校畢業後，想再繼續接受中等教育之機會，可說如上述般之困難，因此造成深知內幕的臺籍教師，對熱心於輔導學生升學的太明有所譏諷。其實他們的嘲諷，並非針對太明而發，而是說給殖民地的教育當局知悉，因為他們刻意地對「本省籍學生的中學入學人數之限制。」在此升學管道沒有任何改變的環境下，即使是教師和本省籍學生再如何地努力，終究只是在蝸牛角上做競爭，一切均歸徒然。所以也因此造成公學校教師如李訓導等人，最後只能對這種毫無希望的教育環境冷漠以對。

當然，吳濁流在此也絕非誇大其詞，對這個現象與問題有深入研究的日籍學者矢內原忠雄，就曾如此坦率地承認：

除了佔領臺灣當初在統治上最為實用的醫師養成所以外，至一九一九年止完全沒有專門教育機關，實業學校亦付之闕如，對於臺灣人的中等教育亦不完備；比較這一期間產業之異常的資本主義發展，可知日本佔領臺灣的最初二十五年間，統治的權力大部份放在經濟方面，對於教育並不重視。國語教育與醫學，這是在臺灣統治的實用上所能容許的全部教育。通常都以技術教育為殖民地教育的基礎，這在臺灣，也

---

[34] 語見吳濁流著，〈亞細亞的孤兒〉，收入於張良澤編《吳濁流作品集 1・亞細亞的孤兒》，頁 36-37。

被忽視，因為必要的技術家可由日本供給故也。臺灣人不但在
臺灣沒有接受專門教育的機關，直至一九一九－二〇年前後，
即去日本留學（特別是學法律政治），也受政府的干涉。[35]

這些證據，無不清楚地直指殖民地上的教育當局，實施的是如此一種
包藏禍心的教育制度，無怪乎深知殖民地教育本質的吳濁流，要藉其
小說作如此深痛的控訴。

三、皇民化的矛盾

從上述日帝對臺灣人在待遇及教育上所採取的不平等政策，即
知日帝據臺之後，始終視臺灣為其殖民地農場，盡情咨意地從事經
濟的榨取，而臺灣人在日本人的眼中，充其量只不過是一群廉價的
農奴而已。然而隨著日帝覬覦大陸更廣袤的資源，及從不間斷地挑
釁下，民國二十六年蘆溝橋事變爆發後，終不可避免地使中國與日
本展開全面性的戰爭。這場戰爭的發生，對於夾在同民族的祖國及
異民族統治者間的臺灣人來說；無疑是一項不小的喜訊，雖然他們
在表面上被迫不能不向祖國的敵人表示忠誠，但是事實上無人不在
內心寄望於祖國能贏得這場戰爭，以便使臺灣得以永遠擺脫奴隸的
地位，重回祖國的懷抱。

當然臺灣人的想望，身為統治者的日本人也並非全無所悉，只
是昧於在侵略初期，太輕視中國人的民族韌性，狂言三個月亡華，
待全面衝突陷入膠著之後，才驚覺這場戰爭，並不如預期般地能令

---

[35] 語見矢內原忠雄著，《帝國主義下的臺灣》，頁 143-144。

其稱心如意，為所欲為。至此臺灣總督府始猛然回頭，一方面為安撫心向祖國的臺灣民心，一方面又為了加快掠奪臺灣所有的資源以投入戰場，而開始實施那更令臺灣人難以忍受的精神榨取——皇民化運動。這裏所謂的「皇民化運動」，其實只是殖民地上的統治者，巧妙地運用戰時所施行的配給制度 [36] 來誘引臺灣人改姓名、說日語、穿和服、拜大麻、學習日本的一切風俗習慣，企圖將臺灣人改造成徹頭徹尾的日本人，以爭取臺灣人認同這場侵略其祖國的戰爭。顯然這種欲令臺灣人數典忘祖的運動，當時確也吸引了一部份利令智昏的投機者，如〈先生媽〉中的錢新發、〈亞細亞的孤兒〉中的胡志剛等人之大力配合。他們膚淺地藉由對日本人日常生活點點滴滴的模仿，來彼此互相觀摩、比較及展示，甚至於視此為高於臺灣人身份的表徵，盛氣凌人而不以為恥。然而相對於這批人的背後，卻也隱藏著更多具有民族意識，不與皇民苟同的臺灣人，如先生媽及胡志剛之母，他們對這群數典背祖的錢新發等人之行為雖不能忍受，然卻又無具體的影響力去反抗時局，終只能為無能管束自己的子女而暗自飲泣。

當然臺灣人的皇民化，並非都如錢新發或胡志剛等人，心甘情願地懷抱著投機心態去參與，因為絕大部份的臺灣民眾，都是被迫於無奈地去敷衍當權者，期在那朝不保夕的戰時，以乞得最基本的生活需求，然結果呢？吳濁流就相當技巧地借胡太明的舊同事李導師之口，三言二語，即將皇民化的矛盾告知讀者，李導師說：

---

[36] 戰時日本藉口物資的缺乏，而對臺灣民眾實施所謂的配給制度，雖是配給制度，內容也充滿了歧視的矛盾，即制度中規定，日本人及改姓名的皇民化國語家庭皆可領用黑券，依然可配到砂糖、肉類和其他各種特別的物品，而未改姓名的臺灣人則無此特權。

> 我一心一意從事皇民化運動，除了實行家庭國語化外，並且
> 不顧父母反對，首先實行改姓。我認為自己這一代的艱苦，
> 如果能換得子孫的幸福，還是值得的。可是現在怎麼樣呢？
> 自己雖然拼命朝著這個方向走，結果反而越走越遠了。[37]

那麼是什麼樣的機緣令李導師能突破皇民化的這個盲點，而說出這番自省其非的話呢。胡太明之友藍，對「皇民派」觀點所下的這段評語，正好道出李導師的這個自覺，他說：

> 他們忘記了本國歷史傳統，一味希望『皇民化』，妄想那樣
> 便可以為子孫謀幸福，因此皇民狂如雨後春筍，而且還產生
> 皇民文士、皇民文學者等等。可是外表縱使能『皇民化』，
> 最後還有血統問題應該怎麼解決呢？[38]

　　皇民化者一味地模仿日人的外在生活模式，甚至以為改換日本人的姓名，口說日語，即可成為不折不扣的道地日本人，殊不知皇民化運動只是殖民統治者，藉以解消臺灣人因日人侵略其祖國所產生的反抗意識，所玩弄的一種把戲。那些傾醉於皇民化運動的臺灣人，縱使對日人外在行為模仿的維妙維肖，然向來以擁有大和民族血統而產生無端優越感的日本人，也不會完全認同於擁有漢民族血統的臺灣人是其族類。皇民化中血統問題的這個矛盾，看在有識者如吳濁流等人的眼中，即能一語道破此運動本質中的荒謬性。

---

[37] 吳濁流著，〈亞細亞的孤兒〉，收入於張良澤編《吳濁流作品集 1・亞細亞的孤兒》，頁 270。

[38] 吳濁流著，〈亞細亞的孤兒〉，收入於張良澤編《吳濁流作品集 1・亞細亞的孤兒》，頁 228。

　　而除此之外，吳濁流還借胡太明之口，道出這場日、臺合演的鬧劇背後之真實意義：

> 他認為『皇民化運動』固然是臺灣人的致命傷，表面上看起來，臺灣人也許會因此而遭受閹割，但事實上並不如此，因為中了這種政策毒素的，畢竟只有一小部份利令智昏的臺灣人，其餘絕大多數的臺灣同胞，尤其在廣大的農民之間，依然保存著未受毒害的健全民族精神。他們雖然沒有知識和學問，卻有和鄉土發生密切關係的生活方式，而且那與生俱來的生活感情中，便具有不為名利，宣傳所誘惑的健全氣質。他們唯其因為與鄉土共生死，所以決不致為他人所動搖。反之，那些遊移騎牆的『皇民派』，卻非常容易動搖，因為他們易為物慾所動，他們是無根的浮萍，他們的力量看來雖然大，其實不然，微風、碎浪便可以使他們漂流失所的。[39]

　　果然，由光復後臺灣人熱烈慶祝重回祖國懷抱的情境，即足以證明這個皇民化運動，是徹頭徹尾的失敗了。

第五節　小結

　　日據時代有如此道德勇氣，而不畏強權敢直指統治者之非的作家，不是沒有，楊逵就是其中的佼佼者，然而楊逵雖也利用文學來

---

[39] 語見吳濁流著，〈亞細亞的孤兒〉，收入於張良澤編《吳濁流作品集 1・亞細亞的孤兒》，頁 229。

批判殖民統治者，但他所採取的主要抗爭手段，並非完全落實在文學，而是直接訴諸於農民組合等的社會運動上。因此他文學的筆觸就沒有如吳濁流般直言不諱，日據時代與楊逵相當親近的女作家坂口袴子，就曾在其回憶性的文章中，如此評論他的作品，她說：

> 他曾在《臺灣公論》發表一篇劇本〈剿天狗〉。在這篇劇本中，他沒有採取正面政擊日本官憲強迫的「皇民化」運動，卻以消除髒亂、撲滅「天狗熱病」的故事，巧妙配合了村民協力面向藉勢剝削人民的高利貸李天狗；其底流的熱烈真會震撼人心。這是他小說一貫採用的姿態。[40]

表面上應和殖民統治者的宣傳，沒有正面攻擊日本官憲強迫的皇民化運動，卻將反抗意識隱藏在情節內容當中，而且還能夠因此而通過總督府的層層檢查，一刀未剪地獲得刊登及上演的機會，這大概也是鍾肇政為何將楊逵的文學歸於「自覺型」的原因之一吧。

　　然而相對於吳濁流卻因祖父的叮嚀教誨、個人的畏亂性格及瞭解日軍軍力的可怕，故自始至終均不敢將其反日意識，直接訴諸於較激進的社會運動抗爭上，而是選擇將這股不平不滿的情緒，完完全全地在其小說中展現。然而不知是否為吳濁流的特別幸運，曾在楊逵所主編的《臺灣新文學》發表過〈水月〉、〈泥沼中的金鯉魚〉及《新新雜誌》發表〈陳大人〉的吳濁流，當時算來也是一位知名的作家，但是竟然能躲過當時總督府強加於臺灣作家的騷擾，並未被歸入動員的行列。因此雖然他不必像其他的臺籍作家般，在強大

---

[40] 坂口袴子著，〈楊逵與葉陶〉，收入於楊素絹主編，《壓不扁的玫瑰花》，（臺北：輝煌出版社，1976），頁52。

的壓力下，寫下一些口是心非或是言不由衷的作品，但是他為了嘲諷擁護「皇民化運動」的大學教授們而創作的〈先生媽〉，及甘冒生命危險起草的《亞細亞的孤兒》，都是毫無掩飾地直指殖民統治者政策上最深刻的矛盾。在戰時那樣艱困的環境中，猶能這般對殖民統治者展現其從不妥協與屈服的傲骨氣節，以及用文學來對日據時代臺灣歷史真相揭露所作的貢獻，除做到其祖父要他恢復臺灣人應有的尊嚴之期許外，也為我們後輩讀者留下一個文學創作者最佳的人格典範。

　　因此縱觀他在日據時代的文學表現，正如「吳濁流文學獎基金會」為他所撰述的生平事略所稱：

> 公為人耿直，嫉惡如仇，不畏強權，其志浩然，一以貫之。如日據末期，冒死寫《亞細亞的孤兒》正氣凜然，允稱反日抗日文學之代表作，殆亦代表我民族正氣之流露也。其將不朽，自在意料之中。[41]

吳濁流在晚年曾自謙其文學是「拼命文章不足誇，人生如夢夢如花。」[42]但佩服於他一生均能堅持於為歷史存真的道德勇氣，因此筆者除讚以「拼命文章才堪誇」外，並期望藉著本文為吳濁流日據時代反日、反皇民的文學精神，獻上最崇高地敬意。

---

[41] 吳濁流文學獎基金會敬述，〈吳公濁流生平事略〉，《臺灣文藝》第 53 期，頁 6。

[42] 此詩本為吳濁流為悼亡其妻而作，原詩為「拼命文章不足誇，人生如夢夢如花。可憐只為山妻死，卻使心情亂如麻。」但前二句實可視為其對自己畢生文學的論評。

第三章　無悔的執著
——論周金波皇民文學的書寫意識

第一節　前言

　　日據時代，以小說〈志願兵〉獲得第一屆「文藝臺灣賞」的作家周金波，戰後被臺灣文評家評定為「皇民作家」，他的作品自然也被冠上所謂的「皇民文學」。並因為民族情感的關係，而長期受到臺灣文壇的忽視與排擠，所以從臺灣光復之後，周金波的作品始終都沒有被翻譯成中文，而介紹到臺灣讀者的眼前。直至一九七九年由鍾肇政及葉石濤主編的《光復前臺灣文學全集》出版時，原計劃收錄周金波的〈水癌〉及〈尺的誕生〉這兩部作品，但卻遭遇該《全集》編輯群的反對而作罷。對於這樣的結果，頗引起日籍文評家中島利郎的不滿，他認為自一九四九年以來，周金波的作品連一篇中文譯文都沒有，更遑論他的作品在臺灣文壇上有經過任何的研究與討論，而在沒有事實檢證的情況之下，就被印烙上「皇民作家」的標籤，是一件相當不客觀公平的事。

　　於是他開始撰文，寫下了〈周金波新論〉及〈皇民作家的形成——周金波——關於遠景出版社版《光復前臺灣文學全集》〉等評論，企圖來為周金波辯誣。而這兩篇論文所得到的共同結論都是：

周金波並不是「皇民作家」，而是真正「愛鄉土、愛臺灣的作家」[1]，可見中島利郎是急欲想要為周金波撕掉這個在臺灣帶有負面意象的「皇民作家」之標籤。然而到底周金波在日據時代的文學呈現，算不算達到一位「皇民作家」的標準，還是正如中島利郎所辯述的，他只是一位真正愛鄉土、愛臺灣的作家呢。西元二〇〇二年，由前衛出版社出版的《周金波集》，將周金波在日據時代所撰述發表的小說、散文，完整地收錄在這本集子中，因此本章論文即想藉由該本集子所收錄的文章，來探討分析周金波彼時的創作動機及心境轉折，並藉以為中島利郎上述的這個結論作一回應。

第二節　周金波是不是皇民作家？

　　根據中島利郎的研究認定，周金波不是一個皇民作家，那麼首先我們必須先來瞭解何謂「皇民作家」？何謂「皇民文學」？根據葉石濤的說法，「皇民作家」應是：

> 戰爭的黑暗愈來愈加深，皇民化運動的浪潮越來越洶湧的時候，有些作家在理念上認同了殖民地政府的政策，走向親日的路。[2]

而鍾肇政則認為「皇民文學」的定義：

---

[1]　此論點見於〈周金波新論〉，收錄於《周金波集》（臺北：前衛出版社，2002），頁 2。亦見於〈皇民作家的形成——周金波——關於遠景出版社版《光復前臺灣文學全集》〉，收錄於《周金波集》，頁 321。

[2]　葉石濤著，《臺灣文學史綱》（高雄：春暉出版社，1987），頁 66。

　　簡言之就是做一名日本順民的文學，不用說是失去了民族本
　　位的文學。[3]

因此不論是葉石濤還是鍾肇政，都認為只要是理念上認同殖民地政府
政策，走向親日的路線，而創作出順應日本國策呼籲的順民文學，都
可算符合「皇民作家」及「皇民文學」的定位。因此要探討周金波是
不是「皇民作家」，他的作品是不是「皇民文學」，筆者認為，應先從
作家的成長背景去瞭解。因為每一部文學作品，原本就是作家思想情
感的投射；意志與行為的表現，因此在此我們期望透過對周金波生平
言論和思想軌跡的瞭解，來加以還原他小說中所欲呈現的真正意涵，
並可藉此來評定他到底是不是一位皇民作家。

　　根據周金波的自述及中島利郎所編的〈周金波年譜〉得知，
他於一九二○年出生在臺灣基隆。出生時因值父親楊阿壽正在東京
留學，所以第二年就由他的母親將其帶往東京與父親一起生活。一
九二三年時遭逢關東大地震而使東京住家全毀，旋由母親帶返臺
灣。一九三四年再由他的父親將他帶往東京，進入日本大學第三附
屬中學就讀，旋即再進入日本大學齒科醫學部繼續深造。直至一九
四一年大學畢業後，才回到臺灣繼承其父親在基隆所開設的長壽齒
科醫院。

　　由這段論述中得知，周金波中學至大學的這段求學歷程，都是
在日本度過。而且在這段期間，他似乎還頗熱衷於演劇的活動，曾
參加「聖劇研究會」與「七曜會」，並獲選為「文學座」劇團的第

---

[3]　鍾肇政著，〈日據時期臺灣文學盲點──對「皇民文學」的一個考察〉，刊
　　登於《聯合報》第十二版（1979.6.1）

一期研究生,可能是對演劇的接觸研究,間接也培養出他對寫作的興趣。據他日後的回憶稱:

> 儘管我身在異國,但我自覺到無論在環境、人生知遇上都受恩惠,因此我暗自使用了周惠太郎——這個名字。[4]

可見在日本求學的這段時間,是周金波自覺最自由愉悅的時期。不論是在生活樣式上,或是在知識學習上,他都自認得力於日本人的照顧與啟發甚多,因此除了血緣不同之外,在情感的認知上,他實在也不覺得自己與日本人有何不一樣。所以也就使用了周惠太郎這個日本名字,並真實地融入日本人的生活當中。自己是真正日本人這樣的認知,顯然回到臺灣之後,亦不曾有任何地改變。因此當他受邀,參加一九四三年八月二十五日在東京帝國劇場所舉辦的第二屆「大東亞文學者大會」,成為臺灣人作家之代表時,他在會中才會發表了〈皇民文學之樹立〉的如此談話,他說:

> 在此陳述有關皇民文學在臺灣之樹立。眾所周知的,我們臺灣可以說是大東亞共榮圈的一個縮圖,大和民族、漢民族、高砂族之這三個民族,公平地在天皇威光之下共榮共存,現在就這樣,三位成一體達成聖戰而協力向前邁進。在文學的世界要揚棄以往僅有的外在文學,異國情趣等趣味性,由此亦可見文學欲描寫在殘酷的決戰下之整個臺灣的真正面貌的積極態度。[5]

---

[4]　周金波著,〈我走過的道路——文學・戲劇・電影〉收錄於《周金波集》,頁 278。

[5]　周金波著,〈皇民文學之樹立〉,收錄於《周金波集》,頁 231。

　　以這樣認同殖民地政府政策的理念下，所創作出的〈水癌〉、〈志願兵〉及〈尺的誕生〉等小說，因此中島利郎說他「不是皇民作家」，似乎與實情不符。況且周金波本人也從來沒有公開否認他在日據時代的文學創作不是「皇民文學」[6]。周金波是不是皇民作家，他這時期的創作是不是皇民文學，答案似乎已經相當清楚。然而不論當代中、日文評家對皇民文學的評價為何，在此筆者較有興趣的，是想從這些作品的內容當中，來探討這段時期周金波文學創作的心境轉折。

第三節　皇民文學創作之心境

　　其實剛從日本回臺的周金波，與他在東京所過的所謂現代化生活相比較，臺灣的一切似乎顯現的是如此地鄉土與落後，因此為了

---

[6]　戰後周金波亦從未出來公開反駁他的作品不是皇民文學，他的理解，可能正如他的兒子周振英所認定的：「這兩篇小說（註：指〈水癌〉及〈志願兵〉）在日本敗戰後，被評為『皇民小說』，更把我父親冠上『皇民作家』之名。在我自身的感覺中，在日本帝國的統治下的所謂『皇民時代』，寫的小說當然可以稱為『皇民小說』，作者可以稱為『皇民作家』，就像古代的人寫小說被稱為『古代小說』，明清時代的小說被稱為『明清小說』一樣，是理所當然。一個時代的小說反應當時的史實，大家可以很心平氣和地去欣賞，了解那個時代的情形。怎麼在今日的臺灣，日本的統治還不過是五十多年前的事，就刻意把它塑成一個特殊的時代？甚至是一個罪名昭彰的代名詞。」（周振英著，〈我的父親──周金波〉，收錄於《周金波全集》，頁370-371。）的確，一個特殊的時代環境，必定會孕育出符合那一個時代特性的文學作品，後世的文學研究者，應跳脫自己所處的環境氛圍，而直接進入產生那個文學作品的時代，找出那個時代的特性，才能真正還原作者的文學特色。周振英期望的，大概也是要讀者客觀地去正視日據時代的那個特殊環境，所帶給臺灣知識份子的一種思考與回應，不要以個人所處的時代之主觀觀點，而給予那個時代作者不須去承受的負擔與負面評價。

要迎頭趕上日本人的現代生活，一開始周金波確是將皇民化運動定位為是一種新生活運動，一種追求現代化的運動。因為周金波不必像其他的臺籍作家一樣，對於是不是日本人的認同，將其視為是一項民族大義的問題，所以他在帶有自傳性色彩極濃的第一部小說〈水癌〉中，一開頭即毫無掩飾地如此描述：

> 他醒過來，仍舊躺著，一面在新鋪的綠蓆氣味中把玩，一面回憶東京留學時代。好幾年沒有在榻榻米上休息了。對在榻榻米度過的學生時代的懷念復活起來之後，又有更大的感慨湧上心頭。認為向高水準的生活接近一步——。還認為為完成一項義務——倒不如說變成某種不易獲得的優越感，緊緊地逼迫全身。在榻榻米上開始過像日本人的生活！這使他洋洋自得，使他抱定漠然而嶄新的希望。以七七事變為轉捩點而加速推行的皇民鍊成運動，不用說，從站在領導階級地位的他們腳下向外擴展。它以點燃野火一般的氣勢，燒燬迷信，打破陋習。[7]

　　這段話的言下之意，即在臺灣還能夠過和內地日本人一樣的生活方式，就等同於是向高水準的生活接近一步，而能夠完成這樣一項的皇民化義務，不知不覺中竟能讓人心中昇起一股難以言喻的優越感。可見這時的周金波，是確信臺灣人可以透過皇民化，來達到躍昇為現代公民的一個捷徑。但是根據中島利郎的研究，這篇〈水癌〉是尚在日本日大齒科部就學的周金波，在一次回鄉省親時，親眼目睹家鄉一位好賭博的母親，不顧患有水癌重症的女兒，以致延

---

[7]　周金波著，〈水癌〉，收錄於《周金波集》，頁 3。

誤治療時機的真實醫療事件，於是回到東京有感而發所寫下的作品。在東京成長就學的周金波，看到家鄉父老的思想行為是如此地自私落後，於是帶著青年人理想的改革性格，直覺地想要透過皇民鍊成運動，來讓臺灣人真切體認現代日本人的精神。並希望藉此來燒燬打破代表臺灣人落伍的迷信與陋習，使臺灣能及早跟上日本人的腳步，這樣的觀點想法，其實是可以理解的。

於是他相當自信地認為：

> 島民是可以教化的，而且可以比所預期的更容易，更迅速地辦到──他所一直抱定的信念，被最近突然抬頭的強有力的自信迅速地推上去。[8]

然而如何能比所預期的更容易，更迅速地做到教化島民這一點呢，仿效同是學醫的魯迅，以〈阿 Q 正傳〉來教化中國人的這個方式，似乎頗值得一試。於是他藉由一個具有典型臺灣形象的少女之母親，因沈迷於賭博與歌仔戲，而不願聽從醫生的建議，送少女進醫院去治療，終於害死少女的這事件，成為他〈水癌〉創作的原型。而這個少女母親的表現，也使得他對島民需要教化的這個主張，獲得正當性地被如此點出：

> 這就是現在的臺灣。可是，正因為如此，才不能認輸。那種女人身上所流的血，也是流在我身體中的血。不應該坐視，我的血也要洗乾淨。我可不是普通的醫生啊，我不是必須做同胞的心病的醫生嗎？怎麼可以認輸呢。[9]

8　周金波著，〈水癌〉，收錄於《周金波集》，頁 4。
9　周金波著，〈水癌〉，收錄於《周金波集》，頁 12。

這樣的一段話，不是可以很清楚地看出周金波此時的企圖心嗎。才剛歷練東京現代文明洗禮的周金波，這時眼中的臺灣，正充斥著那些思想伍落，行為荒唐的少女母親之印象。於是基於知識份子的道德心與責任感，讓他立志要成為同胞心病的醫生，來淨化流在那種女人體內的血，而要教化島民的訴求，就在這皇民化等同於現代化的邏輯推演下，被合理地灌輸在他的這篇小說中。而周金波創作這篇小說時的心境，以此也正可呼應垂水千惠如下的這段評語：

> 周金波認為日本才是輝煌的近代，臺灣只是「固陋」的「地域」；臺灣的異文化性質並不是問題所在，真正有問題的是她的落後。正因為如此，周金波才會抱持信念，很努力地想成為「皇民」，以證明他對臺灣的愛。[10]

　　然而他想教化臺灣同胞在生活上成為「皇民」的這項努力，隨著日本擴大發動太平洋戰爭，在方向上，則有著明顯的調整。一九三七年七月爆發「七七事變」之後，當初日本軍部所聲言「三個月亡華」的作戰計劃，被中國戰區蔣委員長「以空間換取時間」的戰略所粉碎。戰事的拖延使得黷武的日本軍部，也開始感到大和民族人員的耗損，遠遠追不上戰局的不斷擴大。於是如何活用外籍兵力，成為戰時日本軍部一項相當重要的課題，這時目標要使臺灣人成為「天皇之赤子」的皇民化運動，又成為動員臺灣人投入日本人戰爭最好的宣傳工具。此點正如日籍文評家星名宏修的研究論述稱：

---

[10] 垂水千惠著，〈戰前「日本語」作家──王昶雄與陳火泉、周金波之比較〉，收錄於黃英哲譯、涂翠花譯，《臺灣文學研究在日本》（臺北：前衛出版社，1994），頁100。

這項「皇民化運動」的「極致點」，就是導入「志願兵」制
度（四一年六月廿日，閣議決定。翌四二年四月實施）。實
施這種制度的契機之一，固然是「七七事變」引發長期抗戰，
而造成兵力不足。不過，本質上，並不是為了補充兵源，而
是一種「全島性運動」的構想；目的是和「臺灣教育令」的
「改正」同步，訓練臺灣人成為建設「大東亞共榮圈」的必
要「人力資源」（亦即成為「亞日本人」）。[11]

　　志願兵制度的實施，主要的目的是不是為了補充兵源並不重
要，重要的是它導入的「極致點」還是這項「皇民化運動」。這時
已回到臺灣執醫業的周金波，必定已有相當程度地掌握這項國策脈
動的訊息，而適時地在一九四一年九月廿日，於西川滿所主持的《文
藝臺灣》，發表他的另一篇重要小說〈志願兵〉。這篇〈志願兵〉甫
一發表，即獲得包括濱田隼雄、龍瑛宗及西川滿等三位「文藝臺灣
賞」選考委員的讚賞，結果三位委員一致推薦周金波為第一屆「文
藝臺灣賞」的受賞者。〈志願兵〉為何能得到西川滿等人的賞識，
筆者以為雖然與這篇小說符合國策宣傳的時勢潮流不無關係，但最
重要的應該是周金波在這篇小說中，明確地點出皇民化運動的真正
精髓──大和精神。在〈水癌〉中，他只強調臺灣文化的落後，並
想藉著加速推行皇民鍊成運動，來燒燬臺灣人的迷信、陋習，以提
高臺灣人的生活而達到日本人之水準，但這畢竟仍屬表相消極的一
面。周金波在〈志願兵〉中，對皇民化詮釋的思想觀點明顯有所提
昇，試看〈志願兵〉中明貴與進六的這般對話：

---

[11] 星名宏修著，〈「大東亞共榮圈」的臺灣作家（一）──陳火泉之「皇民文
學」型態〉，收錄於《臺灣文學研究在日本》，頁 35-36。

「到現在為止我們還是很渺小的人種，這個你也很清楚，文
化水準還很低的人種，這總是沒辦法，因為以前沒有過教養
與訓練。但是現在皇民鍛鍊是目前的緊急課題，那些以前缺
少的教養和訓練趕快去實行，這不就夠了嗎？趕快把臺灣的
水準拉到和日本內地一樣，不就好了嗎？為何要用拍掌儀式
那種東西，有何必要呢？」

「你所說的只不過是文化的問題而已，而且你有些誤解，我
說的是精神問題就是注入日本精神。」[12]

這兩人的對話其實點出一項重要的課題，明貴認為臺灣文化水
準的低落，只要靠皇民的鍛鍊，趕快將臺灣的水準，拉到和日本內
地一樣就好了，何必還要刻意跑到神社前去拍掌祈禱，藉著神靈的
附體來證成自己是十足的日本人呢。這樣的論點想法，似乎正符合
〈水癌〉中的主張，然而接著進六的回答則饒富趣味，意即臺灣人
要成為真正的日本人，光靠文化的提昇是不夠的，最重要的是還必
須積極地注入日本精神。而這個日本精神，則就須藉著拍掌膜拜的
儀式，由接觸大和心、體驗大和魂之過程當中去尋得，其實這個日
本精神，實質上不就是吸引臺灣人成為「志願兵」的最大原動力。

明貴雖然沒有懷疑過他是日本人的事實，但是他的成為日本
人，似乎還帶有那麼一點無以選擇的無奈：

當然，我們臺灣人是不當日本人是不行的，但是我不願像進
六一樣像被矇住眼睛的拖馬車的馬一樣。為什麼不做日本人
不行的原因，這是我首先必須考慮的，我在日本的領土出

---

[12] 周金波著，〈志願兵〉，收入《周金波集》，頁 29。

> 生，我受日本的教育長大，我日本話以外不會說，我假如不
> 使用日本的片假名文字我就無法寫信，所以我必須成為日本
> 人以外沒有辦法。[13]

要這種沒有選擇不當日本人權利的臺灣人，去充當志願兵為天皇效死，
恐怕是不可期待的吧。果然是由強調皇民化必須要注入日本精神的進
六，率先響應「血書志願」去充當皇軍的先鋒，而小說的結尾，周金
波是安排明貴：

> 去向進六道歉了，輸給他了，進六才是為臺灣而推動臺灣的
> 人材，我還是無力的，無法為臺灣做什麼事，腦筋太硬板了，
> 我自己這樣想。進六終於說服了他六十七歲的母親，昨天提
> 出了志願書，提出前一點也沒通知我，這個傢伙割了小指寫
> 血書，這點我做不到，今天，我很男子氣概的向他低了頭。[14]

　　一九四一年六月臺灣總督府發佈「志願兵制度」時，時年廿一
歲的周金波並沒有身體力行地去響應這個號召，但卻在同年的九
月，發表這篇〈志願兵〉以作呼應。文中的明貴和進六的言論，其
實正分別反映出周金波對皇民化的認知觀點的提昇，然而是否也同
時反映出周金波當時現實層面（擁有高級知識份子的醫師身份，當
然不可能自願去參戰）和精神層面（認同這場戰爭的神聖性，期望
號召更多臺灣人去參戰）的真實心態，我們不得而知。但在一九四
三年十月十七日的一場座談會上，他曾為這篇〈志願兵〉的主題，
做過如此的陳述。他說：

---

[13] 周金波著，〈志願兵〉，收入《周金波集》，頁 33。
[14] 周金波著，〈志願兵〉，收入《周金波集》，頁 35。

在我的〈志願兵〉文中，也有那同世代中的二種不同的想法
——其中之一，概括地說就是有：1、精打細算的想法，2、
就是已經沒有理論，自己已經是日本人了。代表這個時代的
兩種臺灣本島青年，如果問結果是那個會正確地在這時代生
活下去？換句話說也是個〈志願兵〉的主題。就那樣我所相
信的就是已經沒有理論，自稱是日本人的後者，應該說那些
人才會肩負臺灣的將來。[15]

如果筆者沒有誤讀的話，周金波這段話的言下之意，明貴是屬
於臺灣青年當中那種要當日本人還須精打細算的類型，而這個類型
頗符合知識份子重思辨的特性。進六則是代表那種沒有理論，自認
自己生來就是日本人的典型。這典型則符合一般人云亦云，沒有思
想理論為基礎的庶民階層之特性。然而國家一旦有事，當然以後者
最易受號召動員，而周金波在此卻言明，只有像進六這種人才能肩
負臺灣的將來。那麼回復到〈志願兵〉的題旨，則周金波本人雖沒
有自身去參戰，然其內心深處，試圖透過這篇小說來支持擁護這場
戰爭的心態，已不言可喻了。

日後雖然他的兒子周振英也曾為這篇小說再作詮釋，他說：

「志願兵」小說是在討論本來就是日本國民的臺灣人，如何
和日本內地的大和民族爭取相等地位的本島臺灣民族的苦
惱。當時的臺灣人當中，一種是主角張明貴所代表的，有
幸到日本留學或在臺灣受較高教育的知識階級，他們首先
想到必須要從文化向上、生活向上開始，接著又盤算自己

---

[15] 周金波著，〈關於徵兵制〉，收入《周金波集》，頁 236-237。

接受日本國民的教育，在日本國統治下成長，只會說日本話，也只能用日本文才能寫信，因此自然必須成為日本人。而另一主角的高進六則是一般臺灣民眾，接受日本國的殖民教育，要爭取與日本人平等，成為真正的日本人，只有超越知識階級的那種理論，在精神上體驗日本人的大和精神，體驗神人一致的人間尊嚴，把一切邪念、私慾、私利克服，也就是注入日本精神，那就能與日本人平等。小說的結尾，高進六去應徵「志願兵」，張明貴對他這種堅強的毅力，終於認輸，認為高進六才是要為臺灣推動的人才，自己卻無能為力。這篇小說雖是以〈自願兵〉為題，但並沒有討論志願兵問題，因此正如臺灣文學研究者岐阜教育大學（今改為岐阜聖德學園大學）教授中島利郎所說，當時包括張文環在內，很多人寫志願兵小說，這篇小說，在眾多志願兵小說中並不受注目。[16]

值得注意的是，也許要因應臺灣文評家對這篇小說，直指為不折不扣的「皇民文學」[17]之故，周振英的詮釋，是想將這篇小說的主旨導入為「臺灣人向日本內地的大和民族爭取平等地位的苦惱」。臺灣雖長期受日本統治，然實際上臺灣只是日本當局所認定的一塊殖民地而已，來臺的殖民統治者，從來也沒有把臺灣人當作是自己的同胞般看待，因此日據時代臺灣人受到不平等對待所產生的苦惱，絕對是不爭的事

---

[16] 周振英著，〈我的父親——周金波〉，收入《周金波集》，頁 372。

[17] 臺灣文學耆宿葉石濤在其所著〈「文藝臺灣」及其周圍〉一文中，即直指：「除去周金波刊登在「文藝臺灣」上的「志願兵」等一系列的小說，毋庸置疑，是不折不扣的皇民化文學。」收入於《文學回憶錄》，頁 16。

實。然而這篇小說論述解決這苦惱的方式，竟是導向於去爭取成為志
願兵，去為天皇效死，而且肯定這樣的行為才能肩負臺灣的將來，無
怪乎葉石濤會如此評斷：

> 即令是周金波的小說，我也並無「深惡痛絕」的感覺，在那
> 戰爭時代，毫無疑問的一切價值標準都混亂了。在日本人的
> 壓迫下，中了日本軍國主義教育的毒素很深的某一些臺灣作
> 家，他的意識形態自然被扭曲了。[18]

雖然周振英還辯稱這篇小說雖是以〈自願兵〉為題，但並沒有討論志
願兵問題。又舉中島利郎的研究，說那時還有很多臺灣作家亦以志願
兵為小說題材，這篇志願兵小說在當時並不受注目等等，試圖為自己
的父親，尋求一個擺脫意識形態非議的下臺之階。的確這篇〈志願兵〉
並沒有實質地觸及到戰爭的主題，但接下來發表的〈「尺」的誕生〉，
卻是一篇主題相當明確地鼓吹戰爭意識的小說。

　　〈「尺」的誕生〉內容大致上是敘述一群公學校學生的一段成
長經驗，小說即以這群學生玩起坦克、大將軍、敢死隊等打仗遊戲
來拉開序幕：

> 那是東北事變、上海事變發生後的事情。平日他們那種愛玩
> 愛鬧的童心，也被導入因戰爭而掀起的激昂國家意識的漩渦
> 裡。由他們開始隔壁「小學校」的兒童懷著一種親切感，因
> 為到神社祈禱「武運長存」的時候，「公學校」兒童的隊伍
> 就是緊跟在「小學校」的後面，是向同一個神祈求，所祈求

---

[18] 葉石濤著，〈「文藝臺灣」及其周圍〉收入於《文學回憶錄》，頁 16。

的事情也相同。那種感動的心情，直到現在還很鮮明地留在
每個人心裡。[19]

小學生是人生中思想最純真的時代，你給他什麼樣的觀點想法，基本
上他都能毫無選擇地去全盤接收。因此教育他們激昂的國家戰爭意
識，教導他們到神社為軍人祈禱「武運長存」，這種觀念反映到他們的
日常行為表現上，自然就是戰爭遊戲的呈現。正如小說中所描繪的：

> 在附近的日本人宿舍區裏，常可看到一群彷彿是從玩具店冒
> 出來的小小軍隊，繼之，小學校和公學校的兒童也跟著流行
> 起來，一時，到處都充滿「軍國」的情調，這些赤腳的小兵，
> 每天都在玩打仗遊戲，勇敢地攻擊衝鋒。[20]

小說中的主角吳文雄和他的玩伴們，就是在這樣的環境當中，被灌輸
著濃厚的軍國主義思想。因此吳文雄除了在平時與他的玩伴們上演著
戰爭的遊戲外，腦海中亦不時地浮現著「皇軍進擊圖」的影像：

> 波羅的海艦隊從這裡經過，繼之封鎖旅順港，然後進駐東
> 北、大興安嶺；砲車上砲了──坦克車開動了──沿著海灣
> 佈置砲車……。[21]

一個國小五年級的小學生，腦海中所勾勒的竟全都是對中國的侵略
戰爭景象，這樣的情境，試問長大後難道不會落實到現實世界中去
上演嗎。

---

[19] 周金波著，〈「尺」的誕生〉，收入於《周金波集》，頁 37-38。
[20] 周金波著，〈「尺」的誕生〉，收入於《周金波集》，頁 38。
[21] 周金波著，〈「尺」的誕生〉，收入於《周金波集》，頁 39。

　　而且小說中間，還刻意安排一段這些小學生與日本士官良好互動的情節，這位日本士官送焦糖給這些小學生，陪著他們打水戰、玩日本國粹的角力比賽，這種種情境的推演，不正說明作者有意塑造這些日本軍人親民愛民的形象，以作為臺灣人成為志願兵的最好宣傳工具。果然這篇小說發表在《文藝臺灣》不到一個月的時間，他又在臺灣總督府的機關誌《臺灣時報》，發表隨筆〈歡欣的話〉，文中敘說自己小時候：

> 在學校聽到各種有關楠木父子、廣瀨中佐、乃木將軍或東鄉元帥等故事，總使幼小心靈激動不已。應當是在六年級的時候，在禮堂，聽一位留著鬍鬚手拿拐杖的老人鐘馗，講日俄戰爭的故事。大家正掌聲喝采之時，於是突然冒出一句『大家長大後，一定要成為偉大的軍人，為國效力，知道嗎？』[22]

這樣的一段往事。並說那時聽完這些故事，讓他情緒高漲、熱血奔流，但又不敢表露出來，只能躲在置物小屋中獨自反覆唱著「我最喜歡軍人」的童謠。而現在則不同了，他說：

> 前幾天，有五、六個人的軍隊在廟前行走，於是一群小孩跑了過去，緊跟在後面唱著「阿兵哥真棒」、「阿兵哥真棒」。母親們很自豪地抱起小孩，邊親撫小孩臉頰看著。唉！時代不同了，聽到年長者在自言自語，內心有些激動。是的，大家快快長大，可以從軍了。加油吧！加油吧！[23]

---

[22] 周金波著，〈歡欣的話〉，收入於《周金波集》，頁213。

[23] 周金波著，〈歡欣的話〉，收入於《周金波集》，頁213。

這些故事，這樣的言論，不都明顯地展現其文學是為順應國策的事實。

第四節　皇民之道的反思

　　然而當大家都把眼光的焦點，落在上述的那些順應國策而發表的作品之上，並以此強烈地批評他為皇民作家身份之際，身為日據時代臺灣高級知識份子的周金波，當真對臺灣總督府的殖民政策深信不疑，而沒有任何一丁點的質疑與批判嗎。這點也許我們可以從他隨後的兩篇小說〈讀者來信〉、〈氣候、信仰和宿疾〉中，稍稍看出些許端倪吧。

　　〈讀者來信〉是一篇構思相當奇特的小說，小說內容是由讀者投書寄給作家的九封信所組成。寫這些信的是一位在市政府衛生課上班，名叫賴金榮的男子，一開始他先推崇他所通信的這個作家，所寫的「臺灣的熱情」，是一篇技巧相當完美的優秀小說，能夠道出讀者心中所想的事，令他十分佩服。但當他收到作家的回信之後，欣喜之餘，視作家為知己，開始將自己生活上所遭遇的不如意，叨叨續續地透過書信傳達給作家知悉。而臺灣人在自己生長的土地上，受殖民統治者不平等對待所產生的苦惱，就在這些牢騷中一一被呈現出來。如皇民化運動中重要的改姓名措施，一些臺灣人響應這個運動而將名字日本化，本來以為如此一來，即可與日本人一樣平起平坐，那裏想到還有本籍地的問題無法解決。意思是說臺灣人雖改了日本姓名，但本籍地還是在臺灣，就像烙印一樣無法改變臺灣人還是臺灣人的事實。於是好事的賴金榮，異想天開地建議在臺

灣出生的日本人，也能將在臺的出生地當作是本籍地，藉以泯除
臺、日雙方因出生地域不同所產生的鴻溝。

　　換言之，他是想表達在臺灣出生的日本人是日本人，在臺灣出
生的臺灣人也是日本人這樣的概念，不應因為出生地域的不同，而
有所謂的差別待遇。可是這樣的說法，卻招來日人同事的冷笑以
對；以及一向溫厚地日人課長的無情辱罵，而讓他的自尊心大受損
傷。其實日人同事的冷笑及課長的辱罵，是出自於他們現今所享有
的統治特權，不願意與雖改了姓名，但身份仍屬被統治階級的臺灣
人分享。可是單純的賴金榮卻誤以為是因為自己沒有響應改姓名這
樣的舉動，才會遭到日人同事的白眼，於是他不顧自己父母的反
對，毅然地將自己也改成山田的日本姓，連帶地將籍貫也改在日
本。他認為如此一來，就不會再有人不把他當日本人一般看待了，
甚至在拜訪作家的回程中，還為一位日本內地人的街頭演說：

> 現在，我們日本和世界在戰爭著，不管美英是什麼大國，
> 只要我們貫徹初志，戰到最後一兵一卒也要達到目的，我
> 戰死了，我弟弟繼續下去，我的孩子也繼續，大家也繼續
> 地奮鬥下去，你也是，那個小孩也是，都成為軍人去戰鬥，
> 大家像一團火的戰鬥，諸位！如何！為這場聖戰打到勝利
> 為止。[24]

而感動不已，並大叫支持認同。然而無論這位賴金榮兄如何地激情表
態，他是一個如何比日本人更愛日本的人，但是回到工作職場上，還
是不能免除地遭到日人同事地排擠戲辱，使他終於喊出：

---

[24]　周金波著，〈讀者來信〉，收入於《周金波集》，頁68。

> 這樣，我煞費苦心才培養出來的幼芽將被枯死了，這比看火
> 還清楚，先生，請借給我力量！我今晚就想把辭表寫好，今
> 晚就逃到臺北。[25]

這樣一句充滿自覺的話。也因這句話，不正暗示說明周金波也已開始
對殖民統治者所一貫宣傳「內臺融合」、「一視同仁」的政治理念，提
出他的質疑。當然在提出這樣質疑的同時，之所以加入日本人那場充
滿戰鬥意志的演說，似乎也在表明，他實質上還是希望日本人在提倡
皇民化的過程中，能夠真心地接納臺灣人，並認同臺灣的這塊土地，
大家共同攜手才能打贏這場聖戰。

　　而〈氣候、信仰和宿疾〉則可視為皇民化運動中，要臺人改變
信仰的一篇反思批判小說。皇民化運動中除了要求臺人改姓名、說
日語外，另一項重要的指標措施，就是要臺人放棄傳統的宗教信
仰，而改奉祀日人的神明——大麻神。主角蔡大禮是一位帶有腳部
神經痛的患者，只要天氣轉陰，神經痛馬上就會發作而困擾著他。
然而人只要有病痛纏身，在醫藥沒有辦法完全改善的情況下，自然
而然地會轉而求助神明的慰藉，他本人自從改奉神道信仰後，虔敬
的態度，連曾經留學過日本的兒子清杜都驚呀不已：

> 蔡先生所做的是連日本內地也看不到的那種正式又真摯的
> 信仰生活，清杜回臺灣不久，早晚看到蔡先生高聲朗讀神道
> 祝詞，聽得入神，反而抱著驚異的感覺，但是這絕對不是輕
> 視。不！蔡大禮的這種異常努力，任誰也會低頭尊敬的。[26]

---

25 周金波著，〈讀者來信〉，收入於《周金波集》，頁 71。
26 周金波著，〈氣候、信仰和宿疾〉，收入於《周金波集》，頁 88。

然而也因為蔡大禮對神道信仰的執著，卻一點也沒有改善他身上的病痛。況且這次發病的源由，還是蔡大禮為在日本人面前展現他對神道信仰的虔誠，於元旦時強行步行數十公里到臺灣神社去參拜的結果。於是這給了他對傳統宗教信仰堅定不移的妻子阿錦一個好的理由，藉口說是因為蔡大禮放棄臺人傳統宗教信仰，才會得到如此的報應，因此她想遵守古習回復到傳統的宗教祭祀，來為家庭祈福。並且藉由關渡媽祖廟神明的指點，為他尋訪到一位以布袋戲為正職的表演師，然而更神奇的是，這位不是醫師的布袋戲表演者，竟能利用傳統土療法方式，使他的病痛日漸改善，讓他開始對日本神道的信仰產生動搖。

　　但身為一位臺人仕紳的代表，在日人眼前，自然不能不無所顧忌，故而仍在表面上維持著神道信仰的生活。直到他的兒子清杜生病，被診斷出是罹患急性肺炎時，蔡大禮終於完全屈服了：

> 滿天星斗，燭台的燭火紅紅地搖幌著，拜祭的牲禮堆得高高的排列著。神明、祖先、妻、孩子，心心相連的全家團圓對蔡大禮來說是多少年未有的事了。仰望著觀音像，他感激的湧出眼淚，假如這樣清杜能早日康復的話，他感謝著。[27]

　　自己主動回復到傳統祭祀的這樣場景，即使被同為響應皇民化運動，才改尊奉神道信仰的臺灣人郭春發撞見，而對他提出質疑時，他也能毫不在乎地回他一句：「怎麼啦！發神經了！」這樣一句話，看似是說給郭春發聽的，其實不也正是他對自己之前所改奉神道信仰舉動的一句總結。而這樣一篇小說，似乎也正代表周金波對皇民化中的某些文化層面的改革措施，有著更深沉的省思。但是

---

[27] 周金波著，〈氣候、信仰和宿疾〉，收入於《周金波集》，頁91。

這種對文化信仰的省思，並沒有將他帶入反對皇民化的陣營，也許他認為在信仰上或許有些許差異，然而這應不致成為影響臺灣人成為「皇民」的一個重要因素。

第五節　絕望戰爭下的最後掙扎

接下來周金波所創作的〈鄉愁〉，西川滿和星名宏修都將其視為是周金波對「皇民之道」的一番檢視。而根據中島利郎的說法，作者周金波曾對他直言，這篇小說是受西川滿〈赤嵌記〉的影響，顯現些微幻想味道的作品[28]。然而或許也是因為這「些微幻想味道的東西」，使該篇小說的主題意涵隱而未顯，故他將它詮釋為：

> 如「我」在思慕東京的心情中，正代表向著東京日本式近代合理主義的訣別……「用自己的腳」如疾風似地快跑，先前在看不見的暗闇中，有如自己「回歸臺灣」心情的對比寫照。[29]

並以此作為周金波「愛鄉土」、「愛臺灣」的憑據。面對上述日籍文評家的詮釋，然而筆者卻有另一層不同的看法。

〈鄉愁〉之內容，原是敘述主角「我」獲得一次難得的休假機會，而計劃到臺北近郊的陽明山去洗溫泉，旅途中不意遭遇流氓的械鬥，以及戲劇性的轉變成為流氓解散儀式的見證人，所引發的一

---

[28] 周金波於一九九三年十二月二十五日，於立命館大學末川會館，受中國文藝研究會之邀，於會中以〈我走過的道──文學‧演講‧電影〉為題所作的演說，會後與中島利郎閒聊時，所說的話。

[29] 中島利郎著，〈周金波新論〉，收入於《周金波集》，頁 21。

連串心靈沈思的經過。然而小說為何取名為〈鄉愁〉，這頗值得作
一番的推敲。小說一開始，主角的「我」就抱怨所乘坐的火車速度
緩慢，讓原本應該輕鬆旅行的心情，不知不覺開始焦躁起來，而之
所以引發他焦躁的情緒，原來是在於：

> 可能是我一直把臺灣的火車和東京的有線電車混在一起，做
> 那非現實的期待所造成的。趁這時候，把思考稍微擴大一些
> 來想想，不只是火車，我發現自己對這裏的任何事情，在東
> 京或是日本內地有的就會拿出來作比較的習慣，我自己也經
> 常反省這種輕佻的行為。周遭的人對我的這種習慣和態度不
> 滿，使我嚐到孤獨，就因為如此，我經常在夢中尋求能容納
> 得下我的舒適的好地方。[30]

周金波在撰寫這篇小說時，已是他從東京回臺的第三年，對臺灣的現
況必已知之甚詳。然而透過這段論述，可以感受到他還是時常習慣拿
自己出生之地的臺灣與東京相比，當發覺家鄉的一切仍遠不如自己所
預期的情況時，期待進步的批評就在所難免。然而這樣的批評並不見
得能夠獲得親友的認同與迴響，正如同小說中的「我」，因無法忍受臺
灣的夜市持續吵鬧到午夜，而以東京商店街十點關門為例，再三在議
會中提出自肅的提案。然都得不到應有的效果，只好請青年團的幹部
來維持，結果也是不了了之，然卻得到母親給予「我」的這樣評語：

> 我是一個不知社會實際情況，太率直認真，總是努力去做那
> 些招人怨恨事情的人[31]。

---

[30] 周金波著，〈鄉愁〉，收入於《周金波集》，頁 94。
[31] 周金波著，〈鄉愁〉，收入於《周金波集》，頁 96。

自認為是進步正義的思想作為，卻反而招致故鄉「周遭的人對我的這種習慣和態度不滿，使我嚐到孤獨」。這樣的結局，自然讓他不時地幻想在夢中能夠尋得容納他的舒適地方，故而這樣的孤獨感，似乎正是引發他「鄉愁」的主因。然而依理在自己生長的故鄉生活的周金波，何來鄉愁之有，但是再看他在文中所留下這樣的心聲：

> 這裏的社會，讓人感到有一種枉然的恐怖感，並不是因為被打、被踢的傷痛，而是因為對自己故鄉的懷念、仰慕而回到它的懷抱時，卻是這裏對自己呈現出的是一種冷淡，沒有理解，不親切的地方。這種已是無法挽回的枉然的恐怖感漸漸向我逼過來。無法挽回，或者說進退維谷也好，總之，這些都無法充分表達我切實的心境，這種心理的反動讓我遙向住慣了的東京，產生思慕的維緯是一種當然的結果，是應該可以理解的。[32]

這樣一段充滿抱怨故鄉的話，其實正表示已習慣東京現代化生活步調的他，在重新面對臺灣社會的適應不良時，自然很可能將他的思維，推回到那夢中所尋求舒適的好地方——對東京的思念。那麼顯然作者在小說中所懷抱的鄉愁，應是由心靈之鄉的東京，而非自他出生之鄉的臺灣而來。這樣的論斷，似乎正符合星名宏修的這段研究論述：

> 小說中的「我」在溫泉之旅途中，偶然碰到「老鰻」（幫派）因為時局不佳而宣佈解散的儀式，「我」成為他們的證人。

---

[32] 同上註，頁 98-99。

西川滿對這篇作品的評價，著重在兩點：一是描寫幫會解散
儀式——寫著「臺灣古老習俗所遺留下的最後據點」的「老
鰻」幫，「拜時代之賜，如今正展開煥然一新的建設」；二
是男主角對東京的「鄉愁」。[33]

顯然西川滿對這鄉愁的詮釋，也是由這心靈之鄉的東京而來。但這樣
一篇描述對東京生活思念的鄉愁，又如何能如星名宏修等人所認定的
與「皇民之道」取得關聯呢，筆者認為線索應可落在這篇小說的完成
年代去尋求。

　　一九四三年，日本人的大東亞戰爭可說是愈打愈糟，敗戰之徵
也愈來愈明顯，如果這篇小說正如我們所判斷的，作者的鄉愁是來
自於對他心靈之鄉的認同，那麼當臺灣民眾面臨到吳濁流在他《亞
細亞的孤兒》中所描繪的：

南太平洋的反攻一天比一天熾烈起來，日軍這才明白敵方擁
有無比堅強的戰鬥力，於是立刻向國內呼籲：即時加強推行
「捐獻金屬運動」，所有金屬製品（包括鍋、釜等用具），
一律須捐歸公，這工作以派出所為主體，會同政府官吏、保
甲人員共同推行。金屬蒐集了相當數量以後，便把它堆積在
一起，在街坊或鄉村舉行「捐獻金屬報國展覽會」，藉作獻
捐的宣傳。[34]

---

[33] 星名宏修著，〈「大東亞共榮圈」的臺灣作家（二）——另一種「皇民文學」：
周金波的文學型態〉，收入於黃英哲編、涂翠花譯《臺灣文學研究在日本》，
頁80。

[34] 吳濁流著，《亞細亞的孤兒》，收入於張良澤編《吳濁流作品集①》（臺北：
遠景出版社，1970），頁244。

這般窘境時，周金波絕對不可能完全沒有感受，而設計出那段流氓解散並獻出武器儀式的情節，似乎正是他再次順應這項國策地回應。並傳神地藉一位警察之口，說出：

> 各位！為了國家，為了明日的新臺灣，你們自動自發的奉獻這樣莫大的銅鐵，真是萬分欣喜的事，想到這些銅鑼及其他臺灣的年中行事，像祭典或演戲時的不可缺的用具，換句話說也是各位用生命也換不來的重要工具拿出來，我的心中充滿了萬感交集，而各位也是同樣的心情，但是，現在我們國家需要建造軍艦、大砲，在國家總動員時期，一億人民的每一個人為了要完成大東亞戰爭而戰鬥時，各位也就是國民的我們覺醒起來，欣然地做出這種舉動。正是今日的臺灣的姿勢，清清楚楚地表現在我們眼前，我高興得不禁流下眼淚。[35]

一九四一年十二月八日，狂妄的日本軍部偷襲美國夏威夷的珍珠港，而掀起太平洋戰爭的序幕，自這一刻起就註定加速日軍的敗亡。因為與全世界資源最豐富的美國宣戰，無疑地更凸顯出日軍人力、物力資源的短缺，而其因應之道，在人力資源的填補上，就是運用在殖民地上所實施的「志願兵制度」。在物力資源的補充上，實施的則是如上述那位警官所呼籲，要求民眾將家中所有鐵器捐獻出來的所謂「捐獻金屬運動」，以充作戰爭之物資。而這大概也正是作者在文中所稱述的「為了新的建設而正在踏出大步的時候」之意吧。然而弔詭的是，如果周金波當真還堅信這是一場必勝的「聖

---

[35] 周金波著，〈鄉愁〉，收入於《周金波集》，頁113。

戰」，為何在這樣一段激勵人心的演說後，又緊接這一段耐人尋思
的情節來作結束呢：

> 我開始跑，一溜煙地，像抓著雲層一樣，邊哭叫的奔跑，趕
> 快！向著點著燈火的人家，我回不到今晚宿泊的旅館了，耳
> 朵的底處只聽到自己的腳步聲，更努力跑！更努力跑！但是
> 響入我耳底的腳步聲的格調，不管我內心有多著急，只像是
> 白痴奏的音樂一樣在反芻而已。已經回不去了，實在是漫長
> 的黑暗路，迷路啊！[36]

對於這場看似多餘，且混亂不明其所以的結局，星名宏修為其作如下
的詮釋，他說：

> 這個結尾從情節上來看，畫蛇添足之嫌，甚至破壞了作品的
> 整體結構。儀式結束，故事也結束，如此便能保持作品的完
> 整性。周金波為何不惜破壞作品的整體結構，也要寫下這樣
> 的結局呢？西川滿並沒有談到這一點。我認為把最初提到的
> 「我」的感慨──當時「我」正坐在從基隆車站開往溫泉地
> 的火車上──和這個結尾連結起來，就可以看出周金波的
> 「摸索」。這當然如西川滿的論述所言，是周金波「朝著既
> 定方向前進的摸索」──意指「皇民之道」。周金波在〈「尺」
> 的誕生〉中的描述，從自覺難以成為「皇民」，到猶豫著該
> 不該冒然跳入「內地人」社會；而在〈鄉愁〉之中，他所要
> 描寫的，不就是希望成為「皇民」的人，不得不孤立在「這

---

[36] 周金波著，〈鄉愁〉，收入於《周金波集》，頁115。

個社會」上的情形嗎？「我」無法成為「皇民」，又被「自己的故鄉」拒於千里之外。而且，和東京也「已經相隔如此遙遠」。「路既漫長又黑暗。是迷宮。」這段文字不是單純地描寫回旅館的路途，而是要表現作者周金波的「閉塞感」。在他的意識中，旅館是「一片容得下我的樂土」；如今卻「已經回不去了」。[37]

　　星名宏修或西川滿都認為周金波在回到臺灣後的創作基調，是「朝著既定方向前進的摸索」──意指「皇民之道」的追尋，〈志願兵〉是如此，〈尺的誕生〉亦是如此。然而也許當時西川滿不敢言明或有意忽略的，卻由星名宏修在此直言道出。周金波之所以不惜犧牲這篇小說的完整結構，無疑是想藉著〈鄉愁〉這篇小說，來表明這條他所追尋許久的「皇民之道」，實在是條讓他迷失自我，既漫長又黑暗的不歸路。整篇小說的主旨，都在暗示他自己無法成為「皇民」，又被「自己的故鄉」拒於千里之外，而夢中的樂土，也「已經相隔如此遙遠」，讓他再也無法回到心靈之鄉的東京，星名宏修將此現象解釋為主角無法如願成為「皇民」時所產生的閉塞感。這樣的詮釋，雖有部份道理，然而收歸儀式的完成，以及最後一段突然加入奔跑的論述，也就是星名宏修視為畫蛇添足的那一段，筆者寧願將其解釋為是主角認同成為「皇民」後，對前途茫茫所產生的焦慮感。

---

[37] 星名宏修著，〈「大東亞共榮圈」的臺灣作家（二）──另一種「皇民文學」：周金波的文學型態〉，收入於黃英哲編、涂翠花譯《臺灣文學研究在日本》，頁80-81。

　　因為從〈水癌〉、〈志願兵〉中作者對「皇民之道」的堅信與提倡，我們實在也找不出他有任何無法如願成為「皇民」的事實。〈讀者來信〉、〈氣候、信仰和宿疾〉雖曾對皇民化之措施有所評論，但這也不能完全證明周金波已對這條「皇民之道」喪失信心。反倒值得注意的，是他在〈志願兵〉、〈尺的誕生〉、〈讀者來信〉中，都有關於呼籲臺灣人參與大東亞「聖戰」的情節論述，而在這篇〈鄉愁〉中更不例外。只是如前所述，在那段慷慨激昂需要全民收集破銅爛鐵來支持的「聖戰」演說之後，立刻加入主角哭叫著無法回到旅館的情節來作結，筆者認為不是作者不惜犧牲整體結構，而這正是周金波已看出這場所謂「聖戰」結局不樂觀的證明。所以「已經回不去了，實在是漫長的黑暗路，迷路啊！」這樣的話，似乎正顯現出他對這場戰爭發展下去的那種前途茫茫之焦慮感，但是生為「皇民」的他，為了擺脫這種焦慮感，因此只有更加呼籲臺灣人極積地去參與這場戰爭，故接下來的〈助教〉及〈無題〉應是在這種心境下的創作吧。

　　〈助教〉和〈無題〉這兩篇小說，都是創作於一九四四年，也就是戰爭結束的前一年。當時的局勢是歐戰已結束，使得美國得以調集重兵全力對付日本，而太平洋的跳島戰役迫使日本失掉所有的戰爭優勢，於是在臺灣原本採取的「志願兵」制度，變成強制徵召，但仍無法阻止皇軍的節節敗退，硫磺島、塞班島、菲律賓群島一塊一塊的丟失，更讓臺灣人體認到日章旗的殞落，已是指日之間的事了。然而還相信皇軍是神兵的周金波，仍無法接受這樣的事實，儘管內心焦慮，還是寫下了上述這兩篇小說，企圖為這場絕望的戰爭，作最後的掙扎。

　　〈助教〉是寫一個中學畢業的臺灣青年蓮本，於戰時受徵召，至國民道場接受為期一個月的軍事訓練，訓練結束後，再接受曾是他的小學級任老師山本教官的邀約，繼續留在國民道場擔任助教的故事。然而文中除了論述受訓的目的及成果：

> 一年十二萬的預算，附屬的國民道場的場地也已經選定，名符其實的強大陣容在短期間內完成，就是說能造就更多的優秀軍人，只要是適齡者，即便是體力衰弱的兵役適齡者也全部必須訓練，每期一百名做單位，順次訓練，在一個月內大概可以達成目標，訓練完了的人分送到各州的訓練機關，然後經常回來再訓，這樣二次、三次重複的訓練，包括那些日本語不能了解的人。[38]

他又多次刻意在文中提到蓮本的同學們從軍的狀況：

> 回家後，還不到十天，連續收到三封中學時代同學的明信片，一個是海軍工員，另外二信是軍屬，同樣地寫著正向××、××出發，完全一派新時代的神采奕奕的短短幾句話的風格，他從這些文句中，禁不住描畫出那些友人出征的雄姿。[39]

又說：

> 折指算來，同學中留在臺灣的僅有數名而已。參加預科訓練者有六名，甲種飛行操縱士三名，陸海軍各軍種學校七名，

---

[38] 周金波著，〈助教〉，收入於《周金波集》，頁 129。
[39] 周金波著，〈助教〉，收入於《周金波集》，頁，頁 122。

> 海軍志願兵二名，軍中翻譯二名，其他軍屬二名，另外還有
> 畢業前一下子好幾位志願役的特別幹部候補生。畢業後也有
> 數名出征，這次殘留組裏面又有三名出征，一昧的寂寞更使
> 他焦慮起來，時局的推移和周圍的變化，在他的眼前瞬息萬
> 變，一種無法跟隨的無可奈何的心情，每次收到友人的明信
> 片時，使他感到痛苦。[40]

這些描述其實多少都有鼓舞臺灣青年，順應戰爭局勢而參加皇軍的作
用。但是作者在撰寫這篇小說時，還有另外一個用意，那就是探討愈
來愈多入伍的臺灣人，在軍中說國語（日語）的問題。他在隨筆〈日
語助詞的教育〉一文中，即提出他的憂慮：

> 軍隊。今後，本島青年到軍隊裡會經常用國語到什麼程
> 度？經常用什麼樣程度的國語？應該注意有經常使用正
> 確而且漂亮的國語的觀念。這毋寧說是我自己捫心自問的
> 問題。[41]

在皇軍的軍隊裏，是不容許聽不懂或用錯國語，因為錯聽命令是會出
大紕漏的。細心的周金波連這種小細節都注意到了，可以想見他是多
麼在意皇軍的戰力。並且他在〈助教〉這篇小說中，不僅誇大皇軍的
作戰能力，還把蓮本描繪成為達任務甚至能不惜犧牲生命的人物，以
此來美化皇軍的形象。其實這樣的作品，說穿了也只不過是作者在為
日本軍部作宣傳的樣板罷了。

---

[40] 周金波著，〈助教〉，收入於《周金波集》，頁 122-123。
[41] 周金波著，〈日語助詞的教育〉，收入於《周金波集》，頁 265。

　　而〈無題〉則是將戰爭末期，日本那種瘋狂自殺式的神風特攻隊精神表露無遺，因為文中一開始竟然是「到了四月，我會去死給你看，而且死得高潔光榮。」一付慷慨赴死的這樣一句話。原來這是臺灣青年敏司「要去從軍當兵討死的意思。」敏司是一個中學畢業生，為了展現他加入志願空軍飛行員（神風特攻隊）的決心，竟然割指要寫血書，但是大概是沒有經驗，所以切口不夠深，流出的血不夠用，引起他哥哥與一的不悅，一把搶過安全刀片往自己左手小指一劃，血瞬間噴灑出來，並向弟弟示威似的說出：「要寫血書，就要有這種氣派。」為何哥哥要在弟弟面前展現出如此氣勢呢？原來

> 與一從未打消過志願從軍或到南方當軍屬的念頭，昭和十六年的第一次志願兵考試，一次、二次、三次的難關都突破了，卻在最後的州階段被拒絕了，十七年也同樣被拒絕了，從那一年以後，多了一項已經結婚的壞條件，十八年、十九年已經沒有第一次時的自信了，那是因為他不但結婚娶妻還生了長男。[42]

　　因為自己從軍的心願難了，於是將此願望投射在自己弟弟身上，所以他說服母親，讓弟弟可以如願以償地去加入志願空軍飛行員的行列。但是看到弟弟割手指的那種小家子氣，以及面對從軍的輕浮行為，心中不覺有氣，感覺好像他報國的決心被打了折扣一樣，於是利用機會教訓起這個弟弟，正當兄弟打得興起而引來母親的阻止時，小說又回到弟弟先前所說的那句話：「到了四月，我會

---

[42] 周金波著，〈無題〉，收入於《周金波集》，頁158。

死給你看，而且死得高潔光榮。」再次地在自己的母親及哥哥面前，來展現其為國捐軀的決心。日軍在戰爭末期，為了要阻止美軍軍艦的步步進逼，竟想出一種匪夷所思的戰法，那就是在飛機上綁滿了炸藥，接戰時要求駕駛直接將飛機撞向敵軍的軍艦，企圖以小換大。然而這種自殺式的戰法，為了防止駕駛因害怕而不能確實執行這項自殺任務，竟然只在飛機上加上單程油料，意思是說只要出這趟任務，就完全沒有生還的機會，這就是我們所熟知的神風特攻隊的戰法，所以要志願加入空軍飛行員的敏司才會說出要死給家人看的這句話。作者原意應該是想塑造志願加入空軍飛行員的敏司，那種悲壯高潔能為天皇而死的氣魄，以及哥哥與一那種未能參與這場聖戰的遺憾，可是這類小說現在讀來只看出他們的愚蠢，這種毫無意義的犧牲，真的能換取臺灣美好的將來嗎，答案似乎是相當明確的。

第六節　小結

從以上對日據時代周金波文學作品作細部的解讀分析，可以發覺內容幾乎都是為配合殖民地政府的理念，順應國策需求的宣傳之作。雖然曾經一度出現過對皇民化運動內容如改姓名，以及改信仰的問題，提出他的批判，但終究也只是燐光一現，很快地基於他對日本認同的意識型態，文學的筆觸又回歸到響應政府宣傳政策的老路。因此整體的文學呈現，似乎正符合鍾肇政所歸類的盲目型皇民文學的類型，他說：

> 這一類型的寫作者民族意識非常薄弱，甚至泯滅了，他們相
> 信日人所宣傳的那一套，歌頌皇國、皇軍，也歌頌聖戰，有
> 些甚至想討好強權、諂媚統治者的作品。[43]

據此臺灣文評家視周金波為「皇民作家」，將其作品劃歸為「皇民文學」
的論評，確實並無不當。雖然中島利郎曾因為他的作品被評為皇民文
學，年輕的臺灣學者不願將其日文所寫成的作品翻譯成中文，致遭受
臺灣文壇長期的冷落，而為他大抱不平，並撰文來為他辯誣，但皇民
文學終究是皇民文學，是無法用任何情感的理由來為其塗抹掩飾。

　　然而有一點是筆者必須在此提出說明，那就是對於皇民文學，
筆者沒有任何想去嚴厲檢討或譴責的意味，因為畢竟殖民地時代臺
灣的文學作家，所承受的委屈與壓力，不見得是我們這輩生活在承
平時代的人所能夠去完全理解。況且這樣的皇民文學，不也道出那
個時代部份臺灣人民的真實心聲，而且不管我們喜不喜歡，都不能
否認皇民文學仍是臺灣新文學的一部份。因此筆者完全同意鍾肇政
對皇民作家應以寬容態度來看待的呼籲，誠如他所說的：

> 我對於所謂的皇民文學，採取的是比較寬的尺度來看，因為一
> 方面日本人有這樣的壓力，日本人給臺灣民眾──包含作家
> 在內，有一個很沈重的壓力，在那種狀況下不得不寫一些也許
> 是違心之論也說不定。在違心的狀況下寫下來的東西，我們
> 今天再拿一種比較嚴苛的眼光來看，是不是很公平呢？[44]

---

[43] 鍾肇政著，〈日據時期臺灣文學盲點──對「皇民文學」的一個考察〉，刊
　　登於《聯合報》第十二版（1979.6.1）

[44] 鍾肇政著、莊紫蓉編，〈臺灣文學十講之九──臺灣文學成熟期／戰後初

　　不過對於周金波，在日據時代的那些文學創作中，是否有任何違反他心意的作品，我們不得而知，但可以確定的是，直到他去逝的那一刻，相信他都未曾對他以往所做過的任何一切事後悔過，包括他腦中那根深蒂固的日籍意識。因為以漢民族安土重遷的傳統觀念，他在死後竟寧願選擇埋骨日本的彥根，再對照他在〈鄉愁〉中將東京視為他心靈的鄉愁之地，因此對於中島利郎稱他是一個真正愛鄉土、愛臺灣的作家的這個結論，恐怕是需要再打些折扣了。

期〉，收入於《臺灣文學十講》（臺北：前衛出版社，2000），頁 229。

第四章　是皇民文學？還是抗議文學(一)
——論王昶雄的〈奔流〉

第一節　前言

　　在日據時代的臺灣文學作家當中，王昶雄的生平背景可以說與周金波最為近似，兩個人都是在中學時就負笈至日本求學，大學時也都是選讀牙科，畢業後亦因父親的要求而回到故鄉臺灣執業。因有這麼多相類似的遭遇，故兩人在皇民化運動時期所完成的文學作品，自然備受矚目，而被拿出來相互比較。然而所得到的評價卻有天壤之別，這樣的差異，並非完全出自作品本身藝術表現的優劣，而是兩人在作品中所呈現的民族氣節而給予在人品上的評斷。這樣的結論，使得日籍學者中島利郎頗為不平，近年來屢發表論文來為周金波辯誣，首先他在〈皇民作家的形成——周金波——關於遠景出版社版《光復前臺灣文學全集》〉一文中，即批評由鍾肇政及葉石濤所主編的《光復前臺灣文學全集》，依全集編選的標準，列出七項割棄不列入選集的標的，其中第七點明列：

> 寓褒貶於編選之中，凡是皇民化意味甚濃的御用作品，以不選錄來隱示我們無言的、寬容的批判。[1]

---

[1]　鍾肇政、葉石濤主編，《光復前臺灣文學全集》(臺北：遠景出版社，1979)，

《光復前臺灣文學全集》若據此標準來選錄作品，那麼在日據時代已不諱言自己的作品是呼應皇民化運動而創作的周金波小說 [2]，被摒棄在這部選集之外，大概不會有什麼疑義。

　　但是這部全集竟然刊載了亦有皇民文學爭議的王昶雄之作品〈奔流〉，中島利郎在文中即直指：

> 第七項的理由『皇民化意味甚濃的』，成為不揭載的理由，顯出些微含糊不清之外，也未將作家、作品明記出來。不過，被稱為『皇民小說』的王昶雄〈奔流〉收錄於第八卷中，唯陳火泉、周金波兩人的作品未被採用收錄；卻『以不選錄來隱示我們無言的、寬容的批判』表示對這二位作家作品的看法。[3]

　　以這段話來質疑該全集的編輯群選錄標準的不客觀公正，並同時以全集編輯群中之一員的羊子喬，所撰述的一篇文章〈歷史的悲劇・認同的盲點——讀周金波〈水癌〉・〈尺的誕生〉有感〉所指出的：

> 文中，周金波的〈水癌〉與〈尺的誕生〉已完成漢譯，（也揭載一部份校正印刷照片），原定收錄於「全集」第八卷，

頁 4。

[2]　周金波本人在參與第二次大東亞文學會議的發言，即〈皇民文學之樹立〉已明白指出他的文學努力方向：「在文學的世界要揚棄以往僅有的外地文學，異國情趣等趣味性，由此亦可見文學欲描寫在殘酷的決戰下之整個臺灣的真正面貌的積極態度。」語見周金波著，《周金波集》（臺北：前衛出版社，2002），頁 231。

[3]　中島利郎著，〈皇民作家的形成——周金波——關於遠景出版社版《光復前臺灣文學全集》〉，收入於周金波著，《周金波集》，頁 324。

因「以不選錄來……」[4]依編輯原則而取消收錄。於是，最初，編輯者們因沒有事先確立編輯方針，而先完成作品翻譯，等到確立方針後，卻又因不合原則而取消。若能事先確立編輯方針，此事絕不會發生。若真發生也應是編輯者間的意見分歧。以及最令人不解的是羊子喬於此文中，對不揭載陳火泉的〈道〉此事完全無說明原委。[5]

又等於以這段話來控訴全集的編輯群事先並沒有確立編輯方針，致使周金波〈水癌〉及〈尺的誕生〉已被中譯出來，並按原計劃是要收錄於全集第八卷中，但可能是這些帶有「皇民小說」色彩的作品，被質疑收錄在全集中的適當性，而引起編輯的熱烈討論。顯然這樣的問題，以目前的證據顯示，對於周金波與王昶雄作品的選入與否，當時確曾使得編輯們的意見分歧，並未達成一致的共識，最後產生王昶雄的〈奔流〉被選入，而周金波的作品被捨棄，至於陳火泉的〈道〉未被選入，雖然編輯群沒有言明原委，但應該與周金波的出局，是同一的道理。

　其實，〈奔流〉會被選入，周金波與陳火泉會出局的原因，我們從葉石濤在《臺灣文學史綱》中的這段話中，即可獲知其中的端倪，他說：

4　依據羊子喬該文原文是：「這兩篇作品，遠在一九七九年即譯成中文，原本要收入《光復前臺灣文學全集》第八冊的，居於編輯原則：寓褒貶於編選之中，凡是皇民化意味甚濃的御用作品，以不選錄來隱示我們無言的、寬容的批判。因此縱使當時周金波的作品原本編輯完成，已打出校樣，還是拆版不用。」該文收入於《文學臺灣》第八期（1993.10），頁231。

5　中島利郎，〈皇民作家的形成——周金波——關於遠景出版社版《光復前臺灣文學全集》〉，收入於周金波著，《周金波集》，頁337-338。

戰爭的黑暗愈來愈加深，皇民化運動的浪潮越來越洶湧的時候，有些作家在理念上認同了殖民地政府的政策，走向親日的路。如周金波的〈志願兵〉（文藝臺灣一九四一）、〈水癌〉（文藝臺灣一九四〇）等。王昶雄的小說〈奔流〉發表於臺灣文學一九四三年七月號。「是一篇站在臺灣人的立場，傾訴皇民化苦悶心聲的寫實小說。」同樣的情形也許可適用陳火泉的〈道〉。[6]

日據時代同被視為「皇民文學」作品的〈奔流〉，至戰後的臺灣，竟成為「站在臺灣人立場，傾訴皇民化苦悶心聲的寫實小說」。而陳火泉的〈道〉，葉石濤以不十分肯定的口吻，認為也許可以將其歸類為傾訴皇民化苦悶心聲的寫實小說，顯然這是篇仍頗具爭議性的作品[7]。但相對於周金波，還是被貼上「皇民作家」的標籤，對於臺灣文評家的這項認定，讓中島利郎相當地不滿，除在上述他的〈皇民作家的形成──周金波──關於遠景出版社版《光復前臺灣文學全集》〉論文中，抗議全集編輯群選錄不公，獨偏袒王昶雄的〈奔流〉，並在他的〈周金波新論〉中，認定「周金波並不是「皇民作家」，而是真正「愛鄉土、

6　葉石濤著，《臺灣文學史綱》（高雄：春暉出版社，1987），頁 66。

7　根據葉石濤在其〈皇民文學〉一文中，對陳火泉的〈道〉，作出如此的補述：「陳火泉的〈道〉，有人咬定的皇民文學。但這篇小說，並不是那麼容易一口咬定的。如果你站在作者的立場來看，也許這篇小說也可以看作是一個臺灣人抗拒皇民化的心理掙扎的記錄。作者用的是詼諧而反諷的筆調，沒那麼容易下肯定的結論。這篇作品也透露了屬於弱小民族的臺灣人那心靈的雙重結構；一面傾向於統治民族的優勢文化，一面又想要保持民族自尊心的那可憐的掙扎。這是篇血跡斑斑的歷史記錄，在苛責以前，應該用細膩而同情的眼光去觀察。」此文收入於《臺灣文學的悲情》（高雄：派色文化，1990），頁 126。

愛臺灣的作家」。」[8]對於中島利郎的這些批判與質疑，因此筆者希望藉此篇論文，對王昶雄的〈奔流〉這篇小說，作重新的檢視，來探討它到底是如葉石濤所說的，是篇「傾訴皇民化苦悶心聲的寫實小說」，還是如中島利郎所認定的是「走向親日路線」的「皇民小說」；而它的被選入《光復前臺灣文學全集》，是全集的編輯群慧眼獨具，還是真如中島利郎所指責的選錄標準不客觀之結果。

第二節　〈奔流〉是皇民文學嗎？

〈奔流〉是篇皇民文學的作品嗎？關於這個問題，也是當時全集編輯群之一的林瑞明認為，早在這篇小說發表之初，即已透露出些許的玄機，他說：

> 一九四三年七月在決戰時期皇民化運動高潮聲中，《文藝臺灣》六卷三號刊出陳火泉的〈道〉。月初刊出的〈道〉，被西川滿、濱田隼雄標榜為皇民文學的代表作；月底，《臺灣文學》三卷三號發表王昶雄的〈奔流〉，大有一別苗頭之勢。兩篇同樣反映了臺灣知識份子內心之掙扎與苦悶的中篇小說，前者在月初發表，後者緊跟著在月底刊出，不會僅是巧合而已，而是《臺灣文學》陣營，有意凸顯皇民化運動階段臺灣人靈魂的騷動，以〈奔流〉來和〈道〉對比。[9]

8　中島利郎著，〈周金波新論〉，收錄於《周金波集》（臺北：前衛出版社，1992），頁2。對於中島利郎的這項結論，筆者另有撰文〈無悔的執著──論周金波的皇民文學〉加以討論。

9　林瑞明著，〈騷動的靈魂──決戰時期的臺灣作家與皇民文學〉，收入於《臺

以《文藝臺灣》與《臺灣文學》在當時儼然為兩個對立陣營的情況下[10]，
《文藝臺灣》在月初刊出被西川滿等人所標榜為皇民文學代表作的
〈道〉，《臺灣文學》馬上於月底也刊出有意凸顯皇民化運動階段臺灣
人靈魂騷動的〈奔流〉，與之互別苗頭。文中雖然沒有明示〈奔流〉因
此就不是一篇皇民文學，但他在該文的註釋九中，引用王昶雄的回憶
作品〈老兵過河記〉的論述：

> 〈奔流〉送審，不少地方慘遭修改。「這時，我不禁無明火
> 起，即刻透過主編張文環提出抗議，並要求照原稿一字不動
> 的排印，否則稿子就此拉倒。其實，張氏也有一本難唸的經，
> 他為了這一篇，到保安課來回了好幾趟。他發牢騷說：『煩
> 死了！如你所知，橫行霸道的保安當局是不好惹的。與其做
> 個小不忍的大傻瓜，還不如委曲求全來得妙！』」他連嚇帶
> 哄地把我說服了，我也只有張口結舌，相對無言。[11]

此段文字說明〈奔流〉這篇小說在送審時，即已是備受總督府
保安課地無理刁難，甚至於文章的內容也慘遭修改。至於那些部份
的內容遭到刪改，據王昶雄本人的回憶稱：

> 當時，這篇稿子經過一波三折，總算產生了。送審一個星期
> 之後，好容易才批准「刊出OK」了。起初我不禁心喜，是

灣文學的歷史考察》（臺北：允晨文化出版，1996），頁298。

[10] 林瑞明認為在當時的決戰氣圍之下，以日人西川滿為首的《文藝臺灣》，所
走的是迎合官方意識形態的路線，而以臺灣人張文環為首的《臺灣文學》，
卻是在皇民文學的干擾扭曲之下，艱苦地維繫著本土的文學精神，因此兩
者在文藝的發展及目標上，是處於對立的局勢。

[11] 林瑞明著，〈騷動的靈魂——決戰時期的臺灣作家與皇民文學〉，收入於《臺
灣文學的歷史考察》，頁326-327。

一種高山流水獲知音的欣悅，繼而重讀自己的苦心之作，才發現有不少地方莫明其妙的慘遭修改。修改是指有個地方被刪去，有個地方被補充之意。例如：林柏年每每脫口而出的「日人『六成加俸』的特惠修例，真真豈有此理！」、「二腳（人，指臺人）窮，四腳（狗，指日人」）闊！」等的口頭語，毫不姑息的通通被刪掉。或者在小說已近尾聲的一段，柏年曾從東瀛寫給「我」的一封信裏，發現有好多的補充文字，如「我感悟到，要和宏大的大和魂相連繫，非默默地用我們的血潮去描繪不可！」等語。[12]

由王昶雄對《臺灣文學》主編張文環所提出的抗議性發言，以及文章中被刪除的「日人『六成加俸』的特惠修例，真真豈有此理！」、「二腳（人，指臺人）窮，四腳（狗，指日人）闊！」等字句，可看出作者決非為順應國策時局而創作的原意。而對日人『六成加俸』差別待遇的控訴，更相對地大大加重其對日人一貫所宣揚「日臺平等」、「一視同仁」等口號的抗議色彩。這些字句雖遭刪除，然由《臺灣文學》「委曲求全」地在適當時機刊出〈奔流〉，來與日人所讚譽的皇民文學代表作〈道〉做比較，其暗示〈奔流〉非為皇民文學之意已明矣。

第三節　〈奔流〉被視為皇民文學的原因

然而在日據時代，仍有部份人士視〈奔流〉為一篇皇民化意味甚濃的作品，因此它能被收錄於《光復前臺灣文學全集》中，自然

---

[12] 王昶雄著，〈老兵過河記〉，收入於《臺灣文藝》第七六期，（1982.5），頁 326。

會引起中島利郎的不滿，而視為是全集之編輯群選錄不公，刻意偏袒王昶雄的結果。那麼〈奔流〉的內容到底寫些什麼？為何會讓這中、日文評家在看法上有如此大的爭議呢。

　　〈奔流〉原文的主要大意，是以主角「我」的視角，來觀看伊東春生及林柏年之間的互動關係，藉以勾勒出皇民化運動帶給臺灣人如何地思想衝擊及影響。小說中的主角「我」，是一個早年留學日本 S 醫大學醫的臺籍青年，完成 S 醫大課程後，就以附屬醫院臨床醫師與解剖學教室研究生的身份留在東京。由於滯留的時間不算短，故早已習慣於這帝都的生活，再加上這個地方有一個至今仍令「我」留戀不已的女性友人存在。所以若不是因為「我」的父親突然逝世，不得不立即束裝歸鄉，去繼承父親所遺留下來的鄉間醫院，則恐怕「我」不會這麼輕易地放棄這摯愛的內地生活。然而做一個樸實的鄉下醫生，工作雖然輕鬆，但總是難以排遣那茫然過日子的無聊，所以家鄉雖然有親朋故舊，但也都不是能夠誠心安慰，或剖心相告的人。這時再追憶起在內地生活時的那種霸氣，真想乾脆拋棄一切，再一次回到東京去，可是一想到孤單的老母親，又使「我」下不了決心。

　　就在心情憂鬱難解的時候，結識了在城郊大東中學教授國文（日文）的伊東春生。這個像是內地人的伊東，「從說話的語調雖然沒有辦法識別，那臉的輪廓、骨骼、眼睛、鼻子，在我看來，很像是本島人。」因此引起「我」異常的好奇心，想及早查出伊東的真實身份。經過與他攀談的結果，果然證實我的判斷是正確的。由於他「教授國文，以及和內地人毫無分別的沒有半點土氣，有這樣的本島人在鄉里，使我的心有所依藉，打心底湧起了歡喜。」然而

透過我的病人，亦是他的學生也是表弟的林柏年得知，原來他曾到內地去留學，並娶了內地女子為妻。回到臺灣後，竟選擇與妻子的娘家同住，過著所謂純粹的日本人生活，而將自己的親生父母拋到一邊，未盡到孝養的責任。這又引起「我」極大的興趣，想探知他內心底真實世界。

於是經過我的明察暗訪，藉由林柏年母親之口，知道伊東春生原名朱春生。他出生於堂堂的書香世家，父親卻因為時局的轉變，而不得不棄文從商。然而轉為商人之後，成績並不怎麼理想，因此家庭生活的關係變的十分緊張，種種不愉快的壓力迫使伊東春生公學校畢業後，即要求離開家庭到內地去留學。父母在拗不過伊東春生的剛強態度下，最後還是勉為其難地將他送到內地去。聰明而用功的春生很快地就能夠完全融入內地人的生活，最後連說話的腔調也與內地人無異。然而中學畢業以後，伊東春生卻故意違逆父親的期待，考上了 B 大的國文系，而完全不顧父母的要脅與反對，通過半工半讀的苦學精神，終於完成他的學業，然而可能也因此而讓他成為一個性格剛愎的人物。而或許是因為這段的留學生涯，讓他看到日本比家鄉更進步的一面，所以回到臺灣後，認定家鄉的一切都是落伍的象徵，並且還夾帶著殖民地濃厚的劣根性。這其中當然還包括他父母的生活模式在內，因此他寧願選擇跟著日籍妻子與丈母娘過著他所認定的純粹日本人生活，甚至不惜拋棄自己的父母。因為這時在他眼中這對不體面的本島人父母，正是妨礙他過著純粹日本人生活的絆腳石，因此拋棄父母，就是他切割這塊絆腳石的最好方式。

　　而這時的「我」發覺,除卻拋棄父母的這項作為令「我」感到
極端的不舒服外,然而伊東春生對日本人的認知,卻頗能與「我」
的觀點相互呼應:

> 我在內地所過的十年的生活,絕不是全都愉快的回憶,但
> 我發現了真正的日本美,觸到了像稻草包著的溫暖的人味
> 兒,體驗到會把我那接觸到比憧憬更高更高的理想的精神,
> 從根抵搖撼的事情,就是在這期間。自己不能甘於出生於南
> 方的一個日本人,沒有成為純粹的日本人,心不能安。並不
> 是自動地努力於內地化,而是在無意識中,內地人的血,移
> 注入自己的血管,在不知不覺間,已靜靜地在流動那樣的
> 心情。[13]

雖然在日本生活了這麼多年,但由於自覺還沒能成為一個純粹的日本
人,因此在面對所謂真正的日本人時,內心還是會感到自卑而有所惶
惑。所以時常不自覺地就要掩藏自己真正的出身之地:

> 我想起了在內地的時候。被問到『府上是那兒啊』的時候,
> 不知是什麼心理作用,大抵回答四國或九州。為什麼我有
> 顧忌,不敢說是『臺灣』呢?因此我不得不經常頂著木村
> 文六的假名做事情。到浴堂去,到飲食店去喝酒,都使用
> 這名字。自以為是個頗為道地的內地人,得意地聳著肩膀
> 高談闊論。有時胡亂賣弄辯才,使對手感到眩惑。因此,

---

[13]　王昶雄著,〈奔流〉,收入於鍾肇政、葉石濤主編《光復前臺灣文學全集⑧》,
　　　頁 268。

　　　　跟鄉土腔很重的友人在一道時，怕被認出是臺灣人，我會
　　　　提心吊膽。當假面皮就要被剝去時，我就會像松鼠一般逃
　　　　遁。十年間，不間斷的，我的神經都在緊張狀態之下。（你
　　　　真是個卑劣的傢伙。那顯然是鄙夷臺灣的佐證。臺灣人決
　　　　不是中國人，也不是愛斯基摩人。不僅如此，和內地出生
　　　　的人，沒有任何不同。要有榮譽感！同是日本臣民的榮譽
　　　　感。）[14]

然而當「我」對自己像伊東春生的那種忘本行為產生厭惡感時，「我」
都會這樣地曉喻自己：

　　　　（聽我說，我絕不是變的卑鄙。我使勁地隱藏自己的本性，
　　　　不是對那常給溫床的母鳥慈愛的翅膀的一種渴求嗎？那種
　　　　心情，換句話說，並不是被強迫才這樣努力的，不是憧憬的
　　　　心，在不知不覺間，受到那種生活，精神浸染了的嗎？我是
　　　　在渴求，是對太太的慈愛的幾近貪婪的渴求。）[15]

　　〈奔流〉為何會被解讀為「皇民作品」，端看作者對伊東春生
的這些行為；以及「我」對日本情感的這段描述，自然可以由此看
出其中的道理。然而小說若只有這部份地如何努力成為純粹日本人
的情節論述，那麼將其視為是一部呼應皇民化運動的「皇民文學」，
相信應該是沒有任何人會提出疑義的。

---

[14] 王昶雄著，〈奔流〉，收入於鍾肇政、葉石濤主編《光復前臺灣文學全集⑧》，
　　頁279。
[15] 王昶雄著，〈奔流〉，收入於鍾肇政、葉石濤主編《光復前臺灣文學全集⑧》，
　　頁279。

第四節　〈奔流〉的藝術表現技巧

　　因此對於〈奔流〉會被選入《光復前臺灣文學全集》第八卷中，是否有抵觸第七項編選原則的問題，相信當時的編輯委員必有一番激烈地辯論，因為從全集中對王昶雄〈奔流〉這篇作品的介紹，就已經可以略見一二：

> 在這全集的八卷中，本作可說是最令人爭議的一篇，有人說這是一篇皇民意味甚濃的御用作品，也有人說是一篇站在臺灣人的立場，傾訴皇民化苦悶心聲的寫實小說。這兩種褒貶互見的論點，都可能影響到本篇小說的評價。[16]

然而最後編輯委員大概都能認同後者的論斷，因此才有接下來的這段評介：

> 其實，當仔細地讀完了這篇，靜心思索，將會發覺這是一篇不可多得的小說。作者於此塑造了「我」（主觀的，這是作者的化身）及伊東春生、林柏年（客觀的，現實裏的代表人物）等小說角色，伊東春生（原名朱春生）是林柏年的老師，他代表的是一個求安逸，一心夢想著做日本人，想徹底接受皇民化，而數典忘祖，不顧父母死活，要把鄉土的土臭完全去掉的臺灣人。而林柏年代表的是新生代的、憤怒的、有正

---

[16] 張恒豪著，〈奔流評介〉，收入於鍾肇政、葉石濤主編《光復前臺灣文學全集⑧》，頁257。

義感的、流著故鄉人血液的臺灣青年。作者透過他們師生之間不同理念的衝突，以一個醫生的靈眼，檢省了我的心靈鬱結，而揭露了一個臺灣人在皇民化過程中的苦悶、徬徨、掙扎的一面。其語調是嚴肅的、冷靜的、理性的。他透過年輕人的口吻，間接地批判了朱春生的「身為本島人卻又鄙夷本島人」，肯定了林柏年的道德勇氣與凜然正氣，而展現了自己由夢想做一個大和子民而回歸到愛護鄉土，要紮根於邦家的覺醒歷程。此一歷程是曲折的、曖昧的、有深度的，也是最易令人誤解的。本篇寫於一九四三年，我們要了解日帝在一九四一年「皇民化運動」的喧囂中，要臺胞改名換姓，把自己祖宗牌位燒掉，要穿日本服或所謂的「國民服」，學習日本風俗習慣，而一個有良知的臺灣人要傾訴這種反「皇民化」的心聲，實在不得不隱裝，採取正話反說的方式！最後，作者透過朱春生受到皇民化之迫害後，那種苦難憔悴的形象，而大罵此一謬舉，「狗屁！狗屁！」其沈痛的心聲，已呼之欲出。[17]

的確，〈奔流〉是一篇需要讀者仔細地閱讀，靜心去思索，才能領略出作者言外之意、弦外之音的小說，而為了達到「隱裝」、「正話反說」的效果，因此王昶雄在這篇小說中，運用相當多的表現技法，這在日據時期的眾多小說中，確實可稱得上是篇成熟且不可多得的小說作品。以下即是筆者就其小說技法引用在〈奔流〉中的分析：

---

[17] 張恒豪著，〈奔流評介〉，收入於鍾肇政、葉石濤主編《光復前臺灣文學全集⑧》，頁 257-258。

一、對比的手法

依前面的分析，若這篇小說只有伊東春生和「我」之間的互動，則被認定為是一篇不折不扣的皇民作品，殆無疑義。但當描述「我」對伊東春生這個「代表的是一個為求安逸，一心夢想著做日本人，想徹底接受皇民化，而數典忘祖，不顧父母死活，要把鄉土的土臭完全去掉的臺灣人」之行為有所理解時，這時作者又巧妙地安排這個代表「新生代的、憤怒的、有正義感的、流著故鄉人血液的臺灣青年」林柏年之行為，來與之做對比。對於為作為一個純粹日本人，而不惜拋棄生身父母的伊東春生之惡行，就是透過這個亦是其學生又兼表弟的林柏年來揭發。當過年時伊東的母親來懇求伊東撥空回去探望自己生病的父親，卻遭到伊東冷漠的回絕，以及在伊東父親的葬禮上，伊東對母親那近乎絕情的表現，作者皆故意安排柏年的出現，來表達他對伊東行為的不恥與憤怒，並藉此來對比凸顯伊東思想行事的荒謬。

當然論者也可以指出，像林柏年這樣對日本國技劍道熱衷的年青人，其追求劍道武術的勝利，只不過是想證實臺灣人的能力絕不輸給內地的日本人，亦不想讓本島的日本人看輕而已，但其背後所蘊藏的意義，仍不脫自己是日本人的思維模式。試看當「我」對林柏年的努力作出期許時，林柏年的回答是：

> 嗯，無論怎樣艱苦。本島人也是堂堂的日本人。每天像三頓飯一般地被罵成怯懦虫，受得不得了。還有，在打垮那些身為本島人，卻又鄙夷本島人的傢伙的意義上，我也要拼命。[18]

---

[18]　王昶雄著，〈奔流〉，收入於鍾肇政、葉石濤主編《光復前臺灣文學全集⑧》，頁 285。

所以林柏年的行事作為，雖能凸顯伊東想成為純粹日本人的荒謬，但他的思想觀點本身，仍無法使這篇小說擺脫「皇民作品」之議。

　　然而筆者卻想提醒讀者，若換個角度切入去思考，在當時的那個時空背景之下，臺灣人在國籍的歸屬上，確實還是由日本人所統治，試想如何能讓作家跳脫「本島人也是日本人」的現實思維，而不切實際地去營造另一個國籍的認同。況且當林柏年到內地留學時，所寫給「我」的信上，是如此真誠地表白：

> 我若是堂堂的日本人，就更非是個堂堂的臺灣人不可。不必為了出生在南方，就鄙夷自己。沁入這裏的生活，並不一定要鄙夷故鄉的鄉間土臭。不論母親是怎樣不體面的土著人民，對我仍然無限的依戀。即使母親以那不好看的面目，到這裏來，我也不會有絲毫畏縮的表現。被母親擁抱，就像幼兒一般，任其自然。[19]

如此對臺灣不棄不離的肯定論述，不正是對伊東背典忘祖的行為，作出最明顯的對比。因此「臺灣人也是堂堂的日本人」這句話，只是作者真實地反映出那時代人物的心靈結構，而這不應該被視為是支持皇民化運動的原罪吧。

二、反諷的技法

　　臺灣自從被日本佔領的那刻起，臺灣人無時無刻不被在臺日人當作次等國民般地歧視著，長此以往，自然養成臺灣人不如日本人

---

[19] 王昶雄著，〈奔流〉，收入於鍾肇政、葉石濤主編《光復前臺灣文學全集⑧》，頁 295。

的自卑心態。這也正說明了為何伊東會想透過極端的方式來使自己
蛻變成純粹的日本人;而「我」也為何要在內地裏頂著木村文六的
假名,以避免被認出自己是臺灣人時的難堪;以及林柏年為何要在
劍道比賽拼死獲得優勝的理由。因此完全認同日本人的伊東,才會
如此積極地想要向日本人看齊,怕自己被摒除在日本人之外。而
「我」則是消極地想讓自己不要與日本人不同,以避免別人知道自
己不是日本人時,所連帶帶來不必要的困擾。至於林柏年,則是想
透過劍道的表現來超越日本人。小說中的三個主角人物,每個人都
有逃避或免除這臺灣人不如日本人的自卑心態之表現方式,然而不
論這些人再怎麼努力,在擁有統治權以及種族優越感的日本人眼
中,都不過只是自欺欺人的枉然罷了。

所以當「我」問到林柏年學校的教務主任田尻先生,今年劍道
比賽優勝的可能性如何時,卻得到其裝模作樣地大笑著回答:

> 哈哈!哈哈哈哈!究竟怎樣呢?看見狗都會害怕得想逃的
> 呢。古人說:人必自侮而後人侮之。被那種畜生侮辱,就不
> 知用什麼辦法來對付,優勝恐怕沒什麼希望吧?[20]

這樣極端地侮蔑自己學生的話。其所以如此,大概也是因為他所任教
的這所學校,只招收本島人學生的緣故吧。然而比賽的結果,卻是獲
得優勝,於是作者即藉機這樣地描述道:

> 無論如何,優勝了。州中的稱霸,和全島稱霸是一樣的。被狗
> 畜生欺侮,而不知如何對付的事,現在已成古老的故事了。古

---

[20] 王昶雄著,〈奔流〉,收入於鍾肇政、葉石濤主編《光復前臺灣文學全集⑧》,
頁283。

來武士道的花，現在不是就要有意識地在本島人青年心中發芽
了嗎？現在就要吹滅卑屈的感情，本島的青春，正要開始飛躍
了。我欣喜之餘，氣都喘不過來了。胸部無端地膨脹起來，無法
抑制活活的血奔躍的疼痛感。我很想看田尻教務主任的臉。[21]

這段的描寫，其肯定臺灣人的能力與價值，並藉以反諷日本人無端優
越感的意味，不是極為明顯嗎。

三、隱喻的技法

根據臺灣文學耆宿葉石濤的回憶，他說：

從民國二十六年七月的七七事變發生到三十四年的九月大
約八年的期間，日本總督政府以鐵腕政策，廢除了一切文學
雜誌，把臺灣日文作家組織起來，控制了臺灣日文作家的創
作活動，企圖使他們變成協助侵略戰爭的宣傳工具。[22]

在這樣的時空背景之下，臺籍作家是很難能在作品中將自己的思想情
感真實地傳達出來，所以隱喻技法的運用，就成為這時期的作家，用
以躲避思想檢查，又能將心中真正的想法透露出來的一種表現方式。
王昶雄的這篇〈奔流〉最早發表於一九四三年，由張文環所主編的《臺
灣文學》雜誌上。能夠在戰時通過總督府保安課的安全檢查，而順利
在文學雜誌上獲得發表的機會，這篇小說在某個程度上，自然會被視

---

[21]　王昶雄著，〈奔流〉，收入於鍾肇政、葉石濤主編《光復前臺灣文學全集⑧》，
頁 286。
[22]　葉石濤著，《臺灣文學的悲情》（高雄：派色文化出版，1990），頁 110。

為是配合當局所宣傳的皇民化運動之御用作品。然而真實情況是否如此，試看作者的這段描寫：

> 在伊東認為，要成為一個道地的內地人，是要把鄉土的土臭完全去掉。為了這個，連親生的親人也非踩越過去不可。這和大義而滅親是同樣的意義。[23]

這段話乍看之下，似在稱讚伊東為了成為純粹的日本人，連自己的父母都可以被踐踏犧牲，這種行為和「大義滅親」是同等的意義。如果讀者對這番「鬼話」也相信的話，那真是連畜牲都不如了。所謂「大義」，是放諸四海皆準的公理、正義，為了獲得毫無血緣關係的日本人認同，而將自己的血親之根斬除，這算是那門子的公理、正義，還大言不慚地將其詮釋為大義滅親，難道漢學根底深厚的王昶雄，會真的不知道這「大義滅親」的真義？隱喻的答案，恐怕在此得以不言而喻。

接著作者繼續這樣地描寫：

> 在學校，或者在社會，接受純日本化，純日本化青年教育的年輕人，回到家門一步，就會被放到完全不同的環境裏。這裏有本島青年兩重生活的深刻的苦惱。所以，要克服這種苦惱，向著單方面，從正面加以挑戰，並且非把它踏的粉碎不可。還有，在這個時代，我們為了求得牢固的既成陋習的獲得解放，而不顧死活地戰勝了它，下一個世代的我們的子女，不就是可以自然地變成自己的東西嗎？[24]

---

[23] 王昶雄著，〈奔流〉，收入於鍾肇政、葉石濤主編《光復前臺灣文學全集⑧》，頁 297-298。

[24] 王昶雄著，〈奔流〉，收入於鍾肇政、葉石濤主編《光復前臺灣文學全集⑧》，頁 298。

這段話亦看似完全支持皇民化的運動，然而當皇民化運動在民間被如火如荼地推行的時候，臺灣有多少家庭真的改了日本姓名、在家裏與家人說日語、奉祀伊勢大神宮的大麻來代替傳統的祖先祭祀，以及毀壞寺廟的神祇，答案也應該是否定的吧。所以在學校或在社會接受純日本化教育的青年，只要回到家門一步，就會感受到被放到完全不同環境般的苦惱，雖然作者在此大聲地呼籲本島青年要勇於接受挑戰，要克服這種兩重生活的深刻苦惱，但是，當我們不顧死活地求得牢固的既成陋習之解放，學習日本人的一切，我們下一代子女的生活環境和生存條件就會因此而得到改善嗎？答案自然也是否定的。

最後作者又提到：

> 也許伊東是為了拋棄俗臭沖天的父母而贖罪，才會在感覺上格外激烈，對不成熟的生活方式感到戰慄的本島青年，懷著粉身碎骨的獻身精神從事教育去吧。[25]

作者為何在此用「贖罪」這兩個字來概括伊東追求皇民化的行為，若伊東對其所作所為不覺有任何的缺失，不覺對其父母有任何的虧欠，又何來「贖罪」可言。作者刻意如此，言下之喻，為追求皇民化而犯下拋父棄母罪行的伊東，想必內心也應該是痛苦萬分的吧。因此他選擇懷著粉身碎骨的獻身精神去教育本島青年，以圖換得內心的安寧，然而粉身碎骨的獻身教育，真得就能讓伊東的心靈獲得救贖嗎？答案當然又是否定的。因為才三十三、四歲年紀的伊東，為著讓自己成為純粹的日本人，也為了配合時局努力地去推行皇民化教育，已經被折

---

[25]　王昶雄著，〈奔流〉，收入於鍾肇政、葉石濤主編《光復前臺灣文學全集⑧》，頁 298。

磨出滿頭憔悴的白髮，看在眼中實在忍無可忍的「我」，不禁要連呼「狗屁！狗屁」。而從這連續幾句的「狗屁」聲中，相信聰明的讀者，已可解讀出王昶雄隱藏在文中的微言大義了吧。

走筆至此，當然細心的讀者仍會質疑小說中的主角「我」，在扮演反皇民化身份的這個角色上，其行為舉止似乎仍有待商榷。因為在文中除了最後連呼「狗屁」的動作，嚴格說來也勉強只能算透露出他對皇民化違反人性部份的不滿，其他如懷想東京、在日人面前不敢承認自己臺灣人身份的種種表現，都很難說服讀者去相信這個主角「我」，心中仍有著那個反皇民意識的潛藏。關於這點，作者自己倒有所詮釋的如此說明，他說：

> 我為什麼特意令「我」這個角色採取恭順謹愿、委曲求全的態度呢？其用意有二：其一是這樣用以反襯林柏年的純情與強烈的民族正義感。換句話說，有醜女在旁襯托，美女顯得更美。其二是，一個有良知的臺人要傾訴反「皇民化」的心聲，非但不得不作隱身草兒，而且非採「正話反說」的方式不可。不然小說就無法過關，注定「胎死腹中」了。[26]

由作者的這段說明，除令我們感受到在戰爭時期有良知的臺灣作家處境之艱難外，也不禁要佩服這些作家在這樣艱困的環境中，還能不斷運用其智慧及藝術技巧，去突破總督府保安課所設下的重重關卡，而目的只想為我們後世的臺灣人，留下淪日時期臺灣人在面對統治者無端壓迫時的真實苦難心境。

---

[26] 王昶雄著，〈老兵過河記〉，收入於《臺灣文藝》第七六期，（1982.5），頁 325。

第五節 小結

一九四三年十一月中旬，臺灣文學奉公會在臺北公會堂舉行所謂的「臺灣決戰文學會議」，以確立戰時的決戰文學體制，與會的張文環在會中高喊：「臺灣沒有非皇民文學。假如有任何人寫出非皇民文學，一律槍殺。」[27]在日據時代，為維護臺灣本土的文學精神，而苦心經營《臺灣文學》雜誌與統治者對抗的張文環，竟然公然地宣稱「臺灣沒有非皇民文學」。如果我們沒有去細察張文環當時所處的時空背景，就無法去體會他在說這句話時的心痛與無奈，心痛的是當時有多少的臺灣作家，為維護臺灣人的尊嚴，費盡心血，運用反諷或隱喻的手法，創作出無數的「非皇民文學」。然而知情的張文環，為了這些作家的人身安全，竟不得不公然地說謊。而無奈的是，當他說出這種謊言時，恐怕連他自己都不知還要再持續多久。然卻因我們後世的讀者不察這些先輩作家的苦心，竟斷章取義地隨意給予錯誤的指摘及評價。

難怪王昶雄要在〈老兵過河記〉中，引用了陳少廷在〈歷史不容誤解〉一文中的這樣一段話：

> 凡是研究日據下的臺灣新文學運動史的人，對於那個時代的
> 臺灣史，尤其是日帝的統治政策、臺灣抗日運動及臺灣知識

---

[27] 根據林瑞明依當代日本學者野間信幸，從當時決戰文學會議的片斷記錄，所還原的事件內幕稱：「當西川滿提議文藝雜誌停刊時，楊逵和黃得時強烈反彈，正面抵抗，結果議場秩序大亂。會議記錄上並沒有記載這個糾紛場面，不過，可以想見日本籍議員（佔全部議員人數的八成以上）的強硬發言滿場飛。張文環察覺到事態嚴重，急忙出面收拾殘局：『臺灣沒有非皇民文學。假如有任何人寫出非皇民文學，一律槍殺。』這段發言，氣勢懾人，總算穩住了場面。張文環臨危陳言，使作家同胞不致於被視為『非皇民』。」林瑞明著，〈騷動的靈魂──決戰時期的臺灣作家與皇民文學〉，收入於《臺灣文學的歷史考察》，頁296。

　　　　份子的思想傾向，都要有深切的了解，否則，無法看出該時
　　　　期文學作品的主題，以及其所反映的現實社會。如果不具備
　　　　這些知識，則對當時的作品不可能作正確的評論。[28]

這段話確實帶給我們很深的啟示，當我們在解讀日據時代這些前輩作
家的文章時，是否真的有去理解那個時代特殊的環境背景，如果沒有，
那麼我們將只會在我們自己所預設的立場中，繼續不斷地去誤解歷
史，去曲解那些前輩作家為文的精神。而或許他們之中確有少部份盲
目於去歌頌皇國、皇軍，或屈從於官方的壓迫，而寫下些言不由衷的
話語。然誠如葉石濤為其所作的這段陳述：

　　　　他們這一群作家是真正的臺灣民眾的精英；他們沒有失去抗
　　　　議、控訴、批判的抵抗精神。我們應該以他們為榮。請停止
　　　　侮蔑他們為「皇民作家」，請原諒他們某些懦弱的表現；因
　　　　為他們也是人之子，並不是神祇，在生活和強權的重壓下，
　　　　有時他們也不得不違心願，對統治者的政策美言幾句。然而
　　　　大致而言，他們是英雄，而不是投降者。[29]

所以他才會為他們總體的文學表現，給予「沒有「皇民文學」，全是「抗
議文學」的結論。而反觀王昶雄的〈奔流〉，是不是一篇抗議文學，
或許每個人有各自的解讀方式與看法，但筆者在此可以完全肯定的
是，〈奔流〉絕對不是一篇「皇民文學」。

---

[28]　王昶雄著，〈老兵過河記〉，頁 326。
[29]　葉石濤著，〈「抗議文學」乎？「皇民文學」乎？〉，收入於《臺灣文學的悲
　　　情》，頁 111-112。

第五章　是皇民文學？還是抗議文學(二)

——論陳火泉的〈道〉

第一節　前言

　　日據時代末期同被日人歸為皇民文學代表作的〈奔流〉與〈道〉，卻在光復後頻遭臺灣文評家提出質疑，首先是陳少廷在其《臺灣新文學運動簡史》中論到：

> 陳火泉發表於文藝臺灣的中篇小說〈道〉，他以帶有鋒利的詼諧筆調描繪了當時臺灣人皇民化的苦悶、矛盾和衝突。(但也有人持不同的看法，認為這是一篇媚日作品)同樣的主題也出現於王昶雄的小說中，這些主題並不是鼓舞人們的，相反的，卻更令人沉悶、頹喪。然而作家既要反映時代，記錄實情，則我們也只得接受這個血漬斑斑的作品了。[1]

另外葉石濤也在其《臺灣文學史綱》中談論到：

> 王昶雄的小說〈奔流〉發表於『臺灣文學』一九四三年七月號。『是一篇站在臺灣人的立場，傾訴皇民化苦悶

---

[1]　陳少廷著，《臺灣新文學運動簡史》(臺北：聯經出版社，1977)，頁 151-152。

　　心聲的寫實小說。」同樣的情形也許可適用陳火泉的
　　〈道〉。[2]

由此可看出陳少廷及葉石濤對〈奔流〉及〈道〉這兩篇小說，被視為是
配合殖民統治者宣傳的皇民文學，是有些不同意見的，他們都認為這二
篇小說的內容，真實地反映出當時臺灣人皇民化過程中的苦悶心聲。

　　然而對於王昶雄的〈奔流〉，確實不是一篇皇民文學的論點，
筆者在前一章的〈是皇民文學？還是抗議文學（一）──論王昶雄
的〈奔流〉〉一文中，已作詳細地辯證。但是對於陳火泉的〈道〉，
是否亦非為皇民文學，陳少廷及葉石濤在文中實際上並未給予讀者
一個肯定的答案。一個雖說〈道〉「他以帶有鋒利的詼諧筆調描繪
了當時臺灣人皇民化的苦悶、矛盾和衝突。」然隨即又說「但也有
人持不同的看法，認為這是一篇媚日作品」。而葉石濤雖也在其〈皇
民文學〉一文中，對陳火泉的〈道〉，作出如此的補述：

　　　　陳火泉的〈道〉，有人咬定的皇民文學。但這篇小說，並不
　　　是那麼容易一口咬定的。如果你站在作者的立場來看，也許
　　　這篇小說也可以看作是一個臺灣人抗拒皇民化的心理掙扎
　　　的記錄。作者用的是詼諧而反諷的筆調，沒那麼容易下肯定
　　　的結論。這篇作品也透露了屬於弱小民族的臺灣人那心靈的
　　　雙重結構；一面傾向於統治民族的優勢文化，一面又想要保
　　　持民族自尊心的那可憐的掙扎。這是篇血跡斑斑的歷史記
　　　錄，在苛責以前，應該用細膩而同情的眼光去觀察。[3]

---

[2]　葉石濤著，《臺灣文學史綱》（高雄：文學界雜誌社，1987），頁66。
[3]　此文收入於葉石濤著，《臺灣文學的悲情》（高雄：派色文化，1990），頁126。

　　話雖如此，然最終他還是用『也許』「這篇小說也可以看作是一個臺灣人抗拒皇民化的心理掙扎的記錄」，來作為「沒那麼容易下肯定的結論」。顯然要將〈道〉視為是一篇非配合殖民統治者宣傳的皇民文學作品之詮釋，在臺灣文壇上還是頗具有討論的空間。然而這類的題材，看在大陸學者包恆新的眼中，則已被毫不客氣地直指為「就是一篇帶有媚日傾向的作品。」他說：

> 這個時期（戰爭期）的日本作家，為著執行他們的『天皇使命』，大多利用文學作品作為歌頌戰爭、鼓吹侵略的工具，為日本軍國主義的侵略政策效勞。當時的臺灣作家，直接加入這一隊伍的很少，但有些人也不免受到日本宣傳的影響，未能像楊逵、吳濁流那樣，對皇民化運動作出有效的抵制。比如陳火泉（日本名高山凡石）發表於《文藝臺灣》的中篇小說〈道〉（或譯作〈路〉），就是一篇帶有媚日傾向的作品，其對當時現實的反映是不真實的。

　　包恆新亦以同樣的觀點，批評王昶雄的〈奔流〉為「實際上正是對皇民化運動的一種默認」[4]的作品。

　　筆者認為，包恆新實質上並沒有真正去理解日據時代臺灣作家所面對的，是如何的一種橫逆的環境，在那動輒得咎，連沈默都不被允許的那個戰爭時期裡，是不可能要求所有作家都能像楊逵、吳濁流那樣，具有不怕死、不畏強權的崇高道德勇氣。況且王昶雄為躲避臺灣總督府情報課的出版檢查，不得不運用其高超的反諷及隱

4　原文引述張恆豪著，〈「奔流」與「道」的比較〉，該文收入於《文學臺灣》，頁 246。

喻技巧,將反皇民化的心聲「正話反說」地傾訴出來,這些辯證,都在上述筆者的拙著中言明,而顯然包恆新也並未解讀出王昶雄在該篇小說中的言外之意、弦外之音,才會做出其對「皇民化運動默認」的如此不客觀之評論。同樣的道理,陳火泉在光復後親自翻譯〈道〉的這篇作品時,曾自云:「當我在翻譯期間,一顆心一直都在淌著血。」[5] 因此回顧他在撰寫〈道〉時,是否也存有如王昶雄般之用心,以「正話反說」的方式,在這篇作品中賦予為痛苦的臺灣同胞尋求平等的抗議宣言呢?本章論文即期望透過對陳火泉〈道〉的內容,作細部的解讀檢視,再配合作者對該篇小說創作的詮釋說明,試圖來還原作者創作這篇小說的真正意圖,並藉以為這篇具有皇民文學爭議的作品作一歷史定位。

第二節　〈道〉的創作動機

〈道〉的作者陳火泉,臺灣鹿港人,出生於西元一九〇八年,一九三〇年畢業於日據時代的臺北工業學校應用化學科(即今日臺北科技大學之前身),畢業後旋即被母校推派進入「臺灣製腦株式會社」工作。一九三四年,日本政府為了計劃生產,便於產業的統一管理,於是將製腦會社撤銷,歸併於臺灣總督府專賣局。而陳火泉即因此復轉入臺灣總督府專賣局鹽腦課上班,任職為雇員,負責提高樟腦生產效率的研究工作。在總督府專賣局上班的這段期間,

---

5　陳火泉著,〈關於「道」這篇小說〉,收入於《民眾日報》副刊(1979 年 7 月 7 日)第十二版。

陳火泉為著自己的前途（因為日據時代的雇員是不能與日籍官員享受同等的待遇，薪水也沒有六成加俸，更沒有官舍可住，但是只要升官任技手，即可同時享有上述之待遇）。以及一股不服輸的天性（既然生而為人，就該活得像個人，即使此身淪陷在殖民地，也不要辜負每一刻美好的時光）[6]，因此在自己的工作崗位上極力求表現。正如他自己所憶述的：

> 我不但要在工作方面表現得比他們殖民者——日籍同事更為出色，而且在做人方面，我也要努力「高他們一等」，以殺他們盛氣凌人的優越感。[7]

而在實質的工作表現上，他也的確獲得很高的成就：

> 十年來，我繼續不斷地，埋首研究樟腦蒸餾的改造，以加強火力來使樟腦容易餾出。果然，「十年有成」，恰恰在我從事研究後第十年，水滴石穿，我終於將製腦的土法改良，發明了一種火旋式（「火旋」與「火泉」諧音，又因其火能迴旋，故名），可以提高「單位」材積百分之十六的生產，不但節省了原料樟樹，而且工人們的收入也相對地增加了許多。我把「單位」二字打了一個引號，是為了強調用同一數量的材積，在同一的時間內，用同一的人力，可以使單位收穫量提高一成六的生產。[8]

---

[6] 原文意思引用自陳火泉著，〈被壓迫靈魂的昇華〉，收入於《抗戰時期文學回憶錄》（臺北：文訊月刊雜誌社，1987.7），頁 102。

[7] 陳火泉著，〈被壓迫靈魂的昇華〉，收入於《抗戰時期文學回憶錄》，頁 102。

[8] 陳火泉著，〈被壓迫靈魂的昇華〉，收入於《抗戰時期文學回憶錄》，頁 103。

　　但儘管他在工作上有如此傑出的表現,而且也因他所發明的火旋式樟腦蒸餾法,能有效地提昇樟腦的生產量達百分之十六,讓他獲得一九四一年「全日本產業技術戰士顯彰賞」。這項傲人的績效,使日本的同事們間,甚至連他自己都相信被擢升為「臺灣總督專賣局技手」(相當於技士之職),幾乎已不成問題。而他能有這份的自信,也並非全憑其空想而來。據他說:

> 其實,關於任官之說,這些年來,我已先後三次獲得提名,但每次都落了空。而每次獲得升官的,都是他們的同族——日籍職員。論資歷,論績效,他們每一個都不見得比我強。所幸,這次由於「集約製腦中間試驗」的預算獲得通過,再加上樟腦蒸餾灶的改造成功,研究室可以增加三名技手名額,我的任官幾乎已成定局。同事間的推測也是我的呼聲最高,我本人也覺得希望很大,萬無一失。[9]

誰知最後發表的名單,仍還是全由日籍的雇員囊括,而這次讓他升官又落空的主要原因,則出在:

> 聽研究室主任廣田直憲坦率地告訴我說,因為他們日籍職員要繳「血稅」,隨時隨地都可能被徵召到戰場去浴血作戰。歸根結底,這位平時那麼賞識我那麼器重我的上司,居然說出他們埋藏心底深處的真心話:「臺灣人不是人。」[10]

9　陳火泉著,〈被壓迫靈魂的昇華〉,收入於《抗戰時期文學回憶錄》,頁104。
10　陳火泉著,〈被壓迫靈魂的昇華〉,收入於《抗戰時期文學回憶錄》,頁105。

這一句「臺灣人不是人」的話，徹底地把陳火泉升官的迷夢打醒，畢竟生為殖民統治者的日本人，從來也沒有把生為被支配者的臺灣人當『人』看待。然而值得注意的，是這邊的這句『不是人』，不是指罵人非人的「牲畜」而言，應該是等同於不是『日本人』，也就是『皇民』的意思吧。因為陳火泉還特別針對這點提出他的說明，他說：

> 照他們日本人的邏輯：「一、只有對天皇陛下效忠的才配做日本人；二、不配做日本人就不是人；三、因此，不做皇民的本島臺灣人不是人。」這是何等荒謬絕倫的三段論法！[11]

然而想法雖然荒謬，但的的確確是當時絕大部份在臺日人真實的心境反映。因為他們日本人要為自己執政者所發動的戰爭付出「血稅」，而臺灣人卻不具有像日本人身上所流存的那種高貴的「血統」，所以沒有資格加入皇軍去繳付這筆「血稅」。【註：陳火泉未能升官的時間點是在一九四一年底，而「陸軍特別志願兵」制度，則是在一九四二年四月開始實施。】因此他的被摒除在升官的行列之外，在日本人的心中，被認為是合理的措施，也並非不可理解。

　　但是為日本人無私地付出十年心血，而且研究成果還能有效地提昇樟腦總體生產量的陳火泉，卻只能眼睜睜地：

> 目睹他們日本人──我的日籍同事，一個接一個地升了官，趾高氣揚地住進寬敞的官舍裡享受整個世界的美酒佳餚。他們這些竊據臺灣的日本統治者，客觀看來，並不見得比我和其他眾多的臺灣同胞智慧更高，卻能在人生的單行道上遙遙

---

[11] 陳火泉著，〈被壓迫靈魂的昇華〉，收入於《抗戰時期文學回憶錄》，頁100。

領先。而我和我的一些朋友卻汗流浹背地窩在昏暗狹隘的亭
子間裡忍饑挨餓。[12]

如此的差別待遇，叫陳火泉以及與他有相同境遇的臺灣人情何以堪
呢，正如他自己所說的：

多少年來，我們一直忍氣吞聲地容忍著，壓抑著內心的悲憤
和激怒。然而，漸漸的，我們也能體會什麼是椎心、什麼是
泣血。我正值壯盛之年，血氣方剛，胸中一團火，這團火愈
燒愈烈，終於激起我握起一枝百樂牌鋼筆，以我不入地獄、
誰入地獄的雄心，加上以初生之犢不畏虎的勇氣，將我所
見、所聞、所思、所體驗到我與其他眾多臺灣同胞內心的苦
悶和矛盾，以及大漢民族和大和民族的衝突，虛虛實實的用
日文寫成了中篇小說〈道〉。[13]

這就是陳火泉憶述他在日據時代創作這篇小說〈道〉的動機和
心路歷程。從他的這些論述中不難理解，他是在極端憤慨的心境之
下，想藉著這篇小說，道出他與其他眾多臺灣民眾遭受不平等待遇
時內心的苦悶和矛盾。然而所呈現出來的作品，卻為何被造成此差
別待遇的始作俑者之日人視為是『皇民文學的結晶』[14]。而光復後

---

[12] 陳火泉著，〈被壓迫靈魂的昇華〉，收入於《抗戰時期文學回憶錄》，頁
100-101。

[13] 陳火泉著，〈被壓迫靈魂的昇華〉，收入於《抗戰時期文學回憶錄》，頁 108。

[14] 一九四三年十月十七日由《文藝臺灣》雜誌社在昭和炭鑛場所舉辦的〈關
於徵兵制〉的座談會，參與座談的有長崎浩、周金波、陳火泉及神川清。
其中神川清在會中作出如下的發言，他說：「當此實施徵兵制之際，最後高
唱的也是天皇萬歲。在那裡可以發現到皇民文學的結晶。首先，陳先生的
《道》就是領航員。」〈關於徵兵制〉一文，收入於《周金波集》（臺北：

葉石濤又為何認為這篇小說，「也許」可以看作是一個臺灣人抗拒皇民化的心理掙扎的記錄。同篇小說在不同人的眼中，竟有如此差異的評價，那麼〈道〉到底是篇皇民文學呢？還是抗議文學？

第三節　〈道〉是一篇皇民文學嗎？

根據日籍文評家垂水千惠在〈戰前「日本語」作家〉一文中的記載，她說：

> 根據西川滿在《文藝臺灣》中的解說，陳火泉抱著 163 張〈道〉的稿紙，到《文藝臺灣》社拜訪初次見面的西川滿。首先讀到這篇小說的濱田隼雄大受感動（他是『文藝臺灣』同仁，也是以「南方移民村」一作受到好評的作家）。接著讀〈道〉的人是西川滿，他也被這篇作品吸引，破例在《文藝臺灣》上一次刊完 163 頁全文，〈道〉因而名躁一時。[15]

不久這篇小說又被《文藝臺灣》雜誌社推薦，獲得當時（一九四三年下半期）日本著名的純文學獎──『芥川賞』候補。並且再經「皇民奉公會」的極力吹捧，大肆宣揚為「皇民文學」之傑作，〈道〉這篇小說在戰時可說已完全被日人定位為皇民文學的代表作。

而一九四三年十一月十三日，陳火泉又以高山凡石的日文名字，在臺北市公會堂所召開的臺灣決戰文學會議，以〈談皇民文學〉

前衛出版社，2002），頁 245。
[15] 垂水千惠著〈戰前「日本語」作家〉，收入於黃英哲編、涂翠花譯，《臺灣文學研究在日本》（臺北：前衛出版社，1994），頁 91。

為題所發表的談話中，提到他身為一個文學工作者的工作及使命，
他說：

> 為大君、為祖國，而與敵人戰鬥之時，日本人的心中總是抱著
> 必勝的信念，發揮勇往直前的精神，展現出著實令人感佩的
> 姿態。描寫如此動人的姿態，加以昇華，使其更臻完美，這不
> 就是文學者的工作之一嗎？……現在，本島六百萬島民正在
> 接受「皇民鍊成」的訓練。我認為，描述本島人在「皇民鍊
> 成」之過程中的心理乃至言動，進而加速「皇民鍊成」的腳步，
> 這也是文學者的使命。……總之，如果文學者都有日本人的
> 真誠，則天下無難事。「誠」，就只有「誠」而已。不計個人
> 生死，捨身一搏，則事無不成者。而不能如此捨身者，應當
> 體認到自己不僅不是文學者，而且也不是日本人。[16]

這般的發言，雖然在戰時有臺灣總督府情報課的監視，以及日本軍部
的極權高壓宰制之下，很難測度他所說的這些話到底帶有幾分的真
『誠』，然而如此讚譽日本人的大和精神及附和皇民鍊成的言論，令戰
後臺灣學者見此，很難不將其也歸入皇民作家的行列。因此當鍾肇政、
葉石濤在主編《光復前臺灣文學全集》時，甚至有其他編輯者認為「這
是皇民文學，不必譯吧，也不想譯！」[17] 因此陳火泉只好自己進行翻

---

[16] 原文發表於《文藝臺灣》第七卷第 2 號（1944.1），此處文字則轉錄自星名
　　宏修著，〈大東亞共榮圈的臺灣作家（一）陳火泉之「皇民文學型態」〉，收
　　入於黃英哲編、涂翠花譯，《臺灣文學研究在日本》，頁 33-34。

[17] 鍾肇政著，〈日據時期臺灣文學的盲點──對「皇民文學」的一個考察〉，
　　收入於《聯合報》（1971 年 6 月 1 日）第十二版。且根據當時也是全集編
　　輯之一的羊子喬在其〈歷史的悲劇・認同的盲點──讀周金波「水癌」、「尺
　　的誕生」有感〉一文的憶述：「當皇民化運動狂飆之際，所謂「皇民文學」

譯〈道〉的工作，並試圖為〈道〉尋找適當發表的時機。依《全集》的另一位編輯林瑞明的說法：《全集》在編輯時，鍾肇政已拿到陳火泉的漢譯〈道〉。然而從林瑞明對〈道〉的批判，即可推知他當時亦是反對將〈道〉收入於《全集》之中的編輯之一。他說：

> 再與陳火泉的〈道〉加以對比，同樣的處理做為日本國民的臺灣人的複雜心態，陳火泉筆下的陳君亦有其苦悶、掙扎，甚且也曾拆穿「一視同仁」的假象，然而反省的結果，是將做為文化根本的母話，完全否定，徹底的走向皇民之道，最後決定參加志願兵，立志為天皇而死。[18]

他雖然認為〈道〉的內容，真實地將身處日本統治下的臺灣人之苦悶與掙扎反映出來，甚至還因此而拆穿「一視同仁」的宣傳假象。但最後的結果，作者不是將主角導向於正面地去反抗這個令臺灣人痛苦難忍的殖民地差別制度。而是為了爭取討好統治者的認同，不惜設計使主角陳君完全否定自己的文化根本，徹底地走向皇民之路，去參加志願兵為天皇效死。故這樣的結論，使得〈道〉最終仍與周金波的〈志願兵〉一樣，被視為是「皇民化意味甚濃的御用作品」[19]，而刻意地將其摒除在《全集》之外。

最是典型的小說作品，要以陳火泉的「道」和周金波的「水癌」、「志願兵」為代表。」可見全集在編撰時，〈道〉亦被視為是皇民文學的典型，而不被全集的編輯群所接受。羊子喬一文見於《臺灣文學》第八期，（1993.10），頁233。

[18] 林瑞明著，〈騷動的靈魂——決戰時期的臺灣作家與皇民文學〉，收入於《臺灣文學的歷史考察》（臺北：允晨出版社，1996），頁310-311。

[19] 依全集編選的標準，曾列出七項割棄不列入選集的標的，其中第七點明列：「寓褒貶於編選之中，凡是皇民化意味甚濃的御用作品，以不選錄來隱示

　　然而也曾身處於被殖民統治環境下的鍾肇政,卻頗能體會以及同情這些被視為「皇民作家」的痛苦與無奈。而在其〈日據時期臺灣文學的盲點——對「皇民文學」的一個考察〉文中,沈痛地說出如下的一段話,他說:

> 是的,我們都是受害者——殖民地的受害者,我們是,屈從型作家也是,即使是盲目型作家,又何嘗不是!一部臺灣淪日五十年史,原就是迫害者與受害者的歷史啊。準此以言,受害者的文學,即令意識上有所偏差,我們又何必去隱諱呢?或許有人會說:屈從型與盲目型作家,我們應提出來檢討、譴責。這話固然不錯,但是我們豈不是更應該投以同情的眼光嗎?事實上,把它翻譯過來,就已經是嚴厲的檢討與譴責了,而我個人寧願把它們當做可憐的受害者的血淋淋的記錄,或者血淋淋的一個時代的歷史證言。[20]

而在日後他對武陵高中所開設的文學講座中,也曾針對皇民文學的爭議性問題,提出他的看法,其中還提到為何要刊載陳火泉〈道〉的原因。他說:

> 我對於所謂的皇民文學,採取的是比較寬的尺度來看,因為一方面日本人有這樣的壓力,日本人給臺灣民眾——包含作家在內,有一個很沉重的壓力,在那種狀況下不得不寫一些

我們無言的、寬容的批判。」見鍾肇政、葉石濤主編《光復前臺灣文學全集》‧〈出版宗旨及編輯體例〉,頁4。

[20] 鍾肇政著,〈日據時期臺灣文學的盲點——對「皇民文學」的一個考察〉,收入於《聯合報》(1971年6月1日)第十二版。

也許是違心之論也說不定。在違心的狀況下寫下來的東西，
我們今天再拿一種比較嚴苛的眼光來看，是不是很公平呢？
我個人稍微有所懷疑，所以我在編民眾副刊的時候，我也找
一個皇民作家陳火泉，他有一篇被認為是皇民文學代表性的
作品，我請他自己翻譯出來在副刊上連載，那篇作品題目叫
做〈道〉。[21]

因此他利用時任《民眾日報》副刊主編的職權，將陳火泉自譯的這篇
〈道〉，從一九七九年七月七日起至八月十六日止，在《民眾日報》副
刊上連載。並在登載前的同年七月一日，亦在《民眾日報》副刊上寫
了一篇〈問題小說〈道〉及作者陳火泉〉，權充介紹兼預告。文中還特
別強調：

筆者已經將原文與譯文逐字對照過，譯筆謹慎而忠誠，完全
可以信賴。[22]

由於鍾肇政的用心，使讀者才能目睹這篇小說的中文原貌。然而〈道〉
的內容究竟為何，使林瑞明與鍾肇政、葉石濤等不同世代的臺灣文評
家對它有如此批判又兼同情的評價。

根據陳火泉自譯在《民眾日報》上連載的〈道〉，對照他所寫
的〈被壓迫靈魂的昇華〉一文，知內容與他現實環境中的遭遇相仿，
因此這是篇自傳性色彩相當濃厚的小說。大致是敘述一位對日本文
化、文學有相當認識及修養，而且自認自己也是一位優秀的日本人

---

[21] 鍾肇政著，莊紫蓉編，《臺灣文學十講》（臺北：前衛出版社，2000），頁229。
[22] 鍾肇政著，〈問題小說〈道〉及作者陳火泉〉，收入於《民眾日報》副刊（1979
年7月1日）第十二版。

之主角青楠，雖在臺灣總督府專賣局鹽腦課擔任雇員。然由於是本島人的關係，因此始終無法享有與日本人同等的待遇，微薄的薪俸致使全家人只能租住在萬華陋巷當中的一個小房間，窘迫而困苦地生活著。且不僅於此，他還因自己的臺灣人身份，而時常遭受日人同事的欺凌與排擠。例如無意間打斷武田飲酒的興致，就險遭對方毒打；與棋藝段術較高的日人同事下棋，只是想請求對方相讓一下，也被對方毫不客氣地翻倒棋盤；又曾與日人同事玩日本紙牌，因不熟悉牌局的規則，也是遭同事們的譏諷侮辱。而自己之所以會受到這些無理的對待，青楠很清楚這完全都是因自己是臺灣人身份之緣故，如果自己是日本人，他們斷然不敢如此地無禮。

也由於受到這些不平等的對待，促使青楠別無選擇地想在工作上，盡全力地去超越日本人。因為在其內心深處，他很明白唯有藉著優異的工作表現，以獲取升官的機會，才可能讓自己贏得日本人的尊敬與認同。但更重要的是也只有獲得升官，才能打破這六成加俸的差別待遇，而真正達到改善他目前生活上所面對的種種困境。因此他投入比同事們更多的時間與精神，不斷地去研究改進樟腦提煉的方法。終於讓他發明了火旋式樟腦蒸餾法，此法能使原本利用相同原料的樟樹及人力的樟腦提煉，一下子提高到單位材積百分之十六的生產量。在戰爭時期物資奇缺的條件之下，這項傲人的成績顯得更彌足珍貴。因此也讓他獲得當年「全日本產業技術戰士顯彰賞」，至此不僅是他個人，連日籍同事們都認為這次的升官，非青楠莫屬。

然懷抱著升官夢想的青楠，對於自己本島人身份而備受歧視與侮辱，內心當然耿耿於懷，於是時時促使他更極積地想證明本島人

亦是優秀日本人的這項事實。而除努力工作以展現出本島人亦具有
不平凡的能力之外，他並時常利用機會與亦師亦友的直屬上司廣田
直憲股長，反覆地辯論所謂的「日本精神」及「天皇信仰」。在他的
認知中，他認為只要確知何謂「日本精神」，並願為它奉行不悖，那
麼他就能算是天皇陛下的赤子，是大日本帝國統治下的優秀子民，
如此當然有權享有「皇民」的尊榮。那麼何者是「日本精神」呢？

> 一句話，這就是尊王攘夷的精神。一旦有事，為君捐軀，是以
> 此身豈可虛度？這就是尊王攘夷的精神，時時刻刻、念念不忘
> 天皇陛下萬歲，一舉一動完全合乎天皇陛下萬歲的精神。[23]

而這種能為天皇信仰效死的精神，在理念上他認為本島人是從不曾欠缺
的。以此論點來作為本島人亦能成為優秀「皇民」的明證，並希冀藉此
而得到這位平時愛護他、器重他的日本上司廣田直憲之支持與認同。

　　豈知他的這些乞求，竟然都被這位平時和藹親切，與自己有著
父子般情誼的日本上司，以血緣未能醇化的理由而一一加以否決。
於是令他興起了想構思撰寫一篇「步向皇民之道」的文章，期望泯
除內地人因種族優越感而築起對本島人歧視的鴻溝。並依循著廣田
股長以本島人血緣未醇化之質疑，這篇「步向皇民之道」的立論基
礎，就是企圖建構在以精神超越血緣，進而加以提昇淨化島人皇民
意識的「精神的系圖」上。首先他從日本神話的信仰著眼，證諸日
本民族的組成亦時時摻入不同血緣人種的歷史事實，並以此觀點而
強調這「日本精神」並非只有內地的日本人才具有之專利，本島人

---

[23] 陳火泉著，〈道〉，收入於《民眾日報》副刊連載第（20）回（1979 年 7 月
26 日）第十二版。

經過近五十年的「歷史鍊成」，亦不乏具有此能為天皇捐軀的日本
精神，那麼本島人成為「皇民」，而非僅有血緣純正才能成為日本
人的論證，即在此基礎上被合理地建構出來。

　　然而對於青楠這一理論基礎，卻在不久之後，因自己的本島人
身份，而使升官期待再度落空的這件事上，證明那些理論都僅止於
是青楠一廂情願的看法，與日本人的實際認知差距仍極大。當時透
過廣田股長之口，而道出：

> 因為是本島人，就不能任官，哪有這個道理。可是，從來本
> 島人一旦緩急的時候就不管用。你在本島人之中屬於優良的
> 部類，尤其平時就想體會日本人的好的一面，這一點，我們
> 也很明白。但是坦白地說，本島人不是○○啊！【註：此處
> ○○原稿作「人間」，發表時被改為「○○」，按日本「人
> 間」譯為中文即「人」或「人類」。】[24]

廣田股長表面上雖因青楠是本島人的緣故，而被摒除在任官的大門之
外，表現出頗不以為然的態度。「可是，從來本島人一旦緩急的時候就
不管用。」故而說出「本島人不是○○啊！」這句話，實質上已充分
道出何以本島人會遭受統治者的歧視，以及不得不承受不平等待遇的
根源所在。在日文出版時被挖空的○○二字，由陳火泉中譯時，特別
以註釋的方式，補述應譯為「人」或「人類」。然而不論是譯為人或人
類，廣田股長所要傳達的「本島人不是人啊！」這句話的真正意涵，
應該是：本島人不是「皇民」啊，也就是非我族類之意。這樣的說法

---

[24] 陳火泉著，〈道〉，收入於《民眾日報》副刊連載第（27）回（1979 年 8 月
　　2 日）第十二版。

正表明青楠所精心設計地那套以精神超越血緣的「精神系圖」之理論，並未被日本人所領受。畢竟屬於統治階層的任何權益，是不可能釋放出來與屬於被統治階層的本島人分享，那麼優秀者如青楠的不能任官，在「本島人不是人」的這句話中，就可被尋出合情合理的真正藉口。雖然稍覺心虛的廣田股長，仍不忘想將不能升官的責任推諉給青楠的未更改姓名，然而有著日本精神理論的超越與認同，猶未能獲得日本人之青睞，只區區更改外在形式的姓名後，就能分享統治者的權益，緣木求魚的答案似乎已不言可喻。

　　而不能升官的這項結果，幾乎使青楠為之瘋狂，他不斷地質疑為何「本島人就不能任官。」當然「本島人不是人」的這個答案，是不能完全令青楠信服的。可是他除了只能在日記上寫下「菊是菊　花是櫻　牡丹終究不是花！」[25] 這充滿譏諷日人肚量狹窄不能容物意味的詩句，以及在夢中哭泣吃菊 [26]，暗喻自己對日人如此處置的極端不滿之外，然而在現實生活中，他實在也沒能拿出任何具體的解決辦法。小說至此，若順此意象，原本可發展成一篇抗議性色彩相當濃厚的文學作品，然而情節卻在此急轉直下。青楠在心生不滿狂病發作之際，並沒有起而反抗這些令其發狂的不合情理之制度與待遇，反而因一隻臭虫而點醒他自以為是地對皇民化認知的盲點。他認為因自己的思考、說話及寫作都還依循著本島人的習慣出發，未能覺察出自己潛藏著這種不純粹的思想行為，還誇口妄談日本民族生活型態的繼承。如今被廣田股長批判為未具備皇民之資格，而喪失升官的機會，其結果不正是自己的咎由自取，而非關日人之罪。

---

[25] 陳火泉著，〈道〉，收入於《民眾日報》副刊連載第（28）回（1979 年 8 月 3 日）第十二版。

[26] 日本皇室以菊為徽，吃菊的意象不即意味心生不滿的主角，其反抗意識的投射。

　　想通了這點，青楠不再發瘋了，為了回應廣田股長那句「從來本島人一旦緩急的時候就不管用」之批評，他決定順應太平洋戰爭的時勢潮流，達成欲成為皇民所必須肩負起的崇高使命。而正好這時又接到幾年前在酒樓誤以為青楠是無賴而打他的宮崎武夫之來信，告知他已在前線為天皇效力，這封來信也間接地成為鼓舞青楠響應加入陸軍特別志願兵的號召。於是青楠於二月二日毅然提出志願兵申請書，並為展示其決心，因而寫下了如下這首詩：

> 二月二日為志願臺灣陸軍特別志願兵而作：
> 『雖然自以為日本國民的這個軀體裏，可悲啊，卻沒有那天生的血液呀！
> 島人的我只能自勵於滾滾淚中，島人的我只好自勉於滾滾淚中！
> 而今我等為聖上作擋箭牌，當勇敢赴死於沙場！
> 既決意捨身則無欲望，但願成為皇民而後已！』[27]

並似交代後事似地告訴身旁的同事稚月女，假如自己真能在戰場上為天皇捐軀，請她代為自己作個墓誌銘，並上書：

> 『青楠居士生於臺灣，長於臺灣，以一個日本國民而歿』；或者『青楠居士為日本臣民；居士為輔弼天業而生，居士為輔弼天業而活，居士為輔弼天業而死』[28]

---

[27]　陳火泉著，〈道〉，收入於《民眾日報》副刊連載第（38）回（1979 年 8 月 13 日）第十二版。

[28]　陳火泉著，〈道〉，收入於《民眾日報》副刊連載第（完）回（1979 年 8 月 16 日）第十二版。

而小說至此告終。

當讀者讀到主角青楠最後的心境轉折，以及交代稚月女為其所立的墓誌銘內容，在為輔弼天業而生、為成為日本國民而歿的聲聲呼籲中，很難不產生認定這就是一篇為殖民統治者宣傳的皇民文學經典之作。因此循此視角及觀點來看待這篇小說時，〈道〉被視為皇民文學的論證，應已無疑義。

第四節　〈道〉的藝術手法表現

然而將〈道〉視為是一篇皇民文學，雖無疑義，但陳火泉在撰寫這篇小說的真實用意，若論是刻意為統治者作皇民化之宣傳，則恐怕也未必。至少從上述作者語帶激憤的創作動機，以及曾這樣憶述他當時的創作心境：

> 當時，我想描畫這島上人心坎中的苦悶和矛盾，也想勾繪所謂「支那民族」跟「大和民族」的衝突。然而，當時當地，身處在那種環境之下，正如鄉友葉榮鐘兄所吟：「無地可容人痛苦，有時須忍淚歡呼」，你既不能面對面地寫正面文章，就只好將悲哀和苦澀，隱藏於字裏行間。[29]

依據他的這段說法，大概可以推測出描繪大漢民族與大和民族間的衝突，並刻畫臺灣人心中的苦悶與矛盾，才是陳火泉欲藉此篇小說所要

---

[29] 陳火泉著，〈從日文到國文──寫到天荒地老〉，收入於《民眾日報》（1979年7月1日）第十二版。

傳達的主旨。然而結局卻為何發展成為日人眼中的「皇民文學之結晶」，他希望讀者應該從那句「無地可容人痛苦，有時須忍淚歡呼」的話中去尋求答案。試想在戰時日人高壓統治的那種環境之下，又如何能不顧己身的安危，而將滿腹的委屈與不滿，訴諸於要發表的文章上呢。但要選擇隱忍不發，身為總督府的雇員兼小說作家，有時仍被迫不得不有所表態，於是只得將悲哀和苦澀，隱藏於字裡行間。因而他另在〈被壓迫靈魂的昇華〉一文中，如此補述地說：

> 實實在在的，身處「支那事變」、「大東亞戰爭」的漫天烽火裡，有時你必須被迫參加「旗行列」、「提燈行列」等遊行，以慶祝「新加坡陷落」「馬尼拉陷落」等戰果，要一個小說作者在作品上面對面地作正面文章，或表現露骨的批評，或作強烈的反諷，實屬求之不得的事情。於是，為了通過當局嚴密的檢閱制度，避開他們苛酷的言論控制，我只好將悲憤與苦澀，隱藏於字裡行間，希望能運用巧妙的象徵技巧，隱喻出抗日意識。[30]

言下之意，為了躲避臺灣總督府情報課的思想檢查，他也選擇採取如王昶雄〈奔流〉般正話反說的方式，運用藝術包裝的手法，將小說所要真正傳達的主題意涵，隱藏於字裡行間，期待由讀者仔細地去發掘探索。然而對於陳火泉的這番辯解說明，似乎也非完全所言無據，因此以下即筆者據〈道〉文中較具爭議的情節，遽以分析整理如下。

---

[30] 陳火泉著，〈被壓迫靈魂的昇華〉，收入於《抗戰時期文學回憶錄》，頁 109。

一、以隱喻的方式，在「一視同仁」的假象中，隱隱道出臺灣人數不盡的委屈

　　日本據臺之初，雖時時標榜著內、臺的「一視同仁」、「內臺平等」，然而證諸史實，卻處處充斥著種種不平等的差別待遇。在職位與職務上，臺灣人需不時面對在臺日人的歧視與排擠，而在薪資待遇上，更可看出兩者之間明顯的差異。在臺日人除享有同工不同酬的六成加俸外，另外還有各種的額外津貼，使得他們在臺灣擁有極為優渥的生活條件。然而反觀並為日本政府賣命的臺灣人，根據日人山川均所著〈日本帝國主義鐵蹄下的臺灣〉一書，曾對臺灣人與日本人所受的實際待遇，作過詳細的研究及比較，他說：

> 對於同種工作，在臺灣人與日本人之間，創出酬報的差別的，不但是在一般民間的工作的場合而已。確定這種差別的「原則」，指示模範的，是對於島民懸掛「一視同仁」的空招牌的總督府本身。……關於其他官吏的薪水和貼費，同樣的差別仍儼然存在。例如，日本人的官吏，則給與本薪水六成的增薪，自聽差以上，皆按官級給與一定的宿費，若臺灣人則不給與。[31]

而觀現實環境中的陳火泉，當時他正任職於總督府專賣局的鹽腦課，他的面臨如此差別待遇，自是理所當然。

　　但顯然陳火泉並不打算繼續如此地隱忍下去，於是將他的抗議，潛藏於青楠的患病，而日人同事武田去探病的情節當中。小說是如此的描繪：

---

[31] 山川均著，蕉農譯〈日本帝國主義鐵蹄下的臺灣〉，收入於王曉波編，《臺灣的殖民地傷痕》（臺北：帕米爾書店出版，1985），頁65。

來客是同事武田。一進房門，好像走錯了房間的樣子，瞪著大眼睛直往四下看。屋子是把本島式的房間改造成的，所以房間配置的很古怪。隔著三張榻榻米，兩端鋪著約有一尺五寸寬的地板。榻榻米滿是污點，而且破損的很厲害。……由於太過於簡陋，武田彷彿不知所措地楞了一陣。【接著，看到青楠懶洋洋的躺在榻榻米上，武田再也沒有疑惑了，他並沒有處身在虛渺的幻境，這的的確確是青楠租來的房間。】[32]

有著六成加俸及宿舍津貼的武田，當然是無法去想像少了這層加俸及津貼後的臺灣人，生活上所面臨地是如此的慘狀。於是以隱喻的方式，透過武田臉上所顯露的驚呀表情，不正藉此傳達出臺灣人一直默默地承受那差別待遇的委屈嗎。

二、以反諷的手法，訴說臺灣人所要走的皇民之路，其實是條「死路」

　　小說一開始，陳火泉就借宮崎武夫之口，道出日本精神，就是「死──為祖國而高興的死，就是這麼回事。」「就是不講大道理。不講理由去死──去為天皇陛下而死。」在此即已明示日本人眼中的所謂日本精神，就是要為祖國、為天皇不計代價不講理由地去死。而自認為是「好的日本人」的青楠，雖聲稱臺灣人隨時有為天皇犧牲的決心，但理念與實際上的落差，使青楠毫無掩飾地在廣田

---

[32] 陳火泉著，〈道〉，收入於《民眾日報》副刊連載第（10）回（1979 年 7 月 16 日）第十二版。

股長面前直承「倘若遇到死生問題的關頭，我果真能不能堅持到底呢？對於這點，我不無懷疑。不過，沒有遇到就……」[33]有關這段針對死生問題遲疑的話，立即給予廣田股長有「從來本島人一旦緩急的時候就不管用」的藉口，並視為是「本島人不是皇民」的有力結論，更依此作為本島人不能任官的理論依據。

　　而為了證成本島人的皇民地位，青楠費盡心血所編造「歷史的鍛鍊」、「精神的系圖」等理論，也都被廣田股長以血緣未能醇化的理由，而一一加以否定。於──是迫得青楠不得不含淚寫下：

> 菊是菊　花是櫻　牡丹終究不是花！能大呼天皇陛下萬歲而死的只有皇軍　貢獻一身殉國的只有皇國臣民，我等島人畢竟不是皇民嗎？啊，終究不是人嗎？[34]

這般是否未能為天皇而死的本島人，即不具備皇民身份疑惑的詩句。最後為了符合日本人對皇民的詮釋認知，以及展露本島人也是皇民一員的決心，青楠除了應召去參加志願兵外，並再度寫下了〈二月二日為志願臺灣陸軍特別志願兵而作〉的詩歌。從詩句中那：

> 雖然自以為日本國民的這個軀體裏，可悲啊，卻沒有那天生的血液呀！島人的我只能自勵於滾滾淚中，島人的我只好自勉於滾滾淚中！而今我等為聖上作擋箭牌，當勇敢赴死於沙場！既決意捨身則無欲望，但願成為皇民而後已！

---

[33] 陳火泉著，〈道〉，收入於《民眾日報》副刊連載第（21）回（1979 年 7 月 27 日）第十二版。

[34] 陳火泉著，〈道〉，收入於《民眾日報》副刊連載第（28）回（1979 年 8 月 3 日）第十二版。

詩意乍看之下，似是顯露主角欲成為志願兵為天皇效死的決心。然而只要再深入地去體味，不難讀出作者埋藏於文字中那深深的反諷意味。雖自以為是日本國民，但身上卻少了那天生高貴的血液，因此不時地被排擠在皇國子民之外，雖時時於淚水中自勉自勵地懇求接納，仍不得其門而入。如今終於為島民開了一扇方便之窗，那就是要作皇民，只有勇赴沙場，去為天皇作擋箭牌而「死」。換言之，日本當局一貫的立場，是從不希望臺灣人成為活的日本國民，來分享其統治者的榮耀。但卻需要本島人為遂行天皇之意志，而勇敢地去為其犧牲，去作「死」的皇民。因此臺灣人皇民之路是條走向自我毀滅的死路，就在這首詩意當中，被深沈地反諷出來。

而這般的反諷，於戰後似乎頗引起日籍文評家尾崎秀樹的共鳴，而說出如此充滿自省的一番話，他說：

> 但是陳火泉迫切呼喊到底是向誰發出的呢？皇民化、做為一個日本臣民的生活、做為聖職的先鋒，這些所帶來的可不是把銃口指向自己的同胞中國民眾、出賣亞洲的民眾的作為？我讀了陳火泉的這傑作，受他在字裏行間流露出來的苦悶所激動，而心裏感到無法自制的不安。《路》的主角不久之後就申請去當志願兵。當時他作了一首詩『此身雖謂日本民，自嘆連繫血緣貧。願作大君御前盾，奮勇赴死報皇恩。』他入伍之前將自己身後的事交代一位女子料理，他對她說：『我若戰死了，請為我豎立墓碑，碑銘是：青楠（他的俳號）居士，生長於臺灣，死為日本國民。或青楠居士──日本國民。居士為天業翼贊而生，為天業翼贊而活，且為天業翼贊而

死。』對這種精神的墮落，戰後的臺灣民眾當會忿怒地回顧吧！日本人該持抱自責之念吧？除非經嚴屬的試鍊，戰時中那種精神的荒誕，將會遺留到現在。[35]

而尾崎秀樹口中的那種「精神的荒誕」、「精神的墮落」，不正是陳火泉反諷筆調中所呈顯出的最極致效果嗎。至此，我們終於能夠體會為何葉石濤會對這篇被日人視為皇民文學代表作的〈道〉，以不能完全肯定的論述，而說出「也許」可以將它視為是一個臺灣人抗拒皇民化的心理掙扎之記錄。

第五節　小結──一體兩面下的皇民之「道」

其實陳火泉在〈道〉這篇小說中，對皇民之「道」的呈現，之所以引起中、日文評家的討論與爭議，應出於它的立論基礎，是建構在臺灣人為何要皇民化，以及要如何成為皇民的雙重結構上。臺灣人為何要皇民化，正如他在文中所論述主角追求皇民化的過程，並非出自於內心對日本文化的尊崇，也非對成為皇民有著其他特殊的期許。而只是想藉由獲得皇民的認證，以換取精神上與物質上的平等對待，因此皇民化在此，僅止於是臺灣人向日本人爭取平等地位的一種手段。至於臺灣人要如何成為皇民，儘管小說主角是一位對日本文學有著深厚修養之人物，也曾在他的工作崗位上擁有傑出

---

[35] 尾崎秀樹著，〈戰時的臺灣文學〉，收入於王曉波編，蕭拱譯《臺灣的殖民地傷痕》，頁 218-219。

的成就表現，但還是完全被拒絕在皇民之門外。然而依據日人所立下的皇民標準，就是要能無條件地為天皇而死，那麼響應自願兵的號召，似乎成為臺灣人願為天皇效死的唯一交心之保證，也是臺灣人能成為皇民的入門之鑰。因此〈道〉這篇小說，最後才會以臺灣人響應參與自願兵而做結。而此時的爭議點就在於臺灣文評家所看到的，是臺灣人在追求皇民化的過程中，那伴隨其背後，殖民統治者所加諸於臺灣人無可迴避的差別待遇，以及在這差別待遇下臺灣人所承受的種種苦難。而日本人所看到的，卻是主角為了要成為一個不折不扣的皇民，期間所付出的種種努力與心血，最後還響應政府的號召，成為一名願為天皇無條件犧牲的志願兵之歷程。

　　而就在此雙重結構的呈顯之下，故當〈道〉被視為是皇民文學的代表作時，不可否認的，我們同時也從這篇小說當中，看到臺灣人追求皇民化過程中的矛盾、痛苦與掙扎。然而細心的日本人在解讀這樣一篇文學作品時，表面上雖視它為一篇皇民文學的結晶，但心中恐怕也會對主角所追求的皇民化動機，產生相當程度的疑惑吧。而這樣的疑惑，或許就表現在戰後，為何陳火泉會說出：「當它發表後，我常常受到日本高等特務的疲勞轟炸：你到底贊成皇民化，還是反對皇民化。」[36]這句話上。

　　然而對於這樣的說詞，還是不免於遭到林瑞明的強烈反駁，他說：

　　陳火泉戰後說詞：高等特務盤問：「你到底是贊成皇民化，還是反對皇民化？」完稿日期特別標明「民國六十八年雙十

---

[36] 陳火泉著，〈被壓迫靈魂的昇華〉，收入於《抗戰時期文學回憶錄》，頁109。

節前夕脫稿於景美知足樓」除了為自己開脫，也是對國民政府的表態。（天可憐見！）不錯，〈道〉也寫了皇民化運動階段，臺灣人被歧視的一面，也表現了心靈的苦悶與挫折，但問題在於：一、有關這一部分的描寫，在〈道〉的全文中所佔的比例，分量不足。二、更重要的是主題走向的問題，完全「歪斜」了，只有「日本精神」，只有「為天皇而死」，臺灣人的苦悶完全看不見了，矛盾也完全解除了。[37]

林瑞明教授對〈道〉內容的這番評論解析，可說相當精當。然而陳火泉對〈道〉的辯解，是否有對國民政府的某種程度表態，我們不得而知[38]。但若說是要為自己開脫，那麼他為臺灣同胞的發聲，卻為何還是被批判為分量不足，而且小說的情節也走向「歪斜」，致使臺灣人的苦悶與矛盾大打折扣。筆者認為這個問題的答案，恐怕才是陳火泉撰寫這篇小說的真正用心之處了。

　　上述提及，陳火泉創作這篇小說，並非刻意為統治者作皇民化之宣傳，那麼他的真實用意為何呢？也許以日人角度思考的日籍文評家垂水千惠，她的這一段評論，應該更能貼近於陳火泉在當時創作這篇小說的真實心境。她說：

---

[37] 林瑞明著，〈騷動的靈魂──決戰時期的臺灣作家與皇民文學〉，收入於《臺灣文學的歷史考察》，頁 316-317。

[38] 戰後的陳火泉雖還是在公家單位的林務局上班，但從鍾肇政及李榮春等多位作家的憶述中得知，陳火泉是最早呼應並加入鍾肇政所創辦「文友通訊」的一員。期間並曾因與鍾肇政等文友的聚會緣由，使得警總曾約談並扣留過他。然事後陳火泉與文友們仍相交如故，並未因此而受到任何影響改變，故要交心表態，在當時應該可看出更具體之端倪。民國六十八年，時年七十一已於公務機關退休多年的陳火泉，實在也看不出他有任何理由，要再向國民政府做其他輸誠表態的動作了。

　　光復後，陳火泉改寫散文，再三強調〈道〉是抗議殖民地政
府不平等待遇的作品。因為是臺灣人而不能昇任技手，的確
是陳火泉執筆寫〈道〉的強烈動機。但是即使肯定它是一篇
『抗議』作品，也得先找出它的『抗議』理論之所在。陳火
泉據以成理的理論，是一種相當自虐（masochistic）的理論
──我如此努力參與「皇民化」，可是日本人卻一點也不了
解。沒關係，我去當自願兵，用我的血來證明我是個堂堂正
正的皇民。這個理論並沒有批判「皇民化」之不合理處，不
批判也不抗議，而是藉著傷害自己使對方產生罪惡感。其結
果，他可以隨心所欲地左右對方的感覺。這種「道德罪惡感」
（moral masochism）才是陳火泉的理論依據。而且，陳火泉
很明白這種「道德罪惡感」對日本人很有效。根據年譜記載，
〈道〉發表的第二年，陳火泉如願以償地昇任技手。[39]

言下之意，陳火泉在創作這篇〈道〉的動機，也並非無私地想去凸顯
批判「皇民化」本質的不合理，而他只是想利用這篇小說，內容所強
調殖民地政府對臺灣人的不平等待遇，並透過自虐的表述方式，來讓
在臺日人產生所謂的「道德罪惡感」，以達到其尋求昇任技手的訴求。
並且事後也證實，這種利用小說所作的控訴方式是有效的，因為在小
說發表後的第二年，陳火泉真的如願以償地昇任技手。

　　垂水千惠的這段評論，從以下陳火泉的這番自述，實質上似乎
也得到某種程度的認證，他說：

---

[39] 垂水千惠著，〈戰前「日本語」作家──王昶雄與陳火泉、周金波之比較〉，
　　收入於黃英哲譯、凃翠花譯，《臺灣文學研究在日本》（臺北：前衛出版社，
　　1994），頁 93。

我可以肯定的說，當我寫這篇處女作的時候，我並不怯於在應當表示立場的地方表示立場。好歹，我確確實實反映了當時臺灣同胞的痛苦煎熬，特別是那個階段臺籍白領階級的血淚斑斑，被壓迫、被損害的生活事實。事實上，由這篇小說的問世，長年在官場不得意的臺籍雇員，也都漸漸得到當局統治者的重視，就說我所服務的臺灣總督府專賣局的臺籍職員，也紛紛被升任為技手或書記的不下數十人（自然也包括我被升任為技手在內），這足以證明這篇小說必然對日本當局日後的殖民政策，或多或少發生了耳聰目明的作用，使其在決策過程中，更重視臺籍職員的待遇與地位。[40]

原來藉著控訴以尋求自己兼及其他臺灣人的升官之路，才是陳火泉創作這篇小說意在言外的真正用心之所在。

　　至於這篇小說在戰時與戰後，都曾引發的「皇民文學」與「反皇民文學」之爭議，結果恐怕皆非陳火泉當時之始料所及。因此事後，他也只能在〈關於「道」這篇小說〉一文中，含蓄地點出：

本篇是作者的處女作，發表當時，有人指它是「皇民文學」，有人則稱它為「反皇民文學」，莫衷一是，……如果有的讀者因面對故事中的主角表示欣賞，我勸你那倒不必；相反，如果有的讀者對故事的主角有所譴責，我勸你那也不必；因為，上面我說過的，故事中的那些言論和作為，完全是時代和環境逼出來的。我相信：如果賢明的讀者讀完全篇，你們

[40] 陳火泉著，〈被壓迫靈魂的昇華〉，收入於《抗戰時期文學回憶錄》，頁109-110。

> 也必會為當時「被虐待的被損害的」臺灣同胞，不吝一掬同
> 情之淚吧！[41]

換言之，當〈道〉陷入皇民文學與反皇民文學之爭論時，作者是真心
地以為，對於小說中所敘述的那些言論和作為，不管你喜歡不喜歡，
它「完全是時代和環境逼出來的」，而且請正視它的內容，是完全符合
歷史的事實。因此〈道〉這篇小說在此所引起的「皇民文學」與「反
皇民文學」之爭論，在陳火泉眼中，似乎已變得那麼無關緊要了，至
於陳火泉是不是有意藉此為自己開脫，那就取決於讀者自己去認知感
受了。

---

[41] 陳火泉著，〈關於「道」這篇小說〉，收入於《民眾日報》副刊，（1979 年 7
月 7 日）第十二版。

第六章　是皇民文學？還是抗議文學(三)

——論楊逵日據時代的文學

第一節　前言

　　以『壓不扁的玫瑰花』樹立臺灣人堅毅不屈形象的作家楊逵，終其一生，皆秉持其生為臺灣人的那份良知與責任感，以文學甚至付諸實際的行動，來對抗那使用強權壓迫臺灣人民的不公不義政府，這當然包括日本的殖民政府，以及光復後來臺的國民政府。也因為他的堅持理想與那顆不屈服的反抗靈魂，曾先後多次地被日本殖民政府及國民政府送進監牢[1]，其中包括日本殖民政府的十次及國民政府的二次，而國民政府的第二次牢房，讓他一坐就是整整的十二年[2]。然而這些坐牢的經驗，沒有任何一次是因為楊逵為非作

---

[1]　楊逵憶述：「這期間我總共被抓去坐了十次牢，合計四十五天，最長的一次是十七天。」（楊逵著，〈沈思、振作、微笑〉，收入於彭小妍主編《楊逵全集　第十四卷・資料卷》（臺南，國立文化資產保存研究中心籌備處，2001,12），頁42。

[2]　楊逵憶述：「民國三十八年，我同一些外省籍文化人常常討論：二二八事變所造成的本省人、外省人之間的鴻溝，應該填平起來。我於是寫了一篇『和平宣言』，主張先從臺灣文化界做起，把當時臺灣的文化界，不論省籍，用『臺灣文化聯誼會』的組織，開始彼此的理解，溝通與交誼，先由文化界展開民族團結，一步步彌補二二八事變所造成的民族創傷。不料，我卻因此被府逮捕，判了十二年徒刑，被送到火燒島去。其實，我只是延續我青

夕所應付出的代價，因為只要是了解臺灣歷史實情的人，都不曾會因他的坐牢而鄙視他，相反地，那些坐牢的軌跡，每一次都是他堅持公理正義而與不義政府抗爭所獲致的結果，這正像軍人在戰場上英勇表現所獲贈的勳章一般，是他一輩子最輝煌的記錄。而真實生活中，楊逵確也是帶著這項榮譽與臺灣人對他的尊崇，於一九八五年三月十二日走完他既光榮又苦難的一生。

　　然而因他的逝世，臺灣文學界還未完全從對他的緬懷情緒中回復過來，張恒豪教授就在第九十九期的《文星》雜誌中，發表一篇〈超越民族情結、重回文學本位──楊逵何時卸下「首陽農園」？〉的文章，文中對楊逵在戰爭時期所撰述發表的〈「首陽」解除記〉及〈增產之背後──老丑角的故事〉這兩篇文章，提出他的質疑，他說：

> 楊逵的這篇小說【按：指〈增產之背後──老丑角的故事〉】與那份聲明【按：指〈「首陽」解除記〉，都不同於他一貫的主題，我們若不強作解人，這兩篇實在都含有扭曲自我，呼應時局的意味。假如，這是出自楊逵的原意，我並不覺詫異，究竟形勢比人強，那像是一段被倒吊起來的歲月，價值懸空，信仰崩潰，炸彈在眼前開花，死亡在暗處招手，人們無法掌握自己，看不清局勢的演變，不敢妄想今天的命運，這種不願捏死自己而與世推移的論調，勿寧是可以理解的。反之，若是「偽裝」的聲音，面對無形的彈壓，不得不虛與

年時代所信守的和平主義罷了。」（楊逵著，〈我的老友徐復觀先生〉，彭小妍主編《楊逵全集　第十四卷‧資料卷》，頁 18。

委蛇，則正可反證日本軍閥為遂行其侵略之目的，不擇手段，控制並利用文藝的手腕，作家連說真話的自由也被悍然剝奪，其內心的沉悶和痛苦自是可以想像。[3]

張恒豪認為被大家公認為深具抵抗精神的楊逵，在面對「價值懸空，信仰崩潰，炸彈在眼前開花，死亡在暗處招手」的那段誰也無法掌握自己命運的戰爭歲月裡，很有可能曾經徬徨過，而不論是出自於他自己的「原意」，抑或只是另一種「偽裝」的聲音，楊逵的確是寫出了「含有扭曲自我，呼應時局意味」的文章。他並且還補充說明：

> 後來，在楊逵過世後，又寄了〈增產之背後──老丑角的故事〉給鍾肇政先生，他看後趕緊打電話給我，說人剛死，便將這種作品譯出來，怕不太好，別人會怎麼說呢？他們的敏感、遲疑和顧慮，在此時此地，都不是沒有道理的。[4]

對於鍾肇政看完張恒豪寄給他的〈增產之背後──老丑角的故事〉日文版後，或許他也直覺地認為這是篇具有皇民化爭議的作品，而才會有「人剛死，便將這種作品譯出來，怕不太好，別人會怎麼說」的反應。

而張恒豪之所以對楊逵日據時代所發表的這兩篇文章，提出他的質疑，大概是認為，就連抗日旗幟這麼鮮明的作家，都曾寫出這

---

[3]　張恒豪著，〈超越民族情結、重回文學本位──楊逵何時卸下「首陽農園」？〉，收錄於《文星》第九九期，頁123。

[4]　張恒豪著，〈超越民族情結、重回文學本位──楊逵何時卸下「首陽農園」？〉，收錄於《文星》第九九期，頁124。

樣的文章，那麼我們實在應該選擇誠實地去面對日據時代的那些皇民文學作品，而且也不應該再去苛責有些貼有皇民化標籤的皇民作家，畢竟在那段形勢比人強的歲月中，他們的文章，也確實反映出那個時代某部份的真實歷史。先撇開張恒豪教授寫這篇文章的真實用意為何，然而光看他文中的內容，對楊逵日據時代亦曾創作並發表過皇民文學的質疑，就夠令我們震驚不已了。而被張恒豪教授點名的這兩篇文章，是否真的就是不折不扣的皇民文學呢？如果是，那麼是不是足以顛覆我們對楊逵那深具抵抗精神的既定印象，而成為他一生中的白璧之瑕呢。而如果不是，那麼楊逵在創作及發表這兩篇文章的背景及用意又如何呢？這些問題，確實值得我們去作更詳細的探討及研究。然而要了解楊逵日據時代的文學作品之特色，筆者認為，首先應從楊逵的生平遭遇及行事風格入手，如此方能確切地掌握他的思想精髓。並循此跡證，才能推敲出他是否可能創作出皇民文學，抑或是他的另有所圖，而經此檢證，最終也才得以藉此而給予楊逵一個公允的歷史評價。

第二節　日據時代楊逵的生平與思想概況

　　據日籍學者河原功為楊逵所編的年表得知，楊逵生於一九○五年的舊台南州大目降街（一九二一年改稱新化街），本名叫楊貴，因不喜人家給予「楊貴妃」的戲稱，而崇拜《水滸傳》中黑旋風李逵那種急公好義，及鋤強濟弱之性格，故改以楊逵為筆名發表作品。由於他自小即體弱多病，所以遲至十一歲（一九一五年）時始

進入大目降公學校（一九二一年改稱新化公學校）。同年家鄉發生漢系臺灣人最大規模抗日的噍吧哖（今玉井鄉）事件，當時楊逵即曾親眼目睹日軍的砲車從他家門前經過，又從被徵召為軍伕的長兄楊大松口中得知，事件後遭日軍虐殺的臺灣人之慘狀，故造成他心靈極大的震撼。而此事件，在他日後的回憶錄中，是如此地憶述：

> 在我孩提時代，臺灣曾發生西來庵事件（別名噍吧哖事件，指一九一五年余清芳、江定等領導的反日武裝起義事件）。當時我家在新化，我從家門口的縫隙中親眼看見彈壓起義的日軍通過。因為我只有九歲，什麼都不懂，但印象却是深刻的。後來，我從當時被日軍徵為軍伕的哥哥那裡，聽說了日軍是怎樣殘殺同起義有關係的村莊的村民的。在中學時代，去舊書店涉獵，發現了「臺灣匪誌」一書（秋澤烏川著，臺北。杉田書店，一九二三年）。這部書的最後部分記述了西來庵事件的來龍去脈。明明是對日本壓迫政治的反抗，但在書中卻被當作「匪賊」來處理，我深感這是對歷史的歪曲。我決心研讀自己所喜歡的小說，並想藉小說創作，來矯正這被歪曲的歷史。[5]

由這段論述，大致可以了解楊逵對日本治理臺灣時期，那種種殘酷的統治手段，以及歪曲歷史的行為，是頗不以為然的，因此他期望藉由自己的小說創作，企圖來「矯正這被歪曲的歷史」。那麼據此而推知，

---

[5] 戴國煇、若林正丈訪問稿〈臺灣老社會運動家的回憶與展望──楊逵關於日本、臺灣、中國大陸的談話記錄〉，收錄於彭小妍主編《楊逵全集　第十四卷・資料卷》，頁272。

尋求真理，以及還原歷史的真相，應該是日後楊逵文學創作的首要
目標。

　　一九二二年，十七歲的楊逵考進新設立的台南州立第二中學校
（今臺南一中），在校就讀期間，他喜歡閱讀文學和具思想性的課
外讀物，尤其是以俄、法作家為主，含有較多抗爭性色彩的文學作
品，以及其他與社會主義相關的書籍。但是那些文學作品及介紹社
會主義的書籍，雖然提供給楊逵在思想上的許多啟迪，然而求知慾
旺盛的楊逵，在面對殖民地上那令人絕望的升學管道之阻絕，以及
個人所面臨童養媳的問題[6]無法解決，故於一九二四年，他中學尚
未畢業前，就毅然選擇輟學赴日，尋求繼續深造的機會。然而楊逵
的赴日，並不能與當時一般地主或富裕家庭子弟的留學相比，由於
缺乏家庭經濟的奧援，所以赴日求學的他，除必須努力讀書以準備
投考日本大學專門部文學藝能科夜間部外，一方面他仍必須到處尋
找工作，做些零工以度日，據他回憶當時的情形而說：

> 因為在不景氣當中，失業者很多，要找工作很難。我做過泥
> 水匠、土木匠的小工，到郵局分發信件，在街上挂電桿，木
> 工匠、玩具匠的小工等十多種工作，都是臨時工，很不安定。
> 甚至像在「送報伕」那篇小說裏所寫的，被騙取保證金之後

---

[6]　根據楊逵赴日留學動機的回憶，他說：「一九二四年我所以赴日，主要原因
　　是求知慾難以得到滿足，希望到另一個廣闊的天地，吸取更多的新知。……
　　另一方面，對家裏為我安排的婚姻感到不滿，也是我赴日的原因之一。那
　　時父母為我安排的童養媳大約在我九歲時即住進家中。這種安排，使我在
　　小學時即經常成為同學取笑的對象；這種取笑到我進入南二中時更為嚴
　　重，使個性內向的我十分窘困。而家裏父母又有要我畢業後馬上「送做堆」
　　的意思，更使我心焦。」（楊逵著〈我的回憶〉，收錄於彭小妍主編《楊逵
　　全集　第十四卷‧資料卷》，頁59。）

被趕走的也有。不過也因此擴大了視野，親身經歷了時代的慘酷，也結交了許多知心的朋友。[7]

這時期的楊逵送過報紙、當過臨時郵差，也做過水泥工等，工作雖然辛苦，然而卻也讓他得以親眼目睹，以及親身體驗日本中下階層工人、農民的苦況，而這般的苦況，排除臺灣是被殖民統治的地位，實質上日、臺兩者間中下階層所遭遇資本主義剝削的困境，是無分軒輊的。也正因為如此，讓楊逵發現這時代的許多不合理現象，是不分民族的，而是全人類所應共同面對與解決的問題。因此楊逵在東京的那三年，正如他自己所說的：

> 這段期間，我名為在日本讀書，書固是讀了，卻非學校裏所授的課目，而是社會性、思想性的自習的書。思想有了急遽的變化，參加社會運動則是思想的實踐。[8]

所以這段留日的期間，他除與朋友組織新文化研究會，研究馬克期主義，也參加了東京臺灣青年會所設置的社會科學研究部，實際地參與各項勞工運動與政治運動[9]。而日後楊逵會走向社會主義的路線，並

7　楊逵著，〈我的回憶〉，收錄於彭小妍主編《楊逵全集　第十四卷・資料卷》，頁 63。

8　楊逵著，〈我的回憶〉，收錄於彭小妍主編《楊逵全集　第十四卷・資料卷》，頁 63。

9　楊逵另在〈臺灣新文學的精神所在──談我的一些經驗和看法〉中，陳述他參與勞工運動的動機，是因為他在東京受到社會主義的洗禮，也「由於謀生的經歷，再加上身受第一次大戰後蓬勃的自由思潮的沖擊，以及全世界風起雲湧的工人運動的感染，於是使我加入了一些勞工團體，並與他們一齊去參加示威遊行，想藉工人本身的抗議力量來向當權者，資本家爭取應有的合理權益。」原文收錄於彭小妍主編《楊逵全集　第十四卷・資料卷》，頁 34。

超越國籍，甚至民族地結合弱勢族群以對抗強權的抗爭運動，似乎也在此而可以見出端倪。

　　然而在東京積極參與各項抗爭運動而頗有心得的楊逵，也許體認到在家鄉的臺灣，才更需要他這一份力量的投入，於是在一九二七年九月，尚未完成學業的楊逵，即接受臺灣農民組合的召喚，急急地返臺從事臺灣的各項社會運動。由於在日本多次的抗爭經驗：

> 促使我回臺後積極參與當時已有的農民團體、工人團體、以及文化團體的種種實際行動，而在實際參與的過程裏，更使我得以深入到一般大眾，尤其是工農大眾的現實生活裏頭，得以理解在殖民統治者高壓和剝削底下求生存的勞苦民眾的掙扎與悲苦，加深了我抗日的決心，也加深了我體恤低階層民眾的情感。[10]

由楊逵返臺後的這段憶述，並對照其年譜而知，他當時參加了文化協會所舉辦的全島巡迴民眾講演，也加入了農民組合，成為農民組合的中央委員，負責政治、組織、教育等工作。他並且還加入「特別行動隊」，也就是那裡有官民土地的糾紛，便前往那裡去支援農民，幫助農民爭取權益。而也由於他實際參與這種種抗爭的過程中，讓他更能夠深入地去體會，在殖民統治者高壓和剝削底下求生存的勞苦民眾的掙扎與悲苦，於是更加深了他抗日的決心。那麼楊逵的抗日意識以及行動的展現，在此多少也可以得到一個檢證。

---

[10] 楊逵著，〈臺灣新文學的精神所在──談我的一些經驗和看法〉，收錄於彭小妍主編《楊逵全集　第十四卷・資料卷》，頁 34。

　　而這般以實際行動為抗日手段的展現，持續到一九三一年，中國東北的九一八事件爆發，此事件促使日本統治當局更加緊迫害臺灣島內的抗日團體及活動，致使文化協會與農民組合也必須面臨解散的命運。而當時已與同是農民組合同志的葉陶結婚之楊逵，為了一家的生計，只好跑到高雄的壽山，靠著砍柴、賣柴來維生，而也就在這段最窮困的黯淡時期，他寫下了《送報伕》。《送報伕》由於內容是揭露資本家對窮苦中下階層勞工的剝削，同時也影射日本殖民統治者對臺灣農民土地的掠奪，並逼死主角父母的故事。所以這篇小說當時雖透過賴和的幫助，而在《臺灣新民報》上發表，然而也只刊登了前半部，就遭到日本當局的查禁。後來還是楊逵將其改投寄到日本的「文學評論」，參加小說的徵文比賽，而獲得第二獎（第一獎從缺）的殊榮。這是臺灣人作家進軍日本文壇而首次獲獎的記錄，因為有了這層的鼓勵，加上在臺灣時局的急速變化，使得社會運動中實際的抗爭行動無法再持續下去，因此他只得選擇更換跑道，改以文化運動為主要的抗爭手段，從此開啟他另一段以文學為主的抗日人生。

　　一九三四年，楊逵經何集璧的介紹會見張深切，而成為《臺灣文藝》的編輯委員，負責日文版編輯，後來因不滿張星建的干涉編輯事務，要求履行編輯委員會之決議，未獲施行。因此於一九三五年十一月，他毅然退出《臺灣文藝》的編輯行列，與妻子葉陶另創「臺灣新文學社」，發行《臺灣新文學》雜誌。期間楊逵曾在該雜誌發表〈田園小景──摘自素描簿〉（後擴充為〈模範村〉），然後半部仍被有關當局查禁，可見當時統治階級對臺灣民眾是實行如何嚴密的思想控制。因此《臺灣新文學》雖經楊逵夫婦的苦苦撐持，

但還是不敵臺灣總督府情報課，動不動就要求查禁的有意刁難，直至一九三七年四月，臺灣總督府突然下令島內全面廢止漢文欄，此舉無疑促使《臺灣新文學》的經營更加困難，終至於同年的第二卷第五號發刊之後，仍被迫不得不面臨停刊的命運[11]。

然而《臺灣新文學》雖因時局所迫不得不停刊，可是楊逵仍不死心，為了延續臺灣新文學的這點火苗，於同年的六月，他獨自赴日會見《日本學藝新聞》、《星座》、《文藝首都》等雜誌社的負責人，希望能在他們的雜誌內附設臺灣新文學的專頁。當時雖獲得這些雜誌社負責人的首肯，但因不久之後的七七事變爆發，到了十月，又逢日本當地的反戰大檢舉，此時連日本的出版界也不敢攖日本軍部之鋒，因此逼得楊逵這次的日本之行，最後還是無功而返。

然而九月返臺後的楊逵，終因連日的奔波致積勞成疾，染患肺病而咯血數月，又因之前積欠米店的二十圓債款未還，而被米店老板告到法院。就在楊逵山窮水盡不知如何之時，因先前發表的〈送

---

[11] 楊逵回憶日據時代的文學創作精神，以及《臺灣新文學》停刊的原因：「我當時主編的《臺灣新文學》雜誌，就是因為言論抗日，加上『皇民化運動』推展到後來，所有用漢字印行的刊物都要停刊，所以只出版十五期就停刊了。我當時的一些作品，像〈鵝媽媽出嫁〉、〈送報伕〉、〈模範村〉等等都是抗日的，尤其是〈送報伕〉，原本是在新民報連載，只刊出一半就被日本人禁刊，原因不外是抗日思想太濃厚。寫這些抗日作品時，我的感覺是實實在在的，讀者讀來也是實實在在的，毫無半點虛假，因為這些作品都是一點一滴從生活中歷練出來的，記得我當時加入了『農民組合』的抗日組織，在嘉南一帶山區，實實在在的和日本人拼，為此，進出監獄是家常便飯，和太太葉陶結婚的時候，新婚之夜就是在牢裡過的。只有一句話，當時的文藝都是抗日的，都是深具民族意識的。」〈永不熄滅的爝火──光復前臺灣文學中的民族意識與抗日精神〉座談會記錄，收錄於彭小妍主編《楊逵全集　第十四卷・資料卷》，頁 214。

報伕〉，內容感動一位在臺的日籍警察入田春彥，經「臺灣新聞社」
學藝部編輯田中保男的引介，安排他與楊逵見面，因而得知楊逵當
前的困境後，隨即慷慨地致贈給楊逵一百圓供其花用。而楊逵也就
利用了這一筆錢還了米店的欠債，並用剩下的錢租借了約兩百坪的
田地，創辦了「首陽農園」。這段經歷，經楊逵的回憶，稱：

> 回到家來，就時常吐血了，經檢查結果是肺病，不能再從事
> 勞力苦工，朋友勸我種花，我才開始經營「首陽農場」，寫
> 了「首陽園雜記」，發表在刊物上，我是到嚥下最後一口氣
> 亦不向日本的蠻橫低頭。[12]

而這篇〈首陽園雜記〉，當時就發表於一九三八年三月三十日至四月二
日的《臺灣新聞》。楊逵以「首陽農園」為招牌，目的就是要「取伯
夷、叔齊寧餓死首陽山、不食周粟之義，表示寧死也不為侵略者幫
腔。」來表明他的心志。

　　而延續著這股不為侵略者幫腔的氣勢，楊逵仍在一九四二年，
於《臺灣時報》發表〈鵝媽媽出嫁〉及〈泥娃娃〉；於《臺灣文學》
發表〈無醫村〉等小說作品。而楊逵之所以在《臺灣時報》發表〈泥
娃娃〉，根據他的說詞：

> 在此以前，植田就曾找過我幾次，要我替「臺灣時報」寫稿。
> 當時，我很坦白的和他討論這個問題。我對他說：「如果要
> 我們作家合作，必須讓我們報導實在的情形，在文學方面，

---

[12] 宋澤萊訪談記錄〈不朽的老兵〉，收錄於陳芳明編《楊逵的文學生涯・先驅
先覺的臺灣良心》（臺北，前衛出版社，1988），頁 211。

也要描寫實情。如要我們歌功頌德，那是不可能的事。」他一口答應了。所以我寫了一篇「泥娃娃」給他。泥娃娃的主題是武力不可扶恃。另一方面在指責日本軍部不該在幼兒稚嫩的心靈裏，灌輸好戰的思想。和他們所主張的「東亞共存共榮」完全背道而馳。兒童製作的戰車、大礮、軍艦、飛機，像模像樣，非常威風，但是，經過一夜的大雨，就化成一灘爛泥了。[13]

而寫〈鵝媽媽出嫁〉及〈無醫村〉，大致也是與〈泥娃娃〉相同的心思：

我寫「無醫村」、「鵝媽媽出嫁」那種社會的小故事，就在揭示殖民時代醫療制度及「共存共榮」的黑暗，「春光關不住」、「冰山底下」就是表達光明是永不消失的。[14]

《臺灣時報》是日據時代臺灣總督府情報課所發行的一種雜誌月刊，而植田正是當時《臺灣時報》的編輯，他來找楊逵邀稿，而楊逵又之所以答應與之合作，一方面是他的《臺灣新文學》雜誌被迫停刊後，臺灣已少有以臺灣人為主體的文學刊物可供其發表[15]。另方面在楊逵留學日本與回臺參與社會運動的過程中，讓他明白日本人中也

---

[13] 楊逵著〈光復前後〉，收錄於彭小妍主編《楊逵全集　第十四卷・資料卷》，頁 13。

[14] 宋澤萊訪談記錄〈不朽的老兵〉，收錄於陳芳明編《楊逵的文學生涯・先驅先覺的臺灣良心》，頁 213。

[15] 楊逵所創辦的《臺灣新文學》雜誌，自從臺灣總督府於一九三七年宣佈島內全面禁止漢文欄，而被迫停刊後，直至一九四一年張文環等成立「啟文社」，創刊《臺灣文學》雜誌，這中間並沒有臺灣人在島內再創辦雜誌的記錄，因此雖有文章，但發表的機會自然減少。

有不少的開明份子，並不是所有日本人都會帶著歧視臺灣人的偏見，而植田大概就是屬於這類的人物。更何況楊逵的《臺灣新文學》被迫停刊時，他不是還專程赴日尋求《星座》、《文藝首都》等雜誌社負責人的協助，為《臺灣新文學》在這些雜誌中設立專頁嗎，因此與這些日本的開明人士合作，在楊逵心中並不覺得有何不妥。所以他才會開出「要報導實在的情形，在文學方面，也要描寫實情。如要我們歌功頌德，那是不可能」的條件。而且在一九七四年《中外文學》元月號刊出的〈鵝媽媽出嫁〉中譯文時，楊逵還在所附的「後記」中，如此地表示：

> 一九四一年四月九日「皇民奉公會」成立，當年十二月八日太平洋戰爭開始，臺灣總督府官方雜誌《臺灣時報》編輯植田君找我要稿，我給他寫了〈泥娃娃〉和〈鵝媽媽出嫁〉，我的意圖是剝掉牠的羊皮，表現牠這隻狼的真面目。植田君贊成我的意思，一一照登，遂引起日本警察局的不悅，發生了殖民政府內部的磨擦。[16]

因為《臺灣時報》是臺灣總督府的官方雜誌，大概因此而省卻了情報課的審稿過程，使〈泥娃娃〉和〈鵝媽媽出嫁〉等作品得以於該刊物上發表。但內容也許為日本統治當局所不樂見，致使殖民政府內部矛盾也被激發凸顯出來。因此以楊逵的思想及行事作為，配合現在我們所見到的這些資料的呈現，似乎已相當清楚地顯示，楊逵是不太可能會去附和日本人的皇民化運動，並為之宣傳。

---

[16] 楊逵著，〈鵝媽媽出嫁〉「後記」，收錄於彭小妍主編《楊逵全集　第十四卷‧資料卷》，頁 319。

第三節　楊逵會寫出皇民文學嗎？

　　然而就在日本敗徵已顯的一九四四年，楊逵卻在臺灣文學奉公會所主導的《臺灣文藝》發表〈「首陽」解除記〉及〈增產之背後——老丑角的故事〉這兩篇文章，而成為日後張恒豪教授質疑他可能亦曾屈服於強權的壓力，而創作出含有扭曲自我，呼應時局意味的皇民文學。然而究竟〈「首陽」解除記〉及〈增產之背後——老丑角的故事〉這兩篇文章，是否真如張恒豪教授所質疑的，是失去民族本位的皇民文學，抑或是楊逵想藉這兩篇文章的發表，而另有所圖。在回答這個問題之前，筆者認為須先從楊逵日據時代所發表的小說作品之內容去探究。

　　日據時代的文學創作者中，楊逵可以說是最具有思想性格的作家，他並以此思想作為其小說創作的理論基礎。前面討論到楊逵的思想，是偏向於為弱勢族群爭取權益的社會主義，而即使到了晚年，在接受後輩的訪談或演說時，他仍不諱言自己就是一個社會主義的信仰者，儘管他曾為這個信仰而坐過國民政府十二年的冤獄[17]。他說：

---

[17] 一九四九年，楊逵曾起草一篇名為〈和平宣言〉的文章，並轉載於一月廿一日的上海《大公報》，因而觸怒當時的臺灣省政府主席陳誠，四月六日被捕。於一九五〇年受軍法判審，被處十二年徒刑。根據王曉波所著〈論《和平宣言》及《「首陽」解除記》〉，文中引用一九五〇年五月十日《中央日報》中一則標題為《三叛亂罪犯判刑，楊逵處徒刑十二年，鍾平山陳軍各十年》的新聞，其中就寫著：「於日昨經省保安司令部軍法判決，爰楊逵在日本大學讀書時，曾研究共產主義理論，自稱為共產主義理想者，三十八年元月初旬，共匪在北平鼓吹局部和平時，以臺灣中部文化界聯誼會名義，撰擬《和平宣言》，謂『希望不要再武裝來刺激臺灣民心，造成戒懼局面，把此比較安定的乾淨土以戰亂而毀滅。』等語響應之，並先將原稿轉交與臺中《新生報》分社主任鍾平山閱覽，經同意後，寄發臺北市各文化人士，轉寄上海《大公報》發表。」其中謂楊逵曾研究共產主義理論，自稱為共產

　　過去我是一個社會主義者，迄今我沒多大改變，「大道之行
　　也，天下為公，老吾老以及人之老，幼吾幼以及人之幼。」
　　這就是社會主義的根本，因此，我對社會主義的觀點沒有任
　　何根本的改變。[18]

而他對這個社會主義理想追求的理論基礎，則完全在他《送報伕》的
這篇小說中呈現。

　　《送報伕》是以一個在臺灣遭受殖民統治階級層層剝削，導
致家破人亡的楊君，不得不逃到東京留學尋求出路的故事。小說一
開始，即敘述來到東京的主角楊君，由於所帶的生活費有限，於是
為了急於獲得一份送報紙的工作，不惜將身上所僅有的錢全部交給
派報所老板，充作工作的保證金。然而待進了派報所後，他才發現
自己所處工作環境的惡劣，遠非一般人可以去忍受，但在那全國有
三百萬失業人口的不景氣壓力下，他還是試圖說服自己要「比別人
加倍地工作，比別人加倍地用功」，這樣才能「吃得苦中苦，方為
人上人」。然而儘管他比別人更加努力地工作，但事實上派報所根
本就沒有缺送報伕，而派報所老板仍刊登廣告來召攬應徵者上
門，此舉只不過是他為騙取應徵者保證金的一套技倆。因此等到
楊君熟悉派報路線後，他馬上要求楊君改換去做推銷報紙新訂戶
的工作，由於推銷訂戶是沒有底薪地按件計酬，而且他還強制要

　　主義的理想者。其實楊逵一生中都未加入共產黨組織，其所信仰的社會主
　　義，當更接近於國父為落實於照顧弱勢族群所倡導的民生主義之精髓，而
　　非等同於大陸共產的教條主義。因此這十二年苦牢，對他或就筆者之研究
　　而言，都可認定為這是十二年的冤獄。
[18]　楊逵著，〈壓不扁的玫瑰花──楊逵先生演講會記錄〉，收錄於彭小妍主編
　　《楊逵全集　第十四卷‧資料卷》，頁238。

求楊君每日需推銷至少十五份以上的訂戶才算合格。這樣不合理的規定，無非只是想讓那些已繳交保證金的求職者，在工作績效根本無法達到顧主所制定的目標時，即可限令其離職的一個藉口。這時派報所老闆不但能名正言順地連一毛工資都不付，還可因此而沒收之前求職者所繳交的保證金。正如楊逵在小說中借楊君的朋友田中之口，而說出：

> 沒有想到，你也會這樣地被趕出來。你進店那一天，是不是注意到一個少年在哭著？他，那一個十四、五歲的少年也是和你一樣上了鈎的。他推銷訂戶是完全沒有辦法的，只住了六天，被騙去了十圓的保證金之後，竟一錢也沒有拿到便走開了。[19]

而這些規定和措施，不正是資本家剝削勞工最典型的惡劣行徑嗎。

　　前面提到楊逵剛到日本時，為了生活而做過許多的臨時工，他甚至自承「像在《送報伕》那篇小說裏所寫的，被騙取保證金之後被趕走的也有」。所以也曾身受資本家剝削之苦的楊逵，此時在臺灣面對日本殖民的統治，心中其實相當清楚，在日本帝國主義「工業日本，農業臺灣」的殖民政策下，臺灣總督府所扮演的角色，其本質只是充作為日本三菱、三井等大財閥，遂行其剝削臺灣土地資源的劊子手。曾帶領著臺灣農民站在第一線與殖民統治者抗爭的楊逵，自然明白日本帝國主義與資本主義的同質性，因其剝削荼毒弱勢族群的罪惡是一致的。而且這樣的認知，在許介麟

---

[19] 楊逵著，《送報伕》，收錄於陳芳明編《楊逵的文學生涯——先驅先覺的臺灣良心》頁38。

教授所著的《日本殖民統治讚美論的總批判》一書中，也得到相當
程度的證實，他說：

> 所謂土地調查以及林野調查，目的在確定為「無主」之地，
> 編入日本帝國的國有財產，然後廉價拋售給日本的資本家開
> 設糖廠等。另外，日本資本家要收購臺灣土地，擁有土地所
> 有權的臺灣農民，認為土地是其生計的主要來源，不願意賣
> 給日本的資本家時，殖民地政府就盡全力支援資本家，有時
> 以「調停」的名義，使用警察的暴力，強制臺灣農民蓋章出
> 售土地，這就是臺灣展開農民運動的由來。[20]

因此受社會主義思想洗禮過的楊逵，自然認為要消滅這個資本主義的
罪惡，惟有受壓迫的群眾團結起來：

> 為了對抗這樣兇惡的老板，我們唯一而最好的法子就是團
> 結。團結才是力量。我們一個一個散開著，你想你的、我
> 做我的，如一盤散沙才會受人糟蹋，受人欺負。這道理你
> 懂得吧！在要採取某種對抗時，我們應該一致行動……這
> 樣幹，無論是怎樣兇的傢伙，也會被弄得不敢說一個不字
> 的……。[21]

兇惡的老板，當然是指對資本家的影射，但是在此將其視為日
本帝國主義的殖民統治者，亦無不可，因為楊逵在寫這篇《送報

---

[20] 許介鱗著，《日本殖民統治讚美論的總批判》（臺北，文英堂出版社，2006），
頁 32。
[21] 楊逵著，《送報伕》，收錄於陳芳明編《楊逵的文學生涯——先驅先覺的臺
灣良心》頁 65。

伕》時，也正是他和簡吉因對於竹林爭議事件的意見不合，而被解除在農民組合中的一切職務之後。楊逵上述的這些話，相信多少也是他有感而發地想對農民組合的同志們，因意見不合所造成分裂的一番呼籲吧。然而楊逵真正要傳達的，應該還是不問國籍地想尋求被壓迫民族的團結，前面提到楊逵對日本民族本身並沒有任何地偏見，他所反對的是利用強權欺凌剝削善良人民的制度或政權。基於這個理念，他也相當清楚日本中下階層遭受資本家的壓迫，是不遜於臺灣的，於是繼續藉著一個叫伊藤之口，而說出：

> 不錯，日本的工人，大多數就像田中君一樣，待人很客氣，沒有什麼優越感。日本的工人也反對日本政府壓迫臺灣人，糟蹋臺灣人。使臺灣人吃苦的是那些有特權的人，就像騙了你的保證金之後又把你趕出來的那個派報所老板一樣的人。到臺灣去的日本人，多數就是這一類的人。他們不僅對於你們臺灣人如此，就是在日本內地，也是叫我們吃苦頭的人呢⋯⋯。總之，在現在世界上，這類的人都想占人家的便宜，靠別人的勞力來求財，甚至用欺騙的手段置別人於死地也不顧的。他們為了要掠奪得順手，所以還用各種手段來壓迫我們，來限制我們的自由⋯⋯[22]

而就在楊君尋求與日本中下階級勞工合作，企圖打倒那吸食人血的派報所老板之同時，作者也藉此而巧妙地引導出楊君之所以來日本留學的原因。原來在臺灣家鄉的楊君，也曾經擁有一個小康而

---

[22] 楊逵著，《送報伕》，收錄於陳芳明編《楊逵的文學生涯——先驅先覺的臺灣良心》頁 67-68。

溫暖的家庭，父親是一個自耕農，擁有兩甲的水田和五甲的旱田，一家人的生活原本是不成問題的。可是：

> 到幾年前，我們的家鄉××製糖公司說是要開辦直營農場，為了收買土地，大大地活動起來了。不用說，收買的成績很差。因為耕地是自耕農民看得如自己性命一樣貴重的東西，除了幾個負債累累週轉不過來的農民之外，誰願意把自己的耕地放手？但，他們有日本政府做靠山，他們決定了要幹的事情，決不會沒有結果就收場的。過了幾天，警察方面便下了舉行家長會議的通知，由保甲經手，村子裏，只要有土地在那區域的，一家不漏都送到了。通知書下面還附帶著「隨身攜帶圖章」。[23]

楊逵在此實質地道出日本大財閥在臺灣剝削我們農民的景況，而這些財閥的背後，其實就是以日本帝國主義所化身的臺灣總督府作靠山。

　　而這也正可以說明，為何這些財團要收購臺灣農民的土地，竟是由殖民地上的警察出面來執行，而以下的這一段話，更清楚地點明，收購農民土地原就是日本帝國主義既定的「國策」。他說：

> 其次站起來講話的是警部補大人，他是本鄉的警察分所的主任。他一站到桌子上面，就用那凜然的眼光望了個大圈，於是大聲吼叫起來說：「剛才山杜先生也說過，糖業公司這次的計劃全是為了本鄉的利益著想的。想想看，現在你們把土

---

[23] 楊逵著，《送報伕》，收錄於陳芳明編《楊逵的文學生涯——先驅先覺的臺灣良心》頁 41。

地賣給公司……而且賣得好價錢，很多很多的錢便流到這鄉
裏來。同時公司在這裏建設規模宏大的示範農場以後，本鄉
便名揚四方，很多人會到這裏來參觀，因此，本村一定會日
益進步，一天一天地發展。你們應該把這當作光榮的事情，
大家好好地感謝糖業公司才是道理。然而，有些人正在『陰
謀』反對土地收買，這是如何道理！這個計劃既是本鄉的利
益，又是『國策』，反對國策便是『非國民』，是決不寬恕
的！……」[24]

臺灣總督府既然把糖業發展視為國策，而製糖需要廣袤的土地種植甘
蔗，以確保原料來源的不虞匱乏。但可惡的是，這些財團不願以保證
價格收購原料的方式與農民合作，來鼓勵農民種植甘蔗，所採取的竟
是動用殖民地上的警察權，以強制的手段，直接從農民手中奪取他們
的土地，讓失去耕地的農民，最終只能淪為廉價的勞工並供其榨取。
因此他們自然不會容許擁有土地的農民，來反對財團對土地的收買。

於是像楊君的父親，雖然身份是殖民地上的保正，然一旦拒絕
土地的出售，照樣被拖到警察分所內毒打，而由於楊君的父親始終
不肯屈服，並於早先就將圖章投到灶裡燒掉，以示反抗到底的決
心。然而狡猾的財團們就假造他的圖章，以及賣渡契約、賣渡登記
等，一切過戶的手續都私自為他辦妥後，才肯放他回去，可是放回
來後的楊君父親，卻已經滿身是傷，回到家中沒多久就含恨永眠
了。而楊君的母親也因為父親的過世，生活無以為繼，所以變賣掉

---

[24] 楊逵著，《送報伕》，收錄於陳芳明編《楊逵的文學生涯——先驅先覺的臺
灣良心》頁 43。

家中一切值錢的東西，給楊君做旅費，送他到日本讀書，希望他在
異地能夠尋得發展的機會。而她自己則在楊君到日本沒有多久就自
殺身亡，所以楊君的遭遇，可以說是財團勾結殖民政府，對殖民地
上農民無情地剝削，而導致家破人亡最普遍之典型。

　　至於其他那些願意出售土地的農民，其際遇似乎也好不到那
裡，而楊逵就是想藉著這篇小說，將那些財閥吃人的猙獰面目，以
及遭剝削的農民無以為生的苦況，真實地道出：

> 和父親同樣地被拖到警察所去了的另外四個人，都遇到了差
> 不多同樣的命運。就是那些乖乖不作聲蓋了圖章的人們，失
> 去了耕地之後，優先可以到製糖公司的示範農場去賣力，一天
> 做十二個鐘頭，頂多不過得到四五十錢的工資。這四五十錢的
> 工也不是天天有的，因為公司擁有大資本，土地又集中在一
> 塊，犁地他們用的是機器犁，連牛都失業了。他們要的只是很
> 少很少的打雜工人而已，優先被雇用的錢用完了，可以賣的東
> 西也賣光了，就只好冒險遠走了。恰恰與他們所說的「鄉的
> 發展」相反，他們給我們帶來的正是「鄉的離散」。[25]

楊逵因為曾經實際帶領過農民，參與反對農地收購的抗爭工作，所以
對日本殖民統治者假「鄉的發展」之名，而實際上是謀奪臺灣農民土
地的詭詐伎倆知之甚詳。而他上述日本大財團藉警察之力欺騙加恫嚇
農民，以取得農地的描述，也並非只是他小說中的想像情節，而是曾
經真真實實地在臺灣這塊土地上發生過。在山川均所著的《日本帝國

---

[25] 楊逵著，《送報伕》，收錄於陳芳明編《楊逵的文學生涯──先驅先覺的臺
灣良心》頁 49-50。

主義鐵蹄下的臺灣》一文中，就曾引述了大正十四年（一九二五年）六月，被三菱財團以強制手段收購竹林地的農民，共一千三十一名的代表，向當時臺灣總督伊澤多喜男所提出的〈嘆願書〉（陳情表）一節。內容大致是敘述農民土地遭強制收購的過程：

> 於是命令部上的巡警，提出豫先寫好各人的姓名住址白紙，催促人民蓋印。但是莊民們都不禁驚惶起來，沒有毅然蓋印的，大家都在互相顧盼。正在躊躇的時候，警察們即厲聲叱責說。××（這裏的原文被日本政府勾去日文五十四字）××。「官府賜與你輩補助金，為什麼不領受呢？既是總督所決定的，無論蓋印不蓋印，都是一樣。趕快蓋印，領去補助金，是你輩的益處。」然而人民都拒絕蓋印，××（原文又被勾去十三字）××的也有。非至蓋完印後，是不許回家的。所以人民不得已，祇得蓋完印。這時候對於蓋完印者，交給裝在信封內的若干款項。但所交給的款項，究竟拿什麼做標準是不明瞭的。祇是拿二元、三元、十元、五十元不等裝在信封內的與蓋印者交換。有的約有四十甲而受到十三元四十二錢。有的有八甲而受到二元二十錢。有的祇有十甲而反得二十二元二十錢。又當時被召喚者之中，因迫於恐怖的念頭而沒有到警察署去的為數也不少。這些人當然也未蓋印，又沒受到所交給的款項；但卻和出頭蓋印的人們受到同樣的處分。以下是各方面的概況：在小梅莊，則關係者都召至公學校內；在斗六，則召至坎頭厝支廳的牆內；在林圯埔方面，則召至頂林，過溪及勞水坑各派出所；無論在那一方面，都鎖住門，禁止出入，在多數警察的嚴重戒嚴中進行的。其中的坎頭厝支廳，

> 因為這地方，是舉行過許多土匪的歸順典禮的××××是有
> 特別歷史的地方，以莊民們懷著不安和恐怖，幾乎沒有生氣。
> 尤其是廳長喊出「不蓋印的，在臺灣××××」的說話的時
> 候，一同戰慄起來，都帶著哭泣蓋完了印。那一天自早晨直
> 至下午，一齊鎖在牆內，一步也不許踏出門外。[26]

原文中打×的部份，都是遭殖民統治者刪除的話語，從前後文
意推測，內容大概是殖民地上警察威脅恐嚇農民的字句，內中難聽
的話雖已被刪除，但還是可以看出他們脅迫農民「非至蓋完印後，
是不許回家」的關鍵字眼。這和楊逵描述楊君父親的遭遇，似乎不
謀而合，由此即可看出被強制收購土地的農民之委屈，連拒絕自己
土地出售的自由都沒有，而且出售土地的價格竟是如此地不合理，
今日再看文中的訴願，真可謂是字字血淚。

而也因為臺灣農民遭受如此非人般的待遇，所以才會引出楊君
在聯合日本勞工階級，成功地打倒資產階級的派報所老板之鼓舞
下，而深感家鄉的環境，仍需要他這一份力量的投入。於是在小說
的結尾，帶出這樣的一段話：

> 我滿懷著信心，從巨輪蓬萊號的甲板凝視著臺灣的春天──
> 這寶島，在日本帝國主義的統治之下，表面雖然裝得富麗肥
> 滿，但只要插進一針，就會看見惡臭逼人的血膿迸流！[27]

---

[26] 山川均著，〈日本帝國主義鐵蹄下的臺灣〉，收入於王曉波編《臺灣的殖民
地傷痕》（臺北，帕米爾書局，1985.8），頁 56-57。

[27] 楊逵著，《送報伕》，收錄於陳芳明編《楊逵的文學生涯──先驅先覺的臺
灣良心》，頁 70

以此呼籲受壓迫的臺灣民眾團結起來，來抵抗日本殖民不合理政策的
統治。而如此地直言日本殖民統治者之非，無怪乎這篇小說在《臺灣
新民報》刊登至一半，即遭到有關當局的查禁。而在日本《文學評論》
得獎發表後，旋即被在日本留學的胡風見到，而將其譯為中文，並收
入於一九三六年四月上海文化生活出版社出版的《山靈——朝鮮臺灣
短篇集》中，而受到大陸人士的矚目。

　　而接下來的〈模範村〉，基本上仍是延續著〈送報伕〉的主旨，
針對日本殖民統治不合理的政策，提出他的批判。時至今日，日本
仍有部份人士，還在不斷誇耀說臺灣現代化的基礎，是奠基於日本
統治臺灣這五十年間的建設成果。然真相果真如此，楊逵創作這篇
〈模範村〉，是試圖站在臺灣人的角度與立場，為日本統治臺灣的
所謂建設，留下一個真實的記錄。

　　小說一開始，就看到他這樣描寫著：

> 　在這一大片田地中，有一條十米多寬的「保甲路」，由南而
> 北。又有一條二十米寬的「縱貫道路」貫穿著，和這條「保
> 甲路」交叉成十字。這些道路是現代文明給予鄉村的恩惠，
> 也成本村的一種值得向外界誇耀的榮譽，如果大雨或洪水把
> 道路沖壞時，祗要公家一個命令，村裏的「保甲民」馬上就
> 可以召集三百多村民，很快把它修理得平坦如初。[28]

這條貫穿東西南北的現代道路，看似是由日本殖民統治者所給予鄉民
的恩惠，然而實質上，這卻是村民們犧牲自己的活計所換來的代價，
因為只見楊逵繼續如此地寫到：

---

[28] 楊逵著，〈模範村〉，收入於張桓豪主編《臺灣作家全集‧楊逵集》，頁235。

> 添進和添福兄弟倆，在炎日底下忙著犁地，不肯休息，雖然
> 他們的老父怕他倆累得中暑，喊他們休息休息，把嗓子喊啞
> 了也沒有用。兄弟倆理睬都不理睬，正是因為前兩天，他們
> 奉令放下剛剛開犁的水田，把自己的活計擱下，去替公家修
> 築公路，以致把工作耽誤了。天是不等人的，這些天所誤的
> 工作必須趕快補足，否則就要趕不及插秧的時間了。[29]

添進、添福兄弟倆冒著中暑的危險不肯休息，為的就是要把去替公家修路而耽誤自己耕種的工作補足起來。而且村民們犧牲自己活計所換來的那條現代文明的指標，村民們卻是一點也享受不到它所帶給他們的任何便利。因為這條號稱現代文明的道路，規定是不准村民的牛車在上面行走，而當時村民運貨除了牛車之外，是沒有任何餘裕去購買現代化的交通工具，所以村民們努力犧牲的結果，最終也只是換得了資本主義的代表──卡車運輸公司的獲利，以及本村巡查的高升而已。楊逵除再次點出殖民地上的警察，假「鄉的發展」之名，而實勾結財閥來壓榨殖民地上老百姓的事實，在此他更控訴殖民統治政策的荒謬與虛偽。

如這篇小說中所描寫的殖民地上的警察，為了展現其治績，以及能夠獲得「模範村」的虛銜，根本不管村民的生計及死活，每天督促著村民：

> 填水窪，把水溝塗上水門汀，路傍和庭院的草得一根根拔
> 掉。甚至連房屋附近的鳳梨、香蕉，也都因為有礙觀瞻而
> 被砍掉。鄉下人用來做燃料的甘蔗葉子和稻草，也得重新

---

[29] 楊逵著，〈模範村〉，收入於張恆豪主編《臺灣作家全集‧楊逵集》，頁236。

疊整齊，農具以及零碎的傢具，全不許放在院子裏。一切
都要收到人家看不到的地方。沒有辦法的，只好收到屋子
裏去了。[30]

如果這是為了村民的健康而要求的環境整潔，也許大家還可以勉強忍
受這樣的折騰，但吹毛求疵到將所有他們認為有礙觀瞻的東西收掉、
清掉，這已經不是便民而是極端地擾民了。更何況他們只是要求做好
表面功夫，對於村民們所遭遇的實際困難和真正的需求，則完全都不
在他們的考量範圍之內，因此：

有些房屋，本來就已東倒西歪，漏得非常厲害的，卻沒有扶
正，也沒有蓋好，都要把它開個大窗戶，再安上鐵柵欄，看
起來也頗體面。就外面來看，都是夠整潔的了，可是，一踏
入屋子裏面，卻因農具雜物一股腦兒搬了進來，沒有地方安
置，變得零亂不堪了。許多農家，甚至睡覺的地方以及吃飯
的地方也被這些雜亂東西佔據了。只好坐在糞桶上吃飯，睡
在犁耙下面的也不乏其人。[31]

而這就是殖民統治政策荒謬與虛偽的本質，表面上看來頗為體面，實
際上內部卻是零亂不堪。而且要求村民依照他們的需求，而發放整修
房子材料所需的費用，最後也還是全數轉嫁到村民們的身上，無怪乎
連吃飯都成問題的憨金福，不但為此做了半個多月的義務工，還需繳
納一筆他根本就付不起的房屋修繕材料費，最後也只有逼著他選擇自
殺，才得以真正完全擺脫殖民統治者所強加給予村民的這個桎梏。

---

[30] 楊逵著，〈模範村〉，收入於張恆豪主編《臺灣作家全集・楊逵集》，頁 286。
[31] 楊逵著，〈模範村〉，收入於張恆豪主編《臺灣作家全集・楊逵集》，頁 287。

　　而楊逵除了在此控訴日本殖民統治政策荒謬與虛偽的本質，另外他也借劉見賢之口，道出臺灣人普遍遭受殖民統治者歧視的悲情，他說：

> 唉，可憐的，又沒有力氣，身子單薄，用氣力的事幹不了。考上文官也老活動不上個差事，生不逢時嘛，寶玉變了石頭。……唉，這也是我們臺灣人的命運啊！[32]

像陳文治這樣的讀書人，不論漢文、日文都有極高深的造詣，然而只因為他是臺灣人，所以雖然通過殖民地上的文官考試，具有正式文官任用的資格。可是形勢比人強，在自己生長的這塊土地上，僅想找個工作來餬口也不可得，最後甚至弄到三餐不繼，向雜貨店賒賬時，還要忍受老闆娘的當面羞辱。這似乎就是殖民地上的臺灣人，在面對日本殖民者毫無理性的統治時，所無法逃避的悲慘宿命。也因此在最後，楊逵會再藉阮新民之口，而道出他創作這篇小說的真實心聲：

> 日本人奴役我們幾十年，但他們的野心愈來愈大，手段愈來愈辣，近年來滿洲又被她佔領了，整個大陸也許都免不了同樣的命運。這不是個人的問題，是整個民族的問題。我父親這種作風確是忘祖了。他不該站在日本人那邊去，這是不對的。我們應該協力把日本人趕出去，這樣才能開拓我們的命運！[33]

---

[32] 楊逵著，〈模範村〉，收入於張桓豪主編《臺灣作家全集‧楊逵集》，頁253。
[33] 楊逵著，〈模範村〉，收入於張桓豪主編《臺灣作家全集‧楊逵集》，頁

這樣清楚而露骨的反日告白，難怪這篇曾在自己創辦的《臺灣新文學》雜誌上發表的作品，也是刊行至一半即遭到查禁的命運。而也許是受到〈送報伕〉及〈模範村〉均遭日本有關當局禁刊的啟示，故此後之作品，楊逵則不再採取直言日本殖民統治者之非，而是改以隱喻或暗示的手法，來寄託他的反日之思想。

　　而接下來在其《臺灣新文學》上發表的〈頑童伐鬼記〉，亦是楊逵站在弱勢族群的立場，以社會主義的視角，來批判資產階級自私而毫無人性的作品。故事大意是日本年輕畫家井上健作，因為父親曾在征伐臺灣的戰役中陣亡，而哥哥一家人也在臺灣工作，所以想到這個印象中「美麗的寶島」作一次寫生旅行。但來到臺灣住在哥哥家的第一晚，就讓他深為跳蚤臭虫所苦，而再看到在工廠上班的哥哥一家人生活的窘況，不禁興起「為什麼他的父親還前來征討臺灣而戰死於此？又讓子孫在此過著這樣困苦的生活？」之感慨。而就在健作陷入沈思時，突然傳來小孩的哭泣聲，原來是哥哥的二兒子次郎，在屋外的垃圾場玩耍時遭玻璃碎片割傷腳趾。而當母親正在斥責大兒子太郎，為何帶弟弟到那麼危險的地方去遊玩時，竟得到太郎「因為外面沒有遊玩的場所」的頂撞，於是讓健作興起了想為這些孩童尋找一個安全的遊戲空間，而帶著太郎到居家的附近去溜達。

　　然而此時健作才發現這座城鎮環境的惡劣，街道到處都是泥濘的泥沼路，連走路都令人覺得困難，更何況是在這種地方遊戲呢。好不容易來到一座圍牆內種植很多青翠珍奇樹木的庭園，原

259-260。

以為這是一座可以提供小孩作遊戲的社區公園，一問之下，才知道這是太郎爸爸老闆的私人花園。而且這個老闆還在園區內養了很多的狗，只要小孩翻牆進到裡面遊玩，園主就會嗾使這些狗來咬人，就連太郎的大腿也曾被這些惡犬咬過，而留下了令人難看的疤痕，因此這些孩子們私下都把這個園主稱作「鬼」，見到他比真得遇到鬼還令人害怕地逃之夭夭。此時楊逵則藉機在此發出一番感慨，他說：

> 照常理來說，小孩子爬牆侵入別人的庭園遊玩，也許是不對的行為，但是工廠老闆將孩子們玩耍的地方完全佔為己有，也未免有點不通人情。世界上的事情，豈非都是如此？偷竊是犯法的，所以，有些失業者，或者即使終日勞動也不得溫飽的人，他們為了活命，情非得已而淪為竊賊，那也是罪惡的。但健作認為，正如《悲慘世界》一書所示，其實那是制度的錯誤，是時代的錯誤。但雨果在書中已指出，這是不能解決的問題，也是永遠都沒有結論的問題──事實正是如此。話說回來，那麼，我們豈不是應該更加努力，設法將所失去的生活必需品尋找回來？[34]

話中之意，好像是說，這世上富人與窮人的對立，是因為制度與時代錯誤的關係所造成，因此當中所引發的種種問題，是我們個人能力所無法解決的。然而楊逵真正想反問的是，這時代的制度不正是由我們人類自己所制定與創造的嗎，如果工廠老闆不自私地將庭園圍起而占

---

[34] 楊逵著，〈頑童伐鬼記〉，收入於張桓豪主編《臺灣作家全集・楊逵集》，頁 81。

為己有，那麼小孩子又何必要冒險爬牆侵入去遊玩呢？因此若我們完全相信雨果《悲慘世界》中所表示的，人類生活的悲慘，是制度的錯誤，是時代的錯誤，是我們無法解決的問題時，那麼我們為生存所做的任何努力，又將有什麼意義存在呢？因此要改善我們的生活條件，就必須要改變錯誤的制度，扭轉錯誤的時代，如此才能將我們所失去的生活必需品尋找回來。所以被影射為『鬼』的資本家是可以被討伐的，惟有打倒這個可惡的放狗咬人的工廠老板，一個完全屬於小孩子安全自在的遊樂場才能被尋找回來。

　　而接下來的《鵝媽媽出嫁》，亦是楊逵研究馬克斯主義經濟理論的思想成果，小說的大意是敘述一個以種花營生的花農，在一次偶然的機會裡，獲得一家公立醫院院長所下兩百棵龍柏的訂單。本來以為這是接到一筆賺錢的大生意，結果因為自己不懂得作生意的門道，沒有遵照醫院院長的暗示，將他看中家中所飼養的一隻母鵝，送去院長家給他的公鵝配對，故而在完工收款時招致百般的刁難，直到另一位來取款的花農的提示與幫忙下，將家中母鵝送到院長家後，才順利收到貨款的故事。內容乍看之下，似乎是在影射日籍院長的貪婪，連花農所飼養的一隻母鵝也要強索。然而這只不過是劇情中的過場，實質上，楊逵真正所要表達與批判的，是日本在侵略東南亞各國時，所宣傳「共存共榮」理論的謊言。

　　首先他想借林文欽來告訴讀者，何為「共存共榮」的經濟理論。小說中的林文欽，與主角「我」都是從臺灣到東京留學的留學生，兩人因為常跑上野圖書館而成為好友。而就「我」對林文欽的認知，他主要的專長，是在總體經濟學的學理研究，並基於「青年們共同的正義感」，他一生最大的心願，就是結合他的研究成果，而創作

出一部可以解決人類，因不同經濟生活而引發紛爭的《共榮經濟的理念》之著作。因此：

> 他以全體利益為目標，考察出一個共榮經濟的理想，從各方
> 面找資料來設計一個龐大的經濟計劃。對於原始人的經濟生
> 活研究盡詳的他，總以為「要是資本家都取回了良心，回到
> 原始人一般的『樸實純真』，共榮經濟計劃的切實實施一定
> 可以避免血腥的階級鬥爭。[35]

在林文欽的理念中，所謂「共存共榮」，就是要求資本家須以「良心」為前提，照顧勞工階級的生活，而勞工也應回復到原始人的「樸實純真」，為資本家創造最高的利潤。雙方是透過「協調」而非「鬥爭」的方式，來為對方爭取最有利的生存條件，這就是「共存共榮」的理想。然而在楊逵的心中，這般的理想，終究是敵不過人類自私的心理，以及現實的打擊，而注定是要失敗的。於是他舉出林文欽的父親為例，來說明這「共存共榮」理想終歸會失敗的原因。

　　原本繼承千餘石祖業的林文欽的父親林翁，因為相信孔子「有國有家者，不患寡而患不均。不患貧而患不安。蓋均無貧，和無寡，安無傾」的「共存共榮」之理念，故樂善好施地以「良心」來包辦家鄉的一切慈善事業。而也因此幾乎散盡家財，最後千餘石的良田美宅都變成債務抵押，整個被握在一家公司的手中，而破產的危機就操在那家公司王專務的一念之間。然而這位王專務卻並沒有以「樸實純真」的心，來對待他口中那位最最值得敬仰的老者，而是

---

[35] 楊逵著，《鵝媽媽出嫁》，收錄於陳芳明編《楊逵的文學生涯──先驅先覺的臺灣良心》，頁 77。

以要脅林翁將其女兒嫁與他作姨太太，來換取免於破產的宣告。至
於受林翁照顧而衣錦還鄉的那些人，也沒有以「樸實純真」的心，
去回報這位曾幫助過他們的大善人，故而如此「共存共榮」的榮景，
又將從何而來呢。

　　所以接下來楊逵除藉「我」之口，來批評林文欽的天真，也對
當前他們所面對戰爭時的窘迫局勢，毫不掩飾地道出，他說：

> 這是大東亞戰爭的第二年，很多很多的年輕人都被日本軍
> 閥徵去當兵、當勞務工、當醫務人員。「企業整備」整破
> 了許多人的飯碗，必需品配給叫人束緊腰帶、衣著襤褸。
> 除了那些依權仗勢的正在大發戰爭財之外，大家都有苦叫
> 不出。你敢叫苦，就有「流言惑眾」甚至「間諜」之嫌。
> 日本特務正利用其手下佈下天羅地網，因而被捕的到處都
> 有。砲聲、轟炸聲震天價響──在這樣的時候，他賣命寫
> 完了這部《共榮經濟的理念》，還希望人類能覓到良心，
> 恢復原始人的樸實與純真，實在是再天真也沒有的了。做
> 一個朋友，他固然值得敬仰，但為人為己，時代已不再容
> 納如此書呆子了。[36]

在面對日本帝國主義所發動的大東亞戰爭下，扮演「資本家」的這個
日本政府，也並沒有拿出「良心」來善待他治下的老百姓，相反地卻
將很多年輕人徵去當兵、當勞務工、當醫務人員，送他們到戰場上去
為其賣命。而且還假借戰時物資集中管理的「企業整備」，將許多人的

---

[36] 楊逵著，《鵝媽媽出嫁》，收錄於陳芳明編《楊逵的文學生涯──先驅先覺
的臺灣良心》，頁 82。

飯碗整破，而讓這些人嘗盡了失業的痛苦。這時他們卻還要出來呼籲，為了建立大東亞「共存共榮」的目標，所有的人都應回復到原始時代地束緊腰帶，與統治者共體時艱並不許叫苦，而這就是楊逵眼中大東亞「共存共榮」所宣傳的真相。

　　為了破除這個大東亞「共存共榮」的迷思，因此他以那位公立醫院院長買樹要求餽贈母鵝的行為，來暗喻並嘲諷這「共存共榮」的荒謬。小說中當「我」為收不到尾款而叫苦不已時，種苗園的老闆知道「我」的遭遇後，自告奮勇地要幫「我」去要回這筆款項，於是他指點「我」先將母鵝送到院長家的鵝舍後，再回到醫院，向院長報告鵝新郎和新娘和睦相親的鬼話。然而說也奇怪，原本百般刁難「我」請款的院長，態度竟然完全改變，原本是嚴肅地叫人開不了口的人，一時間竟變成一個喜容滿面的好好先生。不僅吩咐護士泡茶、請烟，更讓「我」吃驚的是到會計處拿錢時，竟然是每株照舊價給七十錢。而這「共存共榮」的真理，就在回家的途中，與種苗園老闆的那一段對話，終於讓「我」恍然大悟：

> 「怎麼樣？他所要的都給他好了。這樣的話，就是每株開價一圓，甚至一圓五十錢的價錢，他也絕不會說貴的。你要記住，這是公立醫院，貴不貴對他自己的腰包毫無關係。可是，送他不送他，那就大有影響啦。有些公開要回扣，要請客，要紅包的，這個院長不敢如此做，就算很顧面子的了……」
> 「原來如此……」我才發現了一個「真理」似的，可是如此發現卻只加添了我的氣憤和憂鬱。「這就是共存共榮。」種

苗圍老闆又說了。大東亞戰爭就以「共存共榮」為標榜，連
這位鄉下人也學會了這一套。「共存共榮？」我盯視著他，
不得其解。「是的，生意可以做得非常順利，而互相得益，
可不是嗎？」生意可以做得順利，而互相得益……不錯倒是
不錯，但其背後總有許多人因此蒙受其害。[37]

原來種苗圍老闆所說的「共存共榮」，是指生意可以做得順
利，醫院院長和賣樹的「我」都能因此而相互得益。而日本軍閥
在發動大東亞戰爭時，也曾以這「共存共榮」為口號，宣稱這場
戰爭的目的，是要建立一個富強而安樂的「大東亞共榮圈」，而其
本質就像做生意一樣，戰爭一結束，日本與被其侵略的東亞各國，
就能在其統治之下而榮耀地互蒙其利。對於這樣的鬼話，楊逵馬
上以「不錯倒是不錯，但其背後總有許多人因此蒙受其害」來嘲諷
並戳破他的謊言。試想在戰爭的摧殘之下，又有誰能因此而獲益
呢，是日本，還是東亞各國？而既沒有真正獲益者，那麼何來的
「共存共榮」可言呢。因此楊逵才會在小說最後，寫下：「不求任
何人的犧牲而互相幫助，大家繁榮，這才真正是……」而這未寫出
的，當然就是「共存共榮」這一句話了。楊逵有意地在此空出這
一句話，讓讀者讀來，的確能感知他刻意的凸顯，以達其諷喻的
效果。

而接下來〈泥娃娃〉的創作，正如楊逵所說的，是要強調武力
的不可依恃，以及指責日本軍部不該在幼兒稚嫩的心靈裡，灌輸好

---

[37] 楊逵著，《鵝媽媽出嫁》，收錄於陳芳明編《楊逵的文學生涯——先驅先覺
的臺灣良心》，頁 100-101。

戰的思想。小說開頭，即以家中小孩受軍國主義的影響，而玩起戰
爭的遊戲為起始。而「我」是如此地看待這樣一件事：

> 書桌上，堆滿了泥塑的坦克車、飛機、軍艦和戴著日本「戰
> 鬥帽」的不倒翁，幾乎沒有一寸空隙可以攤開稿紙。「哼！
> 新加坡，真差勁……好了，攻下來了，攻下來了。」「啊哈
> 哈哈！」孩子們以從學校學來的，充滿日本軍人臭味的話和
> 笑聲在談笑。連還沒上學的六歲和三歲的小子也跟著學樣
> 兒：「哇嘩嘩嘩……」「啊哈哈哈……」這真叫人受不了。
> 老大一學軍人的無賴勁兒，連小的也跟著學起來，於是就接
> 著一場了無已時的哄鬧。[38]

而且大兒子還在「我」的面前，明白地表示：

> 我一畢業，要當志願兵。我的老師每次談志願兵，就說我要
> 是去當志願兵，一定可以甲上級及格。」兒子的這番話，「我」
> 只能默然不語，但「殖民地的兒女的悲哀，汹湧地填塞了我
> 的心膺。[39]

對於日本軍部在國小孩童身上灌輸好戰的思想，回顧周金波〈「尺」的
誕生〉，也有類似這樣的描述：

> 那是東北事變，上海事變發生後的事情。平日他們那種愛玩
> 愛鬧的童心，也被導入因戰爭而掀起的激昂國家意識的漩渦

---

[38] 楊逵著，〈泥娃娃〉，收入於張桓豪主編《臺灣作家全集‧楊逵集》（臺北，
前衛出版社，1991.2），頁98。

[39] 楊逵著，〈泥娃娃〉，收入於張桓豪主編《臺灣作家全集‧楊逵集》，頁110。

裡。由他們開始隔壁「小學校」的兒童懷著一種親切感,因
為到神社祈禱「武運久長」的時候,「公學校」兒童的隊伍
就是緊跟在「小學校」的後面,是向同一個神祈求,所祈求
的事情也相同。那種感動的心情,直到現在還很鮮明地留在
每個人的心裡。[40]

所描述灌輸孩童好戰思想的情境大致相同,但語氣和措詞則有天
壤之別。對於小學生被導入因戰爭而掀起的激昂國家意識裡,周金波
竟覺得是受到莫名的感動。然而對於自己兒子受到好戰思想的熏
陶,楊逵心中興起的卻是殖民地兒女的無限悲哀,但他又不知要如何
直言地告訴自己的兒子,這是怎樣一種錯誤荒謬的思想,因此只能委
婉地告誡他「要愛護弱小的人……,對於弱小的人,什麼都得讓著點
才行」。但是他們是否真能體會出這句話的深刻含意呢,因為高喊:

佔領新加坡、佔領爪哇、佔領整個南洋的時候,像昨夜一樣,
孩子們到底誰要先攻什麼地方呢?告訴過他們弟妹間要互
相忍讓的。那麼,也許他們竟是手攜手去踐踏別人的國土,
欺侮別的民族嗎?[41]

我們可以看出楊逵此時的心境,應該是相當沈痛的,自己是被殖民者
的悲哀,難道還要讓其他國家民族的人民來延續嗎,而且是由同為被
殖民者的我們,來強加諸給他們這般的苦痛。所以楊逵才會在小說的
結尾,作出如此的呼籲:

---

[40] 周金波著,〈「尺」的誕生〉,收作於張桓豪主編《臺灣作家全集・周金波集》
  (臺北,前衛出版社,2002.10),頁37-38。
[41] 楊逵著,〈泥娃娃〉,收入於張桓豪主編《臺灣作家全集・楊逵集》,頁112。

如果以奴役別的民族，掠取別國物資為目的的戰爭不消滅；
如果像富崗一類厚顏無恥的鷹犬，不從人類中掃光，人類怎
麼可能會有光明和幸福的一天！我真巴不得自己寫出充滿
光明、喜樂的作品的日子早些到來，並且以我的真正明朗的
作品愉人並以自愉。[42]

最後並不忘以隱喻的方式，用「一場雷雨交加的傾盆的大雨，把孩
子的泥娃娃們打成一堆爛泥⋯⋯。」來喻示侵略奴役其他民族的日
本帝國主義軍隊，將會如孩子用泥土所塑的軍艦、飛機和坦克車一樣，
表面上雖然光鮮亮麗，但只要被象徵維護人類尊嚴的盟國軍隊之大雨
一下，立刻就會被打成一堆爛泥般消失無蹤。

　　而〈無醫村〉則是在批判日本在殖民地臺灣的醫療政策，小說
是以一個在學生時代即熱中文藝創作的「我」來推演。醫學院畢業
後因要籌開一家醫院的資金，吃了很多的苦，開業後生意又不好，
因此始終為還利息和種種費用而頭痛。但某天卻接到雜誌社邀稿的
來信，可是「我」心中卻很明白，這是雜誌社名為邀稿，而實是尋
求經濟援助的一種方式，然而好面子的「我」，又不願對方知道「我」
目前的窘況，於是只得把未使用過的注射藥和其他藥品讓給鄰居的
名醫，並把這些錢寄去，以聊表「我」對臺灣文藝發展的一點心意。
然而就在「我」覺得文藝界並沒有離我遠去，而忽然興起的詩興，
並忙著在我的診察室構思蜘蛛詩時，門外突然傳來急促的敲門聲，
原本以為是要找隔壁的名醫而敲錯門的病患，令我不以為意，直到
對方叫出我的姓名，才知真正要找的是「我」。

---

[42] 楊逵著，〈泥娃娃〉，收入於張桓豪主編《臺灣作家全集・楊逵集》，頁114。

　　當我開門一看，映入眼簾的是一個像僵屍般的男人，原以為他就是我的病人，但對方表示，真正要看病的病人還在家中等待，於是「我」即刻回頭備妥診療器具，並隨著對方趕去他的家中。途中心下還在盤算，也許這是上天給「我」的一個機會，如果「我」能把患重病的病患治好，那麼他及他的家人一定會為「我」的醫術作宣傳，到時「我」不就可以生意興隆了。然而待「我」到達那個人的家中，還沒等到我醫術的施展，病人已先斷氣了。這時只聽到病人母親的乾嚎，弄得「我」不知所措，好不容易老人家大概是哭累了，才想到要跟「我」道謝，而「我」也順勢問起她兒子患病的情況。據老太太表示，兒子已病了一個多月，患病後只給他吃一些止瀉的草藥，直拖到現在。原來貧窮的家庭是請不起醫師看病的，那麼她的找「我」，充其量只不過是需要一張死亡證明書而已，對於她們的遭遇，使我不禁感慨：

> 國家把人民的寶貴身體放在此種狀態而不顧是對的嗎？不，我們醫師也是有責任的，我們不能只以為醫師是一種職業，職業便是生意，生意就是賺錢。我們不應該忽略了崇高的醫德。然而實際上的問題，我們又會顧到什麼呢？我以為：須要把所有的民間藥草集中起來，而加以分析，究明其中的成分，然後才集大成地詳加註明其適應症與使用方法，必要時也得到實地去指導。因為同一症狀，常有病源之不同，這豈是我們的力量所做得到的嗎？[43]

　　延續著對弱勢族群的關懷，貧窮人家生病時當然請不起醫師，因此只能靠民間療法隨便找些草藥來減緩病症，然而沒有醫藥知識

---

[43] 楊逵著，〈無醫村〉，收入於張桓豪主編《臺灣作家全集‧楊逵集》，頁94。

的患者，通常只能頭痛醫頭，腳痛醫腳。而這種危險的行為，就正如楊逵所作的比喻：

> 我曾看見小孩子們玩火。火引著壁上的枯草時，小孩子們便用草啦、甘蔗葉啦來掩蔽它，這倒使火勢愈猛，終於把整個房子燒成灰燼。小孩子們這種滅火的心理正和這老婆子用草囉、樹根囉，給他的兒子吃，想要治好他的病體的道理一樣。用心雖是很真摯，但這種無知的行為，實在太可憐了。[44]

因此他才會呼籲殖民地政府的衛生機構，應該正視他的建議，負起照顧人民的責任，而不要讓人們總覺得醫師只是對有錢人服務啊。

　　而同時期發表的〈萌芽〉，則是批評臺灣文學已喪失抵抗精神，而漸漸轉向皇民文學的暗示。小說是以一個女侍出身的「我」為主角，丈夫因投入臺灣民主運動而遭判刑入獄，「我」只好帶著兒子一起生活。因為經濟的壓力，所以開始去學習種植花卉，準備以賣花維生。而小說就從「我」寫給獄中丈夫的信開始。文中叨叨敘述「我」及兒子對丈夫的思戀，希望丈夫在獄中要保重自己的身體，並乘機暗示臺灣文學的轉向：

> 臺灣的文藝界，最近墮落了，有許多真實地攀著日本侵略主義的提燈在露頭角。有心肝的縱然是有心肝的，他們藏手匿腳的已近靜止的事實。假如某氏在現在也出版一本被

---

[44] 楊逵著，〈無醫村〉，收入於張桓豪主編《臺灣作家全集・楊逵集》，頁93-94。

禁止的書，碰到那個保安課長時，就會說「你是有色分子，
不行」的話。無論社會上情形是怎樣，可是你在牢獄裏不
管如何的掙扎或著急也是無效的，但請你把目前的一種民
眾運動的潛力印在心上吧！惟有能早些健康的出來，這才
是你的責任。[45]

而除了批評一些臺灣文學家藉著皇民文學來嶄露頭角外，也暗示在獄
中的丈夫，仍是臺灣民眾運動的一顆種子，只要好好保存著這顆種子，
終有一天這顆能讓臺灣自主的種子仍會萌芽的。這樣的措詞，是否意
味著他對那些偏向皇民文學的臺灣作家之不滿，同時也期許自己，能
夠成為保存臺灣文學反抗精神的一顆種子，等待那萌芽的時機。正如
他在小說的結尾，這樣地寫著：

我自己建立起來的新的園地，竟這樣的發芽了！而又慢慢地
生長著。我和孩子也因勞動而一天一天的得到了新的快樂，
並得到無限的希望和鼓勵。最近，我很想把美麗的花朵和新
鮮的蔬菜分送給社會上的人們，此外，我最大的期待，就是
在這園子中演出精彩的戲劇，把我夢中所見到的那種感動分
送給勞動的人們。[46]

「美麗的花朵」、「新鮮的時蔬」，當然是楊逵辛勤筆耕下成果的暗示，
而那「精彩的戲劇」則應是他對自己成為保存臺灣文學反抗精神種子
期許的實現吧。因此反觀楊逵這樣一位關懷弱勢族群的人道社會主義

---

[45] 楊逵著，〈萌芽〉，收入於張桓豪主編《臺灣作家全集・楊逵集》，頁150。
[46] 楊逵著，〈萌芽〉，收入於張桓豪主編《臺灣作家全集・楊逵集》，頁159。

者，又是期許自己成為臺灣文學反抗精神保存者的作家，若說他會創作出媚日的皇民文學，相信是沒有人會相信的。

第四節　〈首陽解除記〉及〈增產之背後 ──老丑角的故事〉是皇民文學嗎？

可是就在太平洋戰爭末期，日本敗徵已顯的一九四四年六月十四日，楊逵卻在臺灣文學奉公會所刊行的《臺灣文藝》雜誌上，發表一篇取名為〈首陽解除記〉的短文。其文章內容由張恒豪教授中譯如下：

在草木叢生的山中，讀完臺灣新報的〈總蹶起之路〉後，我實在無法平靜下來。蟄居「首陽農園」已六年半了，徒然虛度的這六年半，因得到已識與未識諸友的庇護才免於餓死的我，時常想到在我有生之年，非得有所報答不可。在某一高等特務的家喝酒，邊聽他的慰問之言及曉諭新生之語，我沈醉如泥，就地熟睡，想起自己給人家添了這麼大的麻煩，實在窩囊，同時感其熱忱，不覺熱淚盈眶。為了我的新生，有的學者寄書來；也有雜誌編輯送我《昭和國民史》；更有官吏借我《讀書人》雜誌，並刻意畫有紅線。老人有之，青年有之，官吏有之，農民更有之。最近常想，當這些人所住的臺灣，正暴露在敵人攻擊下之際，而自己仍沈醉在廉價的感傷中，實在要不得。總蹶起是六百六十萬島民每一個人必須奮起的，不是只限於高官顯達的人。好在我有禿筆與鋤頭。

先是轉為栽花種菜，理應可以增產些蔬菜。並且，我的筆因
與六年半的鋤頭經驗相結合，所以，應該可以給歸農者，以
及即將開始種蔬菜的人一些參考與鼓勵。溫暖的心，拯救了
我，在我的新生中，扮演著重大的角色──我這真實的告
白，對總親睦將能扮演些什麼任務吧。昭和十九（一九四四）
年五月十四日──玷污總蹶起的末座，我要解除「首陽」。
放棄了筆與鋤頭，當必須在千里之外為防衛臺灣而戰的日子
來臨時，我應會雀躍出征才是。[47]

　　對於上述這樣一篇文章，是不是皇民文學的爭議，王曉波教授
則有深入的研究及見解，針對張恒豪所提出的，在那「價值懸空，
信仰崩潰」的年代中，假如楊逵會寫出「含有扭曲自我，呼應時局」
的文章，他也不覺詫異的說詞。王曉波則認為：

其實，前一項假定根本是不可能也不存在的，在日本皇軍橫
掃中國大陸和東南亞之時，楊老都沒「價值懸空，信仰崩
潰」，又何以到一九四四年日本敗象已露後才「價值懸空，
信仰崩潰」呢？唯一的解釋只有日本敗象已露更加緊了對殖
民地臺灣的彈壓，臺灣作家連「不說話的自由」也被剝奪了，
正是鍾逸人所說的「真的無法拒絕，也頂多是虛應故事應付
一番」而已。「虛應故事，應付一番」根本不是出自自由意
志，法律規定，非自由意志的強迫脅從是不負刑責的，楊老
被迫為「臺灣文學者總蹶起」寫的〈「首陽」解除記〉，當

---

[47] 楊逵著，〈「首陽」解除記〉，收錄於張恒豪著，〈超越民族情結、重回文學
本位──楊逵何時卸下「首陽農園」？〉，《文星》第九九期，頁122。

然是不能負責的，在楊老的心目中，那是不能認賬的，所以後來也從未提及。在非自由意志下，「首陽農場」是一九四四年六月十四日取下的；但是，在楊老的自由意志中，「首陽農場」之名的解除仍然應該是一九四五年八月十五日，這又有何不可。[48]

王曉波的這項見解，應該是更貼近於事實，因為一個人的思想情感，是必須經過長時間的經驗累積與沈殿，一旦成形後，當然不可能會在一夕之間就做出一百八十度的轉變。憑楊逵自小就對日本帝國主義的反感與對抗，在日本敗象已露的當下，只有更加切望日本的「戰力懸空，政權崩潰」才對，又怎會隨其皇民化的謊言而起舞呢？唯一可以解釋的，大概就真如王曉波所說的，在日本敗象已露而更加緊地對殖民地臺灣的彈壓，讓作家連不說話的自由都沒有的情況之下，他也只好「虛應故事，應付一番」了。

文中指出「昭和十九（一九四四）年五月十四日，我要解除「首陽」。放棄了筆與鋤頭，當必須在千里之外為防衛臺灣而戰的日子來臨時，我應會雀躍出征才是。」這樣的語句論調，表面上雖已稱得上符合葉石濤為「皇民作家」的：「戰爭的黑暗愈來愈加深，皇民化運動的浪潮越來越洶湧的時候，有些作家在理念上認同了殖民地政府的政策，走向親日的路。」[49]以及鍾肇政為「皇民文學」所作：「簡言之就是做一名日本順民的文學，不用說是失去了民族本位的文學。」[50]的定義。

---

48 王曉波著，〈論〈和平宣言〉及〈「首陽」解除記〉，收錄於王曉波著，《被顛倒的臺灣歷史》，（臺北，帕米爾出版社，1986.11），頁 21。
49 葉石濤著，《臺灣文學史綱》（高雄：春暉出版社，1987），頁 66。
50 鍾肇政著，〈日據時期臺灣文學盲點──對「皇民文學」的一個考察〉，刊

　　但是如果我們再仔細地分析這篇文章的內容時，當會有更深一層的體悟，如他交代寫下這篇文章的機緣，是「在某一高等特務的家喝酒，邊聽他的慰問之言及曉諭新生之語，我沈醉如泥，就地熟睡。」楊逵在日據時代，是一位領導農民向統治者抗爭，進出日本監獄如家常便飯的人物，六年半前又曾高舉著「義不食日粟」的「首陽」旗幟，他的存在，自然是讓日本當局十分頭痛的。而如今在日本敗局已定的情況下，這位高等特務，請像他這樣一位具有指標型的抗日份子喝酒，當然不會只是好朋友之間的閒話家長，所以才會有「慰問」與「曉諭」的情節出現，然而楊逵的回應則是「沈醉如泥，就地熟睡」。接著楊逵繼續暗示處在這種時空環境之下，他所承受的壓力，不僅來自於代表官方的高等特務，還有來自於民間各形各色的人物，「為了我的新生，有的學者寄書來；也有雜誌編輯送我《昭和國民史》；更有官吏借我《讀書人》雜誌，並刻意畫有紅線。老人有之，青年有之，官吏有之，農民更有之。」而在這樣排山倒海的壓力之下，楊逵會說出「在我的新生中，扮演著重大的角色──我這真實的告白，對總親睦將能扮演些什麼任務吧。昭和十九（一九四四）年五月十四日──玷污總蹶起的末座，我要解除「首陽」。放棄了筆與鋤頭，當必須在千里之外為防衛臺灣而戰的日子來臨時，我應會雀躍出征才是。」這樣的話，發自內心的真實告白大概是完全沒有，而「虛應故事，應付一番」恐怕才是楊逵的真意吧。

　　所以這樣的文章，將它視為是認同殖民地政府政策的皇民文學，表象意義上雖然並無不可，但如此卻似乎並沒有全盤地去考量

登於《聯合報》第十二版（1979.6.1）

楊逵所處的環境及際遇，而這也正是王曉波教授會認為「虛應故事，應付一番」根本不是出自自由意志，法律規定，非自由意志的強迫脅從是不負刑責的，楊老被迫為「臺灣文學者總蹶起」寫的〈「首陽」解除記〉，當然是不能負責的，在楊老的心目中，那是不能認賬的，所以後來也從未提及。」〈「首陽」解除記〉既然非為楊逵自由意志下所創作出來的作品，那麼要楊逵為認同殖民地政府的政策背書認賬，似乎也已失去它的實質意義了。

　　至於〈增產之背後──老丑角的故事〉的創作動機及內容，大致上也並未脫出〈「首陽」解除記〉的範疇，楊逵曾自述他在寫這篇小說的機緣時，他說：

> 　　在這期間，戰事擴大。大家料想，以日本一小國，絕對無法消化整個中國，尤其加上東南亞與美國參戰。大家深信，這個戰爭，無法拖得很久。這時，日本政府內部也發生分裂，有的主戰，有的主和。日本軍部與警方採取的高壓政策未變，但一般日本人士，態度已有些轉變了。譬如說，日本總督府情報課（文化局），發行一種雜誌「臺灣時報」月刊。編輯植田、淺田、池田等開始和臺灣文化界人士接觸，想和臺灣作家合作。經過幾次開會請客，抓到了幾個人到各地方去寫報導文學。報導的文章，都登在「臺灣奉公會」發行的「臺灣新文藝」，以後又出了兩本專集。當時，我被派到基隆石底煤礦，我也深入考察，替他們寫了一篇文章。[51]

51　楊逵著〈光復前後〉，收錄於彭小妍主編《楊逵全集　第十四卷・資料卷》，頁 11。

與〈「首陽」解除記〉一樣，楊逵是被動地被抓去寫這篇報導文學的，然而這次抓他去的不是高等特務，而是總督府情報課內的一些較開明的人士，像編輯植田，先前楊逵就曾與之合作，藉其之手而發表〈泥娃娃〉這樣的反戰作品。此次再受他之邀去基隆石底礦坑考察，為他們寫一篇報導文學，楊逵大概也沒有拒絕的自由與理由，於是寫下了這篇〈增產之背後──老丑角的故事〉。

　　縱觀這篇小說的內容，大意是論述主角「我」受邀去參訪一座戰時生產煤礦的礦坑，而在參觀的過程中，遇到一位曾經在「我」經營的農園中當僱工的張君。張君在「我」的農園工作時，幫了我很多的忙，也是「我」所寫的小說的忠實聽者。因為不識字的張君，經常以他豐富的人生經驗，提供給「我」作為小說創作的題材，而「我」每次也都會將所創作的小說唸給他聽，只要他認為其中的內容毫無趣味時，「我」便會毫不吝惜地將之丟棄。可是這樣的一位良師益友，某一天卻不知去向，直到今天才在這座礦坑口不期而遇。

　　這樣的相逢，當然少不得與之一陣寒暄，而「我」也乘機追問他當初為何要不告而別。原來張君當時的離開農園，並不是不滿意「我」所提供給他的工作環境，而是受到殖民地政府的強制徵召，並被指派到這所礦坑來工作。知道他不告而別的真正原因，不是出自於對「我」的不滿後，兩人決定好好痛飲一番。而就在回他宿舍的途中，遇到任職於礦場勞務股囑託的佐藤金太郎，這位老頭正在努力地為下過雨後，充滿泥濘的臺階鋪上石頭，為了表示對他這種熱心公益行為的敬意，當下我們也下場幫他完成這項鋪路的工作，並順勢邀他一道至張君家共飲。而就在飲酒的閒談中，「我」得知

這位老頭不僅熱心公益，還沒有一般在臺日人那種無端的優越感，不但親切對待當地那些殖民地上的小孩，還將在其家中當下女的本島女孩認作乾女兒，給她良好的教養，並為她找到好的婆家，現在婚姻幸福美滿，而這個女孩也頗能知恩圖報地孝順這個老頭。在此楊逵所塑造地，似乎完全是一幅「日臺融合」的親切畫面。

　　而隔日當「我」被安排去參觀礦坑內的作業情形時，親身體驗到坑內工作環境的艱苦與危險，然而上至社長、所長，下至坑內的增產戰士們，每個人卻都還能為著國家的需要，不懼危難的堅守著自己的工作崗位，這種精神更是令人由衷地敬佩。而也就在這段訪談的過程中，知道在這樣的戰爭時期，處處充斥著物資管制的措施，使得在這所礦坑內工作的人們，所面臨的最大問題，就是食物的來源，以及營養的補充。因為有著經營農場經驗的「我」，於是受著社長的囑託，希望為礦場工作的員工及其親屬們，規劃蔬菜的增產，而這時正受著他們工作精神感召的「我」，也就沒有任何拒絕他們理由地欣然接受這項任務。

　　從礦坑參訪回來後的「我」，由於被賦與為數千名煤礦工人增產蔬菜的任務，於是正當「我」還在努力為這個自給菜園計劃奔走時，突然地「我」收到張君寄來的一封信，信中他是如此提到：

> 您走後第二天，坑內發生了自然起火的事故，所長和佐藤老（老人來此還沒有多久，尚未有入坑經驗）得到急訊，立即率先下去了。我們也呆不下去，雖然剛下班，飯也還沒有吃，還是當下折返參加撲救，幸而及時滅了火。我們是自動自發的，且冒了極大的危險，因此所長深為嘉許；當然，能及早撲滅，

他也是很高興的。然而，說實在話，我們根本就沒有考慮人家
嘉不嘉許，高不高興，奮不顧身地下去了的。當然，肚子好餓，
也和一個伙伴約好去同喝一杯，因為聽說老人家和所長下去
了，也就未加思索就跟上去。幾年前的一次自然發火時，引
起了煤塵爆發，火從一個片盤延燒到另一個片盤，據說所長
在坑內苦撐了四天四夜，損害也可觀。這次能夠把災害減少，
大家都非常高興。過去，我也有過這種不平與不滿，一直在
想著要設法離開，可是如今我下定決心留下來了。[52]

對於這樣一封信的內容，完全道出了這段期間張君的心路轉折，原本
被強制徵召到礦坑來服務的張君，剛開始與一般人一樣內心充滿了不
平與不滿，一直想要設法離開這樣的工作環境，但是在看到所長和佐
藤老人的堅守崗位及努力不懈下，深為他們的精神所感動，於是決心
要留下來繼續為煤礦的增產而努力。而「我」則在：

看了這樣的信，我禁不住微笑了。煤的增產是國家的需要，
真正地意識到這一點，多採一片煤，不用說是非常重要的
事。就這一點來說，他們當然還有所欠缺，不過他們既然有
了跟在日本人之後前進的想法，這已經夠使我感動與欽佩
了。我認為，他下定決心留下來，不管是由於所長、老人仰
或金蘭小姐，總之那種跟隨美的東西，寧願讓自己躍入危險
境地，這種純粹的心情，該是美麗的日本精神之萌芽吧。[53]

---

[52] 楊逵著，〈增產之背後──老丑角的故事〉，收入於張恒豪主編《臺灣作家
全集‧楊逵集》，頁 204-205。

[53] 楊逵著，〈增產之背後──老丑角的故事〉，收入於張恒豪主編《臺灣作家

見到張君要留下來為煤的生產而繼續努力，而「我」則認為，不論是所長或佐藤老人，他們所表現出來的，都是那種不畏艱險令人欽佩的日本精神。而張君受到他們的感召，亦能自動自發地想跟在這些日本人之後前進，並且寧願讓自己躍入危險的境地也不畏懼，這種純粹為增產而努力不懈的心情，應該也是這美麗的日本精神之萌芽吧。對於楊逵刻意塑造「日臺融合」的情境，以及讚揚「日本精神」之展現的這些論調，相信任何人都會自然地將其與皇民文學聯想在一起，因此張恒豪教授所提出的質疑，並非完全是所言無據的。

　　然而跟〈「首陽」解除記〉一樣，楊逵在小說一開頭，似乎就有意要告知讀者，這「是情報課【當係臺灣總督府情報課】安排我來看看這所煤礦的，還必需寫成小說。」[54] 並藉著張君與「我」如下的這段對話：

> 「開頭的地方不太有趣。好像是捏造的。」「小說嘛，本來就是捏造的，但是被看穿是捏造的，那就不行啦。」[55]

來暗示這篇小說的創作緣由；以及他對這篇小說的寫作態度。小說的情節，本來就允許作者去捏造虛構，但高明的作家可以將捏造的情節，視主題內容的需要，毫無斧鑿地呈現在讀者的眼前。然而一眼就遭看穿是捏造的，若不是表示這是蹩腳作家的傑作，就是作者想藉此來凸顯這部作品的荒謬。楊逵既有意告知讀者他的這次行程，是總督府情

全集・楊逵集》，頁 205。

[54] 楊逵著，〈增產之背後——老丑角的故事〉，收入於張恒豪主編《臺灣作家全集・楊逵集》，頁 166。

[55] 楊逵著，〈增產之背後——老丑角的故事〉，收入於張恒豪主編《臺灣作家全集・楊逵集》，頁 167。

報課的刻意安排，而且還必需將參訪的過程寫成小說，那麼被看穿小說情節的故意捏造，似乎就成為他想藉此來凸顯這篇小說，內容荒謬不可盡信的一個明顯證據。

上述提到這篇小說刻意塑造「日臺融合」的情境，與讚揚「日本精神」的展現，被認為有為皇民化宣傳的嫌疑。然而如果我們將其內容再作細部的檢視時，當也會發現楊逵在小說情節中所刻意處處留下的伏筆。例如對於佐藤老人讓乾女兒學會了日本姑娘的所有優點，並將其教養成人人稱讚的好姑娘的這段情節，楊逵卻在同一段落裡，有意無意地加上這樣一句話：

> 到內地人家去幫傭，通常都會學好「國語」，這正和上海、
> 香港等地的拉車、司機一類人物能操英語，道理是一樣的，
> 一點不稀奇，可是我們這位令人敬愛的老人誇耀的孝女，卻
> 是個本島農夫的女兒，到十五歲還沒受過任何教育。結婚時
> 十九歲，已經可以看報紙，也愛讀小說，還開始看早稻田的
> 文學講義。當然啦，這也還不算多麼了不起。[56]

先讚揚老人對乾女兒的親善，然後再突然冒出「這也還不算多麼了不起」的話，那麼楊逵是否為真心讚揚「日臺融合」的這件事，似乎也已不言可喻了。

至於張君遇到礦坑自然起火的事故，而奮不顧身地馬上下去救火，這種自動自發，甘冒危險的行為，雖然受到礦場所長的嘉許，而且楊逵雖也稱讚這種寧願讓自己躍入危險境地的純粹心情，是美

---

[56] 楊逵著，〈增產之背後──老丑角的故事〉，收入於張恒豪主編《臺灣作家全集·楊逵集》，頁181-182。

麗的日本精神之萌芽。可是他又馬上再藉張君之口，而說出：「說
實在話，我們根本就沒有考慮人家嘉不嘉許，高不高興，奮不顧身
地下去了的。當時，肚子好餓，也和一個伙伴約好去同喝一杯，因
為聽說老人家和所長下去了，也就未加思索就跟上去。」這樣的話，
如果我們是站在人道主義的立場去考量，任何人遇到這樣的災難，
都會毫不遲疑地想要跳下去救災，更何況是有自己的同事及友人遭
難，故張君才會說出這樣做，根本就沒有考慮到人家嘉不嘉許、高
不高興這樣的話。至於老人和所長的下去救災，實質上他們是比張
君更多了一份職責，故論救災之精神來說，兩者之間仍是有所差異
的。所以讚揚張君那句「寧願讓自己躍入危險境地的純粹精神，是
美麗的日本精神之萌芽」的話，在此恐怕也非是楊逵真心稱讚的話
語吧。況且礦場的災變不斷，以及文中的主角「我」，努力地為礦
場工人的蔬菜生產計劃奔走，是否也同時意味著礦區中，充斥著安
全設施的不足，以及工人的營養太差等問題。基於此，所以王曉波
才會對此作出如下的評論：

> 至於〈增產之背後——老丑角的故事〉，確如張恒豪所言，
> 裝上了一個「光明的尾巴」。但是，誠如尾崎所言，楊老的
> 「皇民文學」經常是「適應日本國策的姿態」，而「把抵抗
> 深藏在底層的作品」，如果了解到了這一點，楊老文末的「光
> 明的尾巴」，亦不過只是「適應日本國策的姿態」而已。如
> 果只是咬住那「光明的尾巴」不放，而不去發掘他那深藏在
> 底層的抵抗，那也就太不知楊逵了。[57]

---

[57]　王曉波著，〈論〈和平宣言〉及〈「首陽」解除記〉，收錄於王曉波著，《被

因此這篇〈增產之背後──老丑角的故事〉，真要把它歸為皇民文學，仍是有極大的爭議。誠如王曉波所言，這篇小說得確帶著一條「光明的尾巴」，但這條尾巴的背後，也確實隱藏著他對日本帝國侵略性之國策的深層抵抗。因此連當時提出質疑的張恒豪教授，日後在為前衛出版社所出版的《楊逵集》作序時，介紹到這篇小說時，也不得不如此地承認，而說出：

> 〈增產之背後──老丑角的故事〉，是一九四四年中日戰況激烈之際，應臺灣總督府情報課邀請，到各處產業結構參觀所撰寫的「報告文學」，小說中雖不免有呼應中日親善，頌揚「美麗的日本精神」，但更不乏反面寄意，在非常時期，能夠拋除智識分子空想的彷徨苦悶，全力投入勞動的生產行列，可說是小說的微言大義，這與楊逵向來所主張的社會主義及行動哲學完全是一致的。[58]

據此而論，楊逵在創作〈「首陽」解除記〉及〈增產之背後──老丑角的故事〉這兩篇文章時，皆有意在內容中透露出，這是在他非自由意志之下的創作。在那戰爭進行至最激烈的年代裡，連作家都不能自外於戰事的漩渦中時，迫得楊逵只好虛應故事地寫下這類如「適應日本國策姿態」的文章。然而他還是相當有技巧地將他的抵抗精神，深藏在文章的底層，讓讀者能夠按圖索驥地去發掘其中的微言大義。因此若說楊逵是屈從於現實的壓力，而寫出這「含有扭曲自我，呼應時局

顛倒的臺灣歷史》，頁 25-26。
[58] 張恒豪著，〈不屈的死靈魂──楊逵集序〉，收錄於張桓豪主編《臺灣作家全集‧楊逵集》，頁 13。

意味」的皇民文學，實在是缺乏對楊逵一生思想情感的通盤了解，而
給予錯誤偏頗的歷史評價。

第五節　小結

　　一九七九年六月一日，鍾肇政在《聯合報》發表一篇〈日據時
期臺灣文學的盲點──對「皇民文學」的一個考察〉，曾將日據時
代的皇民文學，依其內容與形式之不同，而區分為「盲目型」、「屈
從型」、「自覺型」及「別格」（即無以名之）等四種類型。其中他
特別將楊逵歸納為「自覺型」的作家類型，而且也是唯一的一位這
類型的作家。他所持的理由是：

> 這一型作家是儘管身處險境，仍然不失去其民族立場的人
> 物，可以楊逵為代表，而楊逵恐怕也是唯一的這一型作家。
> 楊氏被逼參與「皇民化劇」運動，竟意想天開編寫了劇本「撲
> 滅天狗熱」（天狗熱為當時流行的熱病），強烈地諷刺榨取
> 農民的高利貸李天狗。此劇不但未遭隻字刪除刊登在一份雜
> 誌上，還似乎在各地公演。楊氏簡直可稱之為神通廣大。[59]

雖然鍾肇政認為楊逵之所以被其歸入「自覺型」作家的主要原因，是
他曾藉著〈剿天狗〉及〈怒吼吧！中國〉等劇作，以表面上應和殖民
統治者的宣傳，而實質上是將反抗意識隱藏在作品的情節內容中，藉

---

[59] 鍾肇政著，〈日據時期臺灣文學的盲點──對「皇民文學」的一個考察〉，
收錄於《聯合報》（民國 68 年 6 月 1 日，第十二版）。

此而通過臺灣總督府情報課的層層檢查，並獲得刊登及上演的機會。然而筆者認為他的創作〈「首陽」解除記〉及〈增產之背後──老丑角的故事〉這兩篇文章，確實是在被迫的情況下而為之。因此今日再觀看它的創作動機，應該也可得出這是使他成為這個「自覺型」作家的另一原因之一吧。因為就上述筆者對這兩篇文章內容的細部分析，楊逵不也是將他的抵抗精神，相當技巧地隱藏在「適應日本國策姿態」的「那條光明尾巴」的背後。因此綜觀楊逵一生的遭遇與言行，再對照他在日據時代的所有的文學創作，不正是完全符合鍾肇政所說的：「儘管身處險境，仍然不失去其民族立場」的「自覺型」作家之定位。

　　其實日據時代的楊逵，若不是始終堅持著他那所謂「人道的社會主義者」之立場，以實際的行動，以及文學創作的形式，來為被欺凌的臺灣人民，向殖民統治者爭取他們應有的生存權。以他當時的學經歷，以及是臺灣第一位在日本文壇獲獎的作家紀錄，如果他願意妥協，他是有很多可以飛黃騰達的機會，然而他卻寧願坐牢也不願意向日本帝國主義者屈膝。這種人格特質，看在臺灣文學耆宿葉石濤的眼中，自然要為他而說出：

> 在日據時代的臺灣，楊逵是為數不多的精英知識份子之一，他要謀一份足夠溫飽的工作似乎並不困難。然而他並不想依靠日本人的施捨而過活。他擺脫了一切與殖民地統治有關，跟特殊權力不得不發生關係的行業，寧願發揮「首陽」精神不食異民族的祿，這充分表示他是徹底地把思想與生活結合，且付之實踐的鞠躬盡瘁而後已的力行者。這給他帶來一輩子不為任何人際關係所羈絆，為正義和真實敢於發言的超然立場。[60]

---

[60] 葉石濤著，〈楊逵的文學生涯〉，收錄於陳芳明編《楊逵的文學生涯‧先驅

而對於這樣的評論，相信任何對楊逵的為人與文學稍加認識的人，是
都不會有任何異議的。

最後，筆者想以陳芳明教授給他的如下評論，來為這篇論文作
結，他說：

> 楊逵，是臺灣文學的良心。他的作品，顯露他對臺灣土地的
> 溫暖關懷，也表現了他對島嶼上弱者的愛與同情。面對不公
> 不義的事情，他從不保持沉默。他以行動去支援，以文字去
> 抗議。在二〇年代，臺灣農民運動洶湧展開時，楊逵參加後
> 就很少缺席。因此，在日本的監牢裏，常常可以看到他的身
> 影。在三〇年代，臺灣文學運動蓬勃發展時，楊逵以一枝犀
> 利的筆，剖析了日本帝國主義者的欺壓與貪婪。他的每一字
> 每一句，都夾帶著臺灣人的反抗力量。他的作品之所以被視
> 為弱小民族文學的代表，絕對不是偶然的。[61]

而這短短的一段話，不也正點出楊逵日據時代文學創作的精髓嗎，因
此我們實在不必要也不應該再去質疑〈「首陽」解除記〉及〈增產之背
後──老丑角的故事〉這兩篇文章的皇民性格，因為了解了楊逵在寫
這兩篇文章背後的創作環境，以及他的創作動機，這兩篇文章不也可
以視為是另一種抗議文學的類型嗎。

先覺的臺灣良心》，頁 268。
[61] 陳芳明著〈編後〉，收錄於陳芳明編《楊逵的文學生涯‧先驅先覺的臺灣良
心》，頁 323。

第七章　殖民地上國族認同的迷思
——論庄司總一的《陳夫人》

第一節　前言

　　一般我們在坊間所見到日據時代的臺灣新文學，多為臺籍作家之作品，而且內容亦絕大部份是在控訴日本據臺時，對待臺人種種不平等的惡行劣跡。臺籍作家站在被殖民者的弱勢立場，將遭受日本殖民統治時親身經歷的種種委屈，縷縷地道出，自然能令人感同身受地體會出亡國者的悲痛。然而我們卻較少看到，日據時代的在臺日籍作家，以臺灣的人事為背景所創作出的文學，這類作品不是沒有 [1]，只是隨著臺灣光復，時過境遷後，無人將其翻譯為中文，以致我們在臺灣文學的範疇中，得以較不容易去接觸到的原因，而這樣的結果，似乎也成為臺灣文學總體研究的一個缺口。當然我們可以去質疑，站在統治者立場所創作出的作品，是否可將其列入臺灣文學的範疇中，這是一個頗值得去深思與探討的問題。臺灣文學耆老葉石濤就曾經為臺灣文學作過如此的定位：

---

[1]　如葉石濤所介紹的西川滿《臺灣縱貫鐵道》、濱田隼雄《南方移民村》及庄司總一《陳夫人》等，都是屬於這類作品。

所謂臺灣鄉土文學應該是臺灣人『居住在臺灣的漢民族及原住種族』所寫的文學。然而由於臺灣在歷史裏曾經有過特殊遭遇——被異族如荷蘭人、西班牙人、日本人竊佔幾達一百多年的慘痛歷史，所以在這塊土地的鄉土文學史上，亦留下了使用外國語言所寫的有關臺灣的作品；甚至臺灣人也使用統治者的語言去寫作……儘管我們的鄉土文學不受膚色和語言等的束縛，但是臺灣的鄉土文學應該有一個前提條件；那便是臺灣的鄉土文學應該是以『臺灣為中心』寫出來的作品。[2]

而東吳大學日本文學研究所客座教授蜂矢宣朗亦曾就臺灣文學的定位問題提出他的看法，他說：

嚴格說起來，臺灣人以臺灣的土地為題材，以中文書寫的稱為『臺灣文學』並沒有錯。但是如同『我』攝影，『我』所拍照的，『我』所有的照片，並非就只限於是『我的照片』一樣，不是臺灣人，並非用中文的日文，而以臺灣的土地為題材的作品，也可以列入臺灣文學的範疇吧。佐藤春夫或中村地平愛臺灣，但因為他們不是臺灣人，是用日文寫的理由，便把這些作品排除『臺灣文學』之外，這是多麼的遺憾。[3]

故而以此觀點來看，曾生活在臺灣這塊土地上不算短時間的日籍作家庄司總一[4]，在日據時代以日文所創作的《陳夫人》，而將其劃歸為臺

2　鍾肇政・葉石濤主編，《光復前臺灣文學全集・總序》（臺北：遠景出版社，1979），頁 10-11。

3　庄司總一著・黃玉燕譯，《陳夫人・譯後記》（臺北：文英堂出版社 1999），頁 487-488。

4　根據陳藻香教授對庄司總一的介紹：「他的少年時代，因為父親在臺南

灣文學的範圍，似並無不可。《陳夫人》這篇小說之內容，主要是敘述日據時代，內地人安子嫁給至日本留學的臺灣人陳清文，並與之回到臺灣生活的故事。小說分成第一、二兩部，第一部〈夫婦〉發表於一九四〇年十一月，由東京通文閣出版社出版，第二部〈親子〉則於一九四二年七月亦由東京通文閣出版。

　　由於《陳夫人》這篇小說的作者庄司總一，是日據時代的所謂「在臺日人」，而該篇小說發表的時機，亦正是太平洋戰爭打得最如火如荼的時候，黷武的日本軍閥在極度缺乏兵力的情況下，正需要拉攏殖民地的百姓來作為其人力資源的後盾。因此這篇表面上以「內臺通婚」為主題的小說，甫一發表即備受各方的矚目，而且該篇小說又在一九四三年獲得大東亞文學獎之次獎（正獎從缺），而成為戰時總督府情報部推薦的優良圖書，故而一度被視為「在政治上被利用為從旁支持臺灣的皇民化運動的文學作品」[5]。然而這樣一篇小說的內容，是否真如上述所說的，是一篇從旁支持臺灣皇民化運動的小說呢？而作者又是在什麼動機之下，去創作這篇以「內臺通婚」為主題的小說，作者是否真想藉這樣的主題來促進日臺民族間的融合，從而令殖民地上的臺灣人，甘心服膺於大日本帝國的旗幟下，繼續為著太平洋的侵略戰爭而作犧牲奉獻，亦或是另有其他的目的呢。這種種的問題，筆者將希望能在這章論文中一一加以

開業行醫，他在臺南完成小學和中學的教育，住在臺灣約十年，一九三一年慶應大學英文系畢業。新婚旅行的約一個月時間，以及日本文學報國會的巡迴演講來台的約一個月時間在臺灣，因為從幼年時在臺灣長大，詳細瞭解臺灣的傳統，這成為他日後寫《陳夫人》的營養分。」語見陳藻香著〈讀庄司總一的《陳夫人》〉，收入於《陳夫人》前序，頁 13。

[5]　河原功，〈《陳夫人》：認識臺灣的鉅著〉，收入於《陳夫人》前序，頁 11。

探討說明。然而欲解構這篇小說是否為支援皇民化的作品，首先就
需瞭解何為皇民化運動。

第二節　皇民化的時空背景

　　中日甲午戰爭後，臺灣被清廷當作戰敗的和談籌碼，割讓給日
本，直至中日八年戰爭後，臺灣始在日本無條件投降的情況下，依
據《開羅會議》的決議，重回祖國的懷抱。這期間，臺灣受日本統
治亦曾長達半世紀之久，而在這五十年當中，臺、日兩民族間之相
處，卻始終存在著某種程度的緊張關係，而無法完全融合合作。故
而在中日八年戰爭初期，中國雖陷入劣勢窘境時，仍有著許多臺灣
的知識青年想方設法地潛回中國，欲對他們心目中所認定的祖國盡
一份心力，來對抗日本的侵略，並衷心地期待中國能打贏這場戰
爭，使臺灣能就此擺脫被殖民統治的悲慘命運。但是相對地，在臺
的日本殖民統治者，卻也並非完全不瞭解臺灣絕大部份民眾的民心
取向，而為了壓抑這股暗潮洶湧地反日意識，於是表面上不得不推
行所謂「皇民化」之運動以因應，試圖利用戰時的物資配給制度，
來逼迫臺灣的民眾就範。期望使之能認同自己是大日本帝國統治下
的一介皇民，而生起得以與大和民族一般同為天皇效死的決心。

　　而根據尾崎秀樹對皇民化運動生成的背景研究，他稱：

　　七七事變發生後不久，總督府設置了一個臨時情報委員會。
　　當局怕殖民地民眾的心傾向祖國，而引發思想問題，即將報

導內外情勢的工作控制在一定的規定之下，以達成配合國策、統治言論報導的目的。八月十六日開戰後第一次頒佈告諭，警告臺灣島民認識戰時體制之重要性。又於二十四日召開地方長官緊急會議，將臨時情報委員會改組為情報部，以後隨著戰爭的擴大，再將該機構調整，以擴充強化情報部的宣傳工作及言論統制政策。在各方面禁壓使用臺語作文章的事，已經屢次提過了。除此之外，還藉獎勵穿國民裝，改姓名為日本姓，規定常用國語等以推行『皇民化』（奴隸化）政策。昭和十三年（民國二十七年）大量增加特務高等員警，以壓制島民之反抗，並強制推行『皇民化』之警戒措施。[6]

根據尾崎秀樹的這段論述得知，皇民化運動的起因，是在臺的殖民統治者，害怕這場侵略臺民祖國的戰爭，會激起臺島居民普遍的漢民族意識，而成為集體反抗大和民族殖民統治的導火線。於是藉由擴充強化情報部的宣傳工作及言論統制政策，除嚴禁臺灣人使用臺語作文章外，還藉獎勵穿國民裝、改日本姓名及說日語等所謂的「皇民修鍊」等手段，欲透過對臺灣人外在生活形式的改造，來達到其更徹底奴化臺灣人的政策。

因此皇民化運動的主要內容，顧名思義，就是要臺灣人穿國民裝、改日本姓名、拜日本神大麻及說日語等等，試圖透過由外而內的生活模式之改變，以期暫時麻痺臺灣人的漢族意識，而得以繼續為其大和民族所發動的這場侵略戰爭，作更徹底的犧牲。因此當時

6　語見尾崎秀樹著，〈戰時的臺灣文學〉，收入於王曉波編《臺灣的殖民地傷痕》（臺北：帕米爾書店，1985），頁 201。

情報部所宣傳的重點，應該也是著眼於如何將臺灣人包裝改造成更像日本人的皇民。故而要探討庄司總一的這篇小說，是否為一從旁支持皇民化運動的文學作品，只要循著這條軌跡，來檢視其是否也曾作出諸如此類之呼應，即可得知。

　　然而在探討這篇小說的內容之前，首先筆者認為有必要先來看看庄司總一為這篇小說所寫的〈再版有感〉，其中所追述描繪他的創作心境，文中提到：

> 在中日戰爭開始後的一段時期中，我們總是存著『這種時期早些過去就好』或『反正，問題不久就會解決的』心理。然而，這種要應付一時的安逸的希望，卻在愈來愈嚴厲的現實之累積下，而無情地被打碎了。於是，我們終於開始體會到痛苦的真正意義。而且，對痛苦的自覺就不允許我們抱有機會主義和達觀，也因此必然地讓我們產生了要更加戰鬥的意志和積極性。[7]

在這段描述中，似乎隱約透露出中日戰爭的延宕，不僅帶給聲明「三個月亡華」的日帝軍閥們，相當地驚愕與困擾，同時亦帶給殖民地上的臺島居民，無窮的苦痛。而相對於臺灣總督府而言，在面對流著漢族血液的臺灣民眾，這場侵略其祖國的戰爭，所帶給他們的痛苦所產生之自覺，此時，若不思儘早為這場戰爭尋覓出一個正當及合理的藉口，來重新為臺灣民眾的思想作武裝，則恐怕在戰爭還未結束前，臺灣早已先自亂成一團。故教導臺灣民眾如何成為一個忠君愛國的皇民之「皇民化運動」，就在此時機中被大肆宣揚而動員起來。當然，當時

---

[7]　庄司總一著‧黃玉燕譯，《陳夫人‧再版有感》，頁 483。

無論是臺島或內地的作家，會被賦予為這場運動作宣傳的使命，是不難令人理解的。而成長背景與臺灣有著相當淵源的庄司總一，自然也不能例外。他看到臺灣民眾對此背祖忘典的運動所產生的猶豫及反感時，故而繼續地說到：

> 如今，我們正要像蟬那樣地蛻去一層皮。我們正要革新，從舊生命蛻變到新生命，由用舊了的形式轉換到嶄新的形式。我猜想，對殖民地的人們來說，這種蛻變的苦惱是更為深刻的。如今，臺灣正處於大過渡期中（指一九四一年二次大戰期間）。且不談她的殖民性格和條件，臺灣在文化方面則比日本本土起步得慢，換句話說，因為她現在有許多無法完全成為現代性的舊傳統，所以面對了更大的過渡期之變動而在舉棋不定。例如，要拆毀寺廟、廢止慶典儀式的舊習慣、獎勵說日語、改為日本姓名等等問題，也就使本島人士無法一下子下決心著手。我想，在這些所謂『皇民化』運動措施中，必有細節小事性質的或要求過分的目標存在。不過，靜靜想來，除了人為性的強制以外，還是不能否定臺灣本身的方向和本質該改變的時間已到來這種時代的必然力量。[8]

　　毫無疑問地，庄司總一在此處亦是站在殖民統治者的立場發聲，然而他似乎也已察覺到此項運動令人質疑的不正當性。為了怕改變現狀引起島民的強烈反彈，文中雖未明言，我們還是可以看出他是極力地想將此運動，巧妙地轉化定位為一種教化島民的「新生

---

[8]　庄司總一著・黃玉燕譯，《陳夫人・再版有感》，頁 484。

活革新運動」。然而不管他的心思或目的為何，對庄司總一略帶心虛地在文中所提到的改革呼籲，筆者在此仍不得不有所回覆，那就是臺灣自明鄭四百年以來，即存在著以漢文化思想為主體的生活模式。而漢文化的流傳，決不會比日本本土神道文化起步為晚，況且要說到現代化革新，日本也是在明治維新的改革中，才顯見其成績。但也未見日本在追求現代化的過程中，就有做到如「拆毀寺廟、廢止慶典儀式的舊習慣」，何以至臺灣的現代化，就必須改變臺人的傳統習俗？因此筆者認為，改變臺島居民傳統祭祀的舊習慣，或許只是統治者主觀地想展現其威權統治之效果罷了。而「獎勵說日語，改為日本姓名」，恐怕才是此皇民化運動中所最被期望預見的目標。

　　當然在這目標背後的真實含意，還是要臺島居民能夠心悅誠服地去認同日本的殖民統治，甘願為日本的天皇繼續去作犧牲。但是雖然庄司總一也如上述般，必在某個程度上，看到此項運動的荒謬本質，而說出了：「在這些所謂『皇民化』運動措施中，必有細節小事性質的或要求過份的目標存在。」然而或許是基於要維護同為日本民族的共同利益，或憚於日本軍部當時的氣燄而順應於戰時國策之要求，他還是不得不有所妥協地道出：「不過，靜靜想來，除了人為性的強制以外，還是不能否定臺灣本身的方向和本質該改變的時間已到來這種時代的必然力量。」因此，基於以上對庄司總一該篇《陳夫人》創作緣由的分析，論者以為是從旁支持皇民化運動之文學作品，應該不是所言無據的。

　　然而庄司總一是否真如其〈再版有感〉所論述的創作動機般地去撰寫這篇小說，如果我們沒有對該篇小說的內容作詳實地了解，

就據此言論而驟下斷語，認定這篇小說就是為呼應皇民化運動的目標而創作，恐怕難保不會因此而落入人云亦云；先入為主的錯誤陷阱。因為筆者在縱觀全文之後，實在不敢苟同於這是一篇帶有為皇民化運動作宣傳的小說作品。首先筆者發現，對於前述皇民化運動中應有的種種表現與作為，作者並沒有讓小說中的臺籍出場人物，積極地去參與或實踐。例如改日本姓名的舉動，即如娶了日本女子安子為妻的陳清文，自始至終都是以其中文之名貫串全文，安子的日本姓氏也只出現過一次，其他多被代以陳夫人之稱呼。而二人所生的下一代清子，亦是按照臺灣傳統之慣例而從父姓陳，就如清文家族的成員，也未有任何一個人改換日本姓氏。故而皇民化中重要的改日本姓名運動，作者並沒有在此刻意地去營造出一個特別的氛圍。

　　至於講日語以及將其居室改成日式建築，也只是因為清文早年留學日本所養成的生活習慣而已，作者也並未有意地著意去凸顯。而最重要的是，全文中並不曾見其為日軍軍部作任何有關軍國主義思想之宣傳，來鼓勵臺島青年踴躍從軍，並為天皇抱持效死決心的種種情節論述。而若要細究，文中真正能算是勉強呼應當時國策的，大概也只有結尾時，清文作著要將家庭及事業轉移至印尼的南進政策之打算。所以若斷言這篇小說是為從旁支持皇民化運動的文學作品，以上述的證據顯示，似乎不無牽強之處。然而可能是這篇小說以內臺通婚為主題，在題旨上正合乎臺灣總督當局所一貫宣揚的『內臺融和』、『內臺平等』之口號，因此在某個程度上，具有安撫臺島居民長期以來被歧視為『次等國民』所延伸的不滿情緒，故而成為總督府情報部推選為優良推薦圖書。又加上獲得第一屆的大

東亞文學獎之次獎，所以被做出從旁支持皇民化運動的論定，在此也就不足為奇。只是支持皇民化的成份是如此薄弱，那麼作者創作這篇小說的真實目的為何呢。

第三節　人道主義的小說家

雖然葉石濤曾在〈庄司總一的陳夫人〉一文中，對《陳夫人》這篇小說作出如下一些負面的評論，他說：

> 〈陳夫人〉主題是闡釋臺、日人結婚的意義為主，這符合大東亞共榮圈的妄想。他要從臺、日人結婚的過程上剖析民族間的通婚所造成的問題及其衍生的課題。……庄司總一在處理這題材的時候，並不能擺脫大和民族是優越民族的想法，大多站在統治者的立場來曲解臺灣人傳統生活的本質。他扭歪了臺灣人的形象，使臺灣人變成落後、愚昧、醜惡的民族。他的種族歧視使得他很清楚地看到臺灣封建社會的野蠻和殘忍，卻看不到日本本土同樣存在著落後、壓迫、人吃人現象的事實。……庄司總一雖然用道地的寫實主義來描述臺灣大家庭制度的缺陷歷歷如繪，也相當真實地描寫了臺灣知識份子在殖民地統治下的困窘，但是他始終站在統治階級的立場審視臺灣人受難的艱辛歲月。

所以他的結論是：

　　《陳夫人》只配領取荒謬的大東亞文學獎，卻不配在日據時
　　代臺灣文學史上享有一席之地。[9]

然而筆者對於這段的評介，實質上並不能完全的認同。其實，讀者只
要仔細地閱讀全篇的內容，就會發現作者雖然對臺灣人落伍的思想及
風俗習慣的缺失，如不注重環境之衛生，以及沒有守時的觀念等，提
出他的批判。然而一向只存在於臺籍作家作品中，對日本領臺的種種
不合理統治措施之控訴，難能可貴地，我們看到在這篇小說中，亦能
相當客觀詳實地被一一點出。而以下幾點，即為筆者據以文中相關之
情節，加以歸納而論述之。

一、差別待遇的不平等

　　日本據臺之後，無日不在高喊著『日臺平等』之口號，然而事
實果真如此？日據下最為臺灣知識份子所詬病的，就是這項差別待
遇的不平等，明明是相同的工作，而不問工作的表現，只視為是日
籍的員工，就可比臺籍員工多領六成的薪俸加給。而且在昇遷的管
道上，也永遠要比臺籍員工通暢。當時臺籍員工中服公職者，若想
爬昇到中、高階的主管位子，似乎與登天一樣難，而即使是擁有崇
高的學識及高等文官任用之資格者亦復如是。小說中的主角清文，
就有如上述般類似之遭遇。

　　當從日本東京帝國大學法科部畢業，同時並通過高等文官考
試的陳清文，躊躇滿志地偕同日籍的新婚妻子回臺，望著外觀宏

9　葉石濤著，〈庄司總一的陳夫人〉，收入於《臺灣文學的悲情》(高雄，派色
　　文化出版社，1990)，頁 39。

偉的總督府，心中勾勒的是「未來他將在這殖民地最高機關的雄偉建築物內的局長室，坐在摩洛哥皮椅上辦公的神情。」[10] 然而這也不過僅止於是清文的想望，他雖娶日人女子為妻，其本身亦有相當的能力資格可擔當大任。但是身為臺灣人的他，不要說是總督府的局長，連從事最基層的行政工作，都難逃遭受到令人難以容忍的阻撓。

> 陳清文的工作單位原已被決定會被派到行政課。可是，一旦去上班，因為沒有空缺的理由未被採用，無法如願以償被派到水產課。原本不應該是這樣的，清文失望，心裡覺得不服氣。[11]

殖民地上的統治者，是不會輕易地釋放政治或人事的管理權給被支配者的臺灣人，而縱使擁有法定的資格與過人的能力亦不被允許。因此陳清文儘管心裡不服氣，然而在妻子的開導「被派到那一課都一樣是政府的官員，不論從何處開始工作都一樣好嘛。」[12]所以他還是勉強地接受這樣的職務，可是等著他的卻是更大的難堪與屈辱。

> 最近課長更迭成為定案，後繼人選妳猜是誰？是和我大學同期的男子。我怎能不憤慨。而且對方是兩次不及格的笨蛋。若是他在不同課也罷了，卻和我同課。而我不得不在那以前

---

[10]　庄司總一著・黃玉燕譯，《陳夫人》，頁 27。
[11]　庄司總一著・黃玉燕譯，《陳夫人》，頁 37。
[12]　庄司總一著・黃玉燕譯，《陳夫人》，頁 37。

> 同班生的笨蛋面前朝夕低頭，服從他的命令。我能忍受得了
> 這樣的侮辱嗎？要這般忍受嗎？[13]

只要是日籍的身份，不管是不是笨蛋，照樣是官運亨通。相反地，不
論你工作表現如何突出，只因是臺籍身份，就只能永遠承受在統治者
面前朝夕低頭，服從命令的命運。

　　然而這樣的結果，卻也決非出於特例或偶然，而是殖民統治當
局的有意安排，這正如安子所理解的：

> 本島人幾乎無法被任用為高級官吏，自己的丈夫屬於例外的
> 情形她以前就隱約聽說過。但不管他怎樣努力，怎樣煞費苦
> 心，前面擋著他無法超越的障礙，他的前進也有一定的限
> 度。……若他是內地人，他的逆境、苦惱程度縱然相同，情
> 況會有一點不同的表現吧。這並非僅是對單純的騰達上的社
> 會性限制，這上面更夾雜著民族思想或感情在內，因此即使
> 是相同的憤懣或相同的苦惱也呈現出複雜的相貌吧。[14]

而這就是為什麼陳清文終究要選擇辭職，以逃避這對臺灣知識份子極
端差別待遇的官場之原因。

二、對臺民的歧視

　　臺灣相對於日本而言，是他們的殖民地，因此臺灣人民自始至
終都只能處於被殖民者的地位接受其統治，故而站在支配者角色的

---

[13] 庄司總一著‧黃玉燕譯，《陳夫人》，頁 90。
[14] 庄司總一著‧黃玉燕譯，《陳夫人》，頁 91。

日人對臺民的歧視即可想而知。這樣不合理的現象，連有高道德教養及學問的陳清文，都曾經親嚐過這般的苦果。如這篇小說雖然以「內臺通婚」為主題，但是在描繪陳清文與安子的結合時，也並非是一帆風順的受到所有人之祝福，而其中阻撓兩人婚姻的主要原因，也只是因為陳清文是臺灣人而已。試看作者是如此地描述陳清文向安子家人提親的經過，他說：

> 不久，清文向安子求婚。這沒有任何的不自然和不純粹，但是，她的雙親和親戚沒有一個人表示贊成。不論清文的成績優秀，品格良好，而且是富豪子弟，只因為他是臺灣人，而使女方家不表贊同。清文親自到安子家求親，但頑固的鄉下人頭腦，安子的父親只是用煙管敲著火爐端，硬是不答應。[15]

只因為陳清文是臺灣人，就完全不考慮其他的因素，而硬是要拆散這對戀人，這中間難道沒有挾帶著統治者對被支配者的一種歧視心理？

最後也是因為安子不願放棄，而與陳清文私奔到臺灣，還用死來威脅迫使家鄉的父親同意，才得以成就這段姻緣。又例如某次的聖誕節前夕，陳清文想到安子的教會去看看，可是就在他到達教會的門口時，即遭守門的日本人阻擋在外。而被阻擋的原因，也只是因為難得改穿臺灣服的陳清文，被當作臺灣人而遭阻擋於原應標榜博愛、無私的教會門口。這叫平時自視為日本人之陳清文，如何能不錯愕萬分，而將這股怒氣完全發洩在自己的妻子身上。最後在無法說服自己，何以在自己生長的家鄉，還要遭到如此難堪的歧視時，只有選擇出國旅遊來暫時逃避這令人不堪容忍的環境。

---

[15] 庄司總一著‧黃玉燕譯，《陳夫人》，頁 27。

　　此外，對於殖民地上教育環境的歧視臺民，作者在此也有所著墨。如當時臺灣人子弟只能就讀所謂的公學校，而其師資設備則遠遜於在臺日人子弟所就讀的小學校。後來雖然當局為攏絡臺灣士紳，免於落入歧視臺灣人之口實，而勉強開放一些小學校的名額，給這些士紳的子弟就讀，然真實情形即如作者所論述的：

> 從旁插嘴的是三房瑞文的長男明，明也是一年級生，但他不是讀公學校，而是上內地人子弟就讀的小學校。當時好不容易才實施內地人臺灣人的共學同校制度。雖然說是共學，本島人在一班之中只不過佔兩三個人數而已。因此被選拔的少數本島人兒童是優秀的。[16]

　　能夠進入日本人才能就讀的小學校，除了要是士紳之子弟之外，本身還必須擁有極為優秀的資質。這種情形，正如矢內原忠雄在其《日本帝國主義下之臺灣》的研究所稱：

> 而臺灣人與日本人的教育系統不同，教育程度較低；臺灣人的地位，只可做日本人的手腳；這在制度上，也有其遺跡。但是，一九二二年以後的發展，則以「日本人與臺灣人的共學」與「高等教育機關的興創」為其特徵，因此，一方面在外表上似已完成臺灣教育制度，同時在事實上，則高等教育的重視超過普通教育，且由日本人獨占了高等教育機關。[17]

---

[16] 庄司總一著・黃玉燕譯，《陳夫人》，頁184。
[17] 矢內原忠雄著・周憲文譯，《日本帝國主義下之臺灣》(臺北，帕米爾書店，

表面上在一九二二年，臺灣總督當局雖通過「日本人與臺灣人共學」
及「高等教育機關的興創」等制度，但實質上能入小學校與日本人共
學的臺灣人子弟，仍可以說是鳳毛麟角，而真能提昇臺灣人智識水平
的高等教育，還是幾乎由日本人所獨佔，有能力的臺灣人最終只能選
擇到日本內地留學一途，如此這般的就學環境及條件，不是明顯地繼
續歧視著臺灣人又是什麼呢。

三、鴉片的毒害

　　清朝末年清廷的腐敗，鴉片的毒害佔著極大的因素，這是不爭
的事實。因此：

> 日本佔領臺灣當初的輿論是「標榜嚴禁鴉片、男子剪辮、
> 女人放足為臺灣統治上的三大主義；若不繼行此政策，則
> 雖佔有臺灣，亦屬無益」。最初的總督樺山資紀赴任之時，
> 伊藤首相所給的訓令，其中也有嚴禁鴉片一條。但因這樣
> 的急激改革不能達到統治的目的，故乃木總督特別訓令尊
> 重臺灣人生活上的習慣"其如辮髮、纏足、衣帽，改之與
> 否，聽任土人之自由；又如鴉片烟，擬在一定限制之下，
> 收漸次防遏之效。[18]

若為體恤新附之臺灣民情，而將臺灣人一貫生活習俗的辮髮、纏足、
衣帽等，不設定任何形式，完全聽任其自由的選擇，尚可視為愛民便

1985）頁 144。
[18] 矢內原忠雄著・周憲文譯，《日本帝國主義下之臺灣》，頁 170。

民之舉措。但明知害人不淺的鴉片毒品，卻沒有立即禁絕，而『擬在一定限制之下，收漸次防遏之效。』則實在是說不過去。小說中的陳家大家長陳阿山，就是因為吸食鴉片，雖然他的長子陳清文想盡各種辦法來試圖讓老父戒除烟癮，甚至將他送到醫院去治療，然熬不過烟癮的阿山還是逃出醫院，最後被家屬在一間低級簡陋的烟館找到，但也已經回天乏術了。作者在此處對阿山吸食鴉片的描述，不亦同時意味著其對鴉片毒品危害臺灣民眾的一種反省嗎。

　　然而大概是因為庄司總一在其小說中，將日本據臺施政的這種種缺失，毫不避諱且相當詳實的記錄下來，故在其初版上市時，根據作者自己的描述：

> 某一位人士寫信指責我說：「你的小說有暴露性的描寫，這就不對啦。因為將近半世紀的臺灣政治決不是件輕而易舉的事。我們好不容易才把臺灣培養到現在這樣，而你卻要把我們的缺失揭發出來，這樣就使我們太不爽了。」[19]

看了上述的內容，也難怪這位讀者會寄出這樣充滿非難庄司總一的信件，然而庄司對這位不滿的讀者之回信，卻頗饒富深意，他說：

> 或許是我藝術性的表現幼稚拙劣和能力不足，讓您產生了誤會。不過，我之想追求真實和描寫真實的苦心，卻是千真萬確的。當然，我也知道，看了世界的殖民政策歷史後，即可發現對這個南方島嶼日本的政治是極富理解和溫情

---

[19] 庄司總一著‧黃玉燕譯，《陳夫人‧再版感言》，頁484。

的，甚至這還是個殊例。然而，如果是真正偉大的父母的
話，他們非但不害怕，不嫌惡別人批判自己對子女的愛情
之表現方式，或培養方式，反而會藉著別人的批判而得到
反省的機會，來邁向更高的理想。我豈不就是因為深信這
種寬大的政治和人類的善意才能有要寫出這種小說的意義
和勇氣嗎？[20]

　　言下之意，即他深信作家的責任就是要真實的反映歷史，而不
該帶有為某種政治意味的欺瞞。甚至希望對這種真實的描寫，能喚
起受批判者獲得反省的機會，而達到更高的理想。身為日籍之作
家，卻能秉持著文學家的良心，並未對自己國家殖民政策的缺失作
掩飾，堅持將歷史的真實樣貌呈現在讀者的眼前，在戰爭使人瘋狂
的那個年代裏，如此的道德勇氣，也算是難能可貴。雖然他亦曾在
同一篇文章中，論及對皇民化運動中臺灣人應該有所改變的看法，
但畢竟真正在小說中，他還是沒有去為它作實質的宣傳。而這或
許也正是為什麼陳藻香教授要稱譽庄司總一為一位「人道主義作
家」[21] 的另一原因吧。然而對歷史的這段記錄與批判，應也不是
庄司總一撰寫這篇小說的主要目之所在，那麼他真正想在這篇小
說中呈現什麼主題呢。筆者粗淺地認為，指出國族認同的迷思，以
及如何破除這樣的迷思，才是他創作這篇小說的主旨所在。

---

[20] 庄司總一著‧黃玉燕譯，《陳夫人》，頁 485。
[21] 語見陳藻香著〈讀庄司總一的《陳夫人》〉，收入於庄司總一著，黃玉燕譯，
　　《陳夫人》，頁 17。原文為『他在《陳夫人》中，對複雜而無可奈何的民
　　族感情問題，用「愛」一字來加以解釋，筆者從《陳夫人》這本長篇小說
　　中看出了作家的創作態度，也就是說，他是一位人道主義作家。』

第四節　國族認同的迷思

　　雖然這篇小說的內容標榜著「內臺通婚」及「族群融和」，但是作者真正想藉此傳達的，卻是小說中的主角人物，在殖民地上臺灣的生活，所產生對國家民族認同的迷思。如在第一部中，土生土長的臺灣人陳清文，自中學就到日本留學，大學畢業後，通過高等文官考試的資格，又娶得內地人安子為妻，意氣昂揚，風風光光地回到臺灣。然而在面對臺灣那種傳統的生活習慣，對於受過現代日本教育洗禮而帶有理想主義色彩的陳清文來講，一切自然都是落後的象徵，而急欲擺脫這種落伍思想及生活模式的陳清文，自然會與家人時時產生衝突。如陳清文與安子在臺灣的結婚喜宴上，受邀參加的親友在約定的時間之內，竟然無人出席，這種不守時的習慣，自然令清文無法容忍。可是經過他弟弟景文的說明，宴客的時間雖然已到，但還是得由主人派人去催請，客人才來，這才合乎臺灣人的禮數。然而這樣不守時的禮數，當然引起陳清文的不快，而不禁嘟喃著：

> 『無謂的禮數。』然而隨後才想起臺灣式的習慣本來便是如此。他把這種情形忘得一乾二淨，由此可見他在不知不覺之間離開了自己的民族。『我已經不是一個純粹的臺灣人了。』他用長衫的袖子遮額苦笑。[22]

　　但是自認為是日本人，而且表現的比一般日本人更為優秀的陳清文，在現實的生活環境中，卻得飽受日本人所給予他無情的挫折

---

[22] 庄司總一著・黃玉燕譯，《陳夫人》，頁39。

與打擊。首先是到安子的故鄉向安子父親提親的場合上，遭到無情
的拒絕。接著是回到其成長故鄉的臺灣，擁有高等文官任用資格的
陳清文，原已說好奉派到行政課去從事人事管理的工作，到任時卻
被以沒有職缺的理由，而硬生生地改派到水產課。再來是昇遷管道
也受阻，課長的位子由一位大學時代成績能力皆遠遜於己的日籍同
學接任。這種種令人難以容忍的遭遇，原因都只出在陳清文被視為
是理所當然的臺灣人，是被支配者的地位，所以殖民地上的統治者
是不能也不會讓他得其所願。然而讓他更加難堪的是，曾為昔日文
化協會同志的王茂堂，在一次與陳清文為臺南市郊墓地遷葬與否的
問題作辯論時，由於陳清文是站在與日本人相同的立場，而讚成墓
地應該遷葬。這使得王茂堂氣得以為陳清文是因娶了內地人安子的
關係，而喪失了為臺灣人爭取權益的理想，並以此而質疑他的臺灣
人性格，他說：

> 我無法像你這樣安於小資產階級的良知。我們有大目標。因
> 此有時不得不言不由衷地扮演丑角，或是你所嘲笑的不禁陷
> 於自我矛盾。我們愛民族、愛大眾。除此之外沒有別的意思，
> 我們為了這個目的燃燒著熾烈的精神。應該持有的我們持
> 有。……但是，陳君，你究竟持有什麼呢？[23]

　　接著又毫不客氣地指責他：「你的日臺婚姻使你喪失了臺灣之
魂，抹消了信念，除此之外，你還有什麼呢？」[24]在面對日本人的
刁難及同胞的質疑時，令陳清文難以理解的是，在自己生長的這塊

---

[23] 庄司總一著・黃玉燕譯，《陳夫人》，頁219。
[24] 庄司總一著・黃玉燕譯，《陳夫人》，頁220。

土地上，是什麼原因令他得面臨如此兩難的處境。他深信他是熱愛
日本這個國家的，而且也願意在日本人的官場上發揮他的所長，
但卻始終得不到日本人的信任。他也確信他是真想為自己同血緣
的同胞盡份心力，雖然在這墓地遷葬的議題上他是持讚成的意
見，但他自認為是基於正義地為臺南市未來的發展而設想，決非
是為了個人的利益或喪失臺灣之魂的想去討好日本人，然而卻也
同樣得不到自己同胞的認同。在無法給自己一個滿意的答案之
下，最後只好將他所面臨的這一切不如意，完全歸咎於這段日臺
的婚姻上。正如他對安子所說的：

> 在我們兩人的關係上，我不得不責怪你的，實際上沒有任何
> 的事情。我所說的不是這種人際的關係，而是抽象形態的問
> 題，是從我們日台婚姻的形態而產生的一種悲劇。

又說：

> 也許要說不幸比較適當，不管怎麼樣，和世間一般說的意味
> 稍稍不同。要說是不幸，並非在量，而是質的問題。例如，
> 倘若我娶的妻子是本島人，即使是同樣的苦惱，自然的那苦
> 惱的性質不同，我要說的正是這種情形。[25]

　　陳清文是因為陷入對國家民族認同的迷思中，無法尋得一條抒
解其徬徨苦悶的道路，所以才會逃避似地想將他所認定的不幸原
因，歸結到這段婚姻上頭。其實在兩人的相處上，正如陳清文所說
的，對安子的表現是無可挑剔，但卻還是不自覺地將自己的這段日

---

[25] 庄司總一著・黃玉燕譯，《陳夫人》，頁 222。

臺婚姻，形容為一種悲劇或不幸的邏輯思考方式。這顯然是有其脈
絡可以去追尋的，那就是身上流著臺灣人血液的陳清文，其國家認
同的取向是偏向於日本人。然而現實環境中卻因為自己身上流著臺
灣人的血液關係，而遭到日本人的集體排斥。倘若這時他娶的妻子
是臺灣人，那麼他就可以毫無顧忌，心安理得的同其他臺灣知識份
子一樣，將情感完全轉向於去認同自己的民族。而王茂堂也就不會
因此而說出「日臺婚姻使你喪失了臺灣之魂」那樣令他精神苦悶的
話了。然而他現在的妻子卻是道地的日本人，可是這層關係並未能
讓他的身份得到日本人的肯定，相反地還要遭到臺灣人的質疑，也
難怪他會因此而苦惱不已。

　　然而他的這點心思，馬上就被聰明的安子識破，並試圖為他點
出這段思考上的盲點，她說：

> 你現在苦惱著，這一點我也很了解。一籌莫展的心情。你的
> 心情處於這種重大苦悶，而你還詭辯著。掩飾著自己的心
> 情。為什麼你不更率直的，更有力地向我坦露呢──不，為
> 什麼不坦然面對一切現實呢？若那是不能說的苦悶，便是不
> 能令人尊敬的苦悶。你這就不是意味高的苦惱，而只是無味
> 的偏見和彆扭。你好像不明事理的孩子一樣，顯然陷於很大
> 的錯誤中。──雖然你說是重大的精神問題，其實說來與精
> 神是毫無關係的事，我認為這只是感情的問題。這證據是，
> 雖然你說並不責怪我，你這樣辯解著，但最後總是把自己的
> 內心顯露出來。我不知道你是否清楚的意識著，你的心底總
> 是有一個疙瘩吧──因為娶了內地女人為妻的緣故，所以你

　　無法隨自己之意發展。當然這一點我充分感到我自己這一方
　　也有責任。我所生活的世界小，總之，我想把你拉進那裏面，
　　想讓你平淡的過日子這是真的。可是，這是一個做妻子的
　　心，並非因為妻子是內地人才這樣。你的觀點錯誤就在這
　　裏。你總是認為因為與內地人結婚——任何不如意的事都歸
　　咎於這點，拘泥於這點。一直都持有這種消沈的心情，你要
　　怎麼樣呢……。[26]

安子的這段話，其實是想表明她的立場與責任，自己的丈夫將國家民
族認同迷思所產生的苦悶，歸咎到是這段日臺婚姻的結果，就如同一
個不明事理的孩子，無知地對著她鬧著彆扭。站在做妻子的立場，沒
有不希望自己的家人都能平安和樂地過日子，這種維繫家庭圓融的
心，不論在何地；面對任何人，都不會有所不同。但是這顯然與夫妻
的國籍異同是全然沒有任何的關係，所以陳清文所認定的不幸，是自
己情感上的認知出現問題——即太在乎國家民族的認同取向，而此取
向卻得不到情感上滿意的結果。換言之，陳清文所認定的不幸是自找
的，而這與妻子是內地人或本島人都毫不相關。

　　接著作者還想再借安子之口，將這國族認同的問題，做更清楚
的詮釋，她說：

　　你是本島人，我是內地人，這跟我們真正的生命豈不是沒有
　　什麼關係嗎？神用一種血造一切的人民，這即使不從聖經上
　　知道我們也了解。人和狗不同沒有關係。用同樣的血造的

---

[26] 庄司總一著‧黃玉燕譯，《陳夫人》，頁 222-223。

> 人，因為國界的界定，語言或風俗習慣之歧異而有其意義。
> 當然從這裏會產生種種摩擦，但我並不認為這是難以挽救的
> 不幸，至少我不認為那是會消耗人的心魂，使人失掉信念那
> 樣的悲劇或不幸。[27]

人確實不同於其他動物，雖然會因生長地域的不同而有所謂國家的界定，也會因為語言或風俗習慣不同而產生種種的摩擦。然而這國籍或民族的不同，與我們真正生命本質之表現是完全沒有任何的關係！不同民族的人身上不是流著同樣紅色的血嗎，上帝用同樣的血所創造出來的人，雖有形象上的差異，但是只要大家信念一致，互相尊重，互相關愛扶持，這個地球上的所有人類還是可以和平共處的，這時又何必眼光短淺地去硬分你是本島人，我是內地人呢。

基本上庄司總一在某個層面上，是想站在「人」的立場，去泯除因國家民族不同所造成相處上的誤解與衝突。這樣的論點與用心原則上是沒有什麼不對，但是問題是帶有民族偏見的不僅是本島人而已。擁有統治權的日本人以極端的階級意識來治理臺灣人，歧視臺灣人，才是造成雙方誤解與衝突不斷的始作俑者。所以在客觀的環境沒有改變的前提之下，要求雙方主觀地站在「人」的角度去和平相處，幾乎是不可能的任務。還好庄司總一並沒有完全忽略這點，所以小說中的陳清文，雖因安子的愛和開導，暫且拋開這思想上惱人的問題，將所有的心力放在鳳梨罐頭事業的經營。然而實質上，他對國家民族認同的迷思所造成的苦悶，並沒有因此消失，而是將它更深刻地傳達給自己的女兒清子。

---

[27] 庄司總一著‧黃玉燕譯，《陳夫人》，頁 223。

　　在小說的第二部中，所描繪生活在陳家大家庭中的清子，堂兄弟姐妹們都因她中日混血的特殊身份，而予以排斥。造成清子自小就孤獨而敏感，總覺得這一切不幸的根源是來自於她中日混血的關係，因此她才會有『我希望爸爸是內地人，否則媽媽是本島人』[28]的這般論述。然而現實環境中，她是無法改變這混血的宿命問題，雖然她曾極力地想在同學面前表現她的生活，是多麼富有日本人的趣味，但是她也意識到存在其內心深處的，卻是對臺灣人有著更深刻的情感。在兩者無法融合協調的情況下，所以才會再說出：

　　　　我既是日本人又是臺灣人，這等於我不是日本人，也不是臺灣人。[29]

這樣一段耐人尋思的話。可見清子也是陷入這國族認同迷思的苦惱中無法自拔。

　　然而生活在殖民地上的臺灣人對國族認同所產生的這股迷思，終究還是要設法來加以解決的。因此最後作者仍舊巧妙地借用安子之口，而點出：

　　　　我想對妳說的是，妳在成為陳氏清子之前是日本人。雖然妳可以說是內地人也可以說是本島人，但最確實的妳的名字是日本人。如果妳有這樣的自覺心，妳應該會更開朗的。[30]

---

[28] 庄司總一著・黃玉燕譯，《陳夫人》，頁 400。
[29] 庄司總一著・黃玉燕譯，《陳夫人》，頁 421-422。
[30] 庄司總一著・黃玉燕譯，《陳夫人》，頁 401。

如此一段話，不僅解決存在於清子心中的苦悶，明眼人亦不難看出，他其實亦是想講給全臺灣的民眾聽。因著這段話，不亦同時也破除了絕大部份對大陸祖國還存在著嚮往的臺灣人之迷思。

第五節　小結

　　嚴格說來，《陳夫人》這篇小說，雖然以內地人安子嫁到臺灣來的生活為主要架構，其中也涉及對臺灣人思想情感的描繪。但內中真正想探討的卻還是臺灣人在面對異族統治時，對日本這個國家民族所產生的認同之迷思，以及女主角安子如何運用其智慧來為臺灣人破除這股迷思的一篇小說創作。作者曾經很委婉地指出這篇小說的主題：

> 是在於探究「人與人」──特別是在探究著不同血統、傳統
> 和條件的人們要如何、到何種程度，達成愛、理解和融和這
> 種人性的振幅和可能性而已。[31]

而這「人與人」，不正是指臺灣人與日本人嗎。

　　曾經在臺灣生活過一段不算短時間的庄司總一，自然清楚在臺灣這塊殖民地上，臺灣人和日本人在相處上，各自所面臨的種種困境。雖然作者在文中不曾諱言地對日本治臺的許多缺失，提出他的批判，也曾經如上述般，很努力地想藉由安子之愛和清文的理解，企圖來化解臺灣人與日本人之間相處上的矛盾

---

[31] 庄司總一著・黃玉燕譯，《陳夫人・再版感言》，頁 486。

與衝突。然而所得到的結果，卻正如葉石濤為這部小說所作的
這段結論：

> 庄司總一的《陳夫人》雖然獲得「大東亞文學獎」，但它並
> 非謳歌戰爭的浮淺作品。它是一部相當寫實的小說，描寫了
> 臺灣封建制度的毒害和缺陷，同時也指出了日本殖民地統治
> 的殘暴真相。惟一可以指出的缺點，在於作者庄司總一的自
> 欺欺人的「愛」的哲學。陳清文和安子的「愛」其實縈根於
> 對日本統治的「絕望」。從「絕望」裡，產生的「愛」是救
> 不了被壓迫民族的；它只是妄想和自慰罷了。[32]

的確，真正「愛」的哲學，應該是在無私與平等的條件下被談
及，所以這中間應該不會有任何國家的對立及民族的偏見存在。然
而站在被殖民者之立場發聲的葉石濤，顯然也已看出庄司總一在這
篇小說中所宣揚的那個「愛」，並非完全是站在無私與平等的前提
下被論及。在面對國家與民族的認同糾葛中，庄司總一最終還是選
擇忠於自己國家民族的立場，要求全體臺灣人民認同日本的統治。
而這也正是為什麼葉石濤會批評庄司總一的「愛」是自欺欺人的，
因為這種縈根於對日本統治認同的愛，是無法解救臺灣人被壓迫的
靈魂，終究只會令臺灣人更加絕望罷了。

---

[32] 葉石濤著，《臺灣文學的困境》，（高雄市，派色文化出版社，1992），頁
184-185。

第八章　結論

　　日據時代末期，日本發動對中國的侵略戰爭，原本以為在極短的時間之內，即可獲得全面的勝利而結束戰爭。但是卻遭遇到蔣委員長「以空間換取時間」的拖延戰術，使得日軍完全陷入中國戰區的泥沼中無以自拔，而在日本國內資源日益匱乏的情況下，迫使日本軍部將腦筋動到殖民地上。而臺灣總督府為配合日本軍部人力、物力的動員，並為將臺灣建設成保護日本本土的要塞，故而在戰爭開始之初，即在臺灣如火如荼地推行所謂的「皇民化運動」。

　　站在日本統治者的立場，他們原是將這「皇民化運動」，定位為是一種「同化運動」，而以戰時的物資配給為手段，透過改姓名、說日語及祭拜日本神等活動，企圖將臺灣人改造成完全認同日本的統治，並能夠「自覺」地願意為天皇效死沙場的皇民。而站在臺灣人被支配者的立場，少部份原本就認同日本統治的臺灣人，則試圖將其定位為是一種「新生活運動」，認為透過改姓名、說日語，住日本房子等外在行為模式的改變，就可以將自己從被支配者的地位往上提昇，而等同於成為一個不折不扣的大日本帝國子民。然而絕大部份的臺灣民眾，則根本就不管此運動的本質是「同化」還是「新生活」，他們只是囿於戰時物資的管制配給，還是不得不採取虛與委蛇的方式與之周旋。

　　當然這種全民動員的「皇民化運動」，臺籍作家自然也不能倖免於外，他們除被限制不能用中文創作，並且要發表的作品，也必須與皇民化運動的宣傳有關，而更有一部份較知名的作家，甚至於被強制派往鄉村去體驗戰時生活，並被要求將眼中所見到的情境，挑出對戰爭時局有幫助的部份來報導。然而具有思辨能力的這些臺籍作家，自然較一般民眾更能一眼即洞悉這個運動本質的荒謬性。因為如果是將其視為是一種「同化運動」，那麼臺灣劃歸日本統治的時間，當時實質上遠遠已超過四十個寒暑，何以臺灣淪日之初而不落實，卻要在與中國發生戰爭時才來急急地推行。而這絕對不是在「七七事變」後，時任《臺灣新民報》編輯總務的竹內清所辯解的：「根據一視同仁的聖旨而制定的『臺灣統治方針』，才是『皇民化』運動的基礎。總之，本島人和內地人都是帝國臣民，沒有任何差別待遇。但是，由於他們是剛歸化的人民，因此在性格、民情、語言、風俗、教育等方面，與內地人有相異之處，所以法律制度等若與內地完全相同，則反而會使統治方針無法如期完成，造成不良後果。因而在法律及其他方面的制定上，與內地有若干差別。但是這些差別並不是人格上的差別，也絕對不是為了差別而差別；主要是使臺灣人成為『日本良民』的一種手段而已，所以這種『差別待遇』之中自然包含了國家的愛與誠。」這樣的空話可以搪塞過去。

　　而若是將其視為是一種「新生活運動」，那麼臺灣人原以漢民族生活為主體的文化傳統，是絕對不會劣於大和民族的文化，但是何以臺灣人民還是要被要求重新去學習大和文化的生活模式呢，況且真的與日本人一樣穿日服、說日語、住日式房子以及拜日本

神，臺灣人真能就此而完全擺脫那個歧視臺灣人的「差別待遇」
嗎，答案當然還是否定的。而既然皇民化的本質是如此的荒謬，
那麼當時的臺灣總督府，為何還是要如火如荼的要全體臺灣民眾
去配合實施呢，其實說穿了，他們的目的，也不過是期望藉此而
麻痺臺灣民眾的抵抗意識，從而得以確實地與對岸的中國劃清界
線，最終好讓日本軍部對臺灣的人力、物力，能夠順利而徹底的
榨取。

　　當然處在這個時期的臺籍作家，可以說是面臨臺灣有史以來
最艱困的創作環境，他們大部份的人雖然都能夠看出皇民化運動
荒謬的本質，以及臺灣總督府推行此運動的真正目的，但是他們
卻被迫必須在國家意識與民族意識中間去做抉擇。顯然大部份的
臺籍作家還是選擇站在自己民族的立場，但是迫於戰時日軍軍部
的氣燄，以及臺灣總督府情報課無時無刻的監控，他們大多只好
低調以對。然而在那非常的戰爭時期，作家恐怕連保持沈默的自由
都沒有，因此就有像王昶雄，創作出表象上是呼應皇民化運動的皇
民文學，而實質上，則是運用高超的文學寫作技巧，將臺灣人被
迫皇民化的苦悶心聲，隱藏在字裏行間，期待讀者用心去體會。
另有如陳火泉，雖在臺灣總督府的公家機構服務，卻備受日人同
事的歧視，以及為差別待遇所苦，於是也想透過文學來表態，一
方面將臺灣人欲藉由獲得皇民的認證，以換取精神上與物質上平等
對待的心聲傳達出來，另一方面也透露出不論臺灣人如何努力要獲
得皇民認證，都遭到日本人否定的事實。當然他在論述追求皇民化
過程的描述時，相對的，是很容易被視為是為皇民化運動宣傳的皇
民文學代表作品。

　　而上述這兩位作家的文學創作，雖然都有皇民文學之嫌，但若由其文章內容作細部的解構，則實在有見人見智的認定，不是那麼容易可以拍板而定出所有人都能接受的結論。至於吳濁流及楊逵在這時期的文學呈現，則可以說是將皇民化運動本質上的荒謬，毫不容情地揭露出來。只是楊逵所採取的是較為委婉的方式，將其反抗意識隱藏在情節內容當中，藉此而通過總督府的層層檢查，並獲得刊登的機會，而這大概也就是鍾肇政為何會將楊逵的文學歸於「自覺型」的原因之一吧。而吳濁流的表現方式，則是直指其非，將臺灣總督府推行皇民化運動最深刻的矛盾，直接透過小說的情節傳達出來。所以雖然鍾肇政以「別格」，即「無以名之」來歸結他這時期的文學創作，但這類作品，實在與反皇民文學的文學類型無異，故筆者在此將楊逵與吳濁流均歸入為反皇民文學的作家，相信詳讀他們作品的讀者，是不會有任何的疑義的。

　　最後當然我們還是不能忽略當時仍有一部份的作家，雖然他們也已經看出此運動荒謬的本質，但是在強烈的國家意識主導之下，他們最終還是選擇對其視而不見，而去創作出完全配合戰爭時局總督府所推行的一切政務宣傳之作品。這類的作品，大概就是鍾肇政所定位的「盲目型」作家的創作，而這應可以以周金波的作品為代表。然而筆者認為周金波的文學創作，實際上並不「盲目」，因為他是日據時代真正能夠完全認同日本殖民統治的臺灣作家，如果說得更明白一點，他的國家意識基本上是與日本人無異，所以他不必像其他的臺灣作家一樣，下筆時仍存在著國家意識與民族意識的衝突。而純粹以日人的視角縱觀全局，故而他是完全

清楚他文學創作是為配合戰局宣傳的目的，因此將他歸為皇民文學的代表作家，絕不為過。

　　然而筆者絕對沒有任何要去批判或去指責作家或皇民文學的意思，畢竟在那戰爭的非常時期裏，人性遭受扭曲的並不限於這些作家們，因此筆者完全認同鍾肇政對於皇民文學應採取較寬容態度的如下呼籲：「我對於所謂的皇民文學，採取的是比較寬的尺度來看，因為一方面日本人有這樣的壓力，日本人給臺灣民眾──包含作家在內，有一個很沈重的壓力，在那種狀況下不得不寫一些也許是違心之論也說不定。在違心的狀況下寫下來的東西，我們今天再拿一種比較嚴苛的眼光來看，是不是很公平呢？」而至於筆者以「皇民文學與反皇民文學」為書名，只是冀望藉由此文，將一直以來臺灣文壇中，具有皇民文學爭議的作家及作品，舉出來作一個釐清，以避免人云亦云，最終陷入三人成虎的窘境。當然筆者才力有限，研究所得的結論，也僅是筆者之淺見，有所遺漏或觀點謬誤的地方，還仍需就教於臺灣文學先輩及一般讀者大眾。

參考書目 [1]

一、【本論文主要論述文本】

王昶雄著，《阮若打開心內的門窗》，臺北：前衛出版社，1998 年。

庄司總一，《陳夫人》，臺北：文英堂出版社，1999 年。

吳濁流著，《吳濁流選集（小說卷）》，臺北：廣鴻文出版社，1966 年。

吳濁流著，《泥濘》臺北：林白出版社，1971 年。

吳濁流著，《無花果》，臺北：前衛出版社，1988 年。

吳濁流著、張良澤編，《亞細亞的孤兒》，臺北：遠景出版社，1970 年。

吳濁流著、張良澤編，《吳濁流作品集 1-6》，臺北：遠行出版社，1977 年。

吳濁流著、鍾肇政譯，《臺灣連翹》，臺北：南方出版社，1987 年。

周金波著，《周金波集》，臺北：前衛出版社，2002 年。

林瑞明著，《楊逵畫像》，臺北：筆架山出版社，1978 年。

林瑞明著，《臺灣文學的歷史考察》，臺北：允晨出版社，1996 年。

張良澤編，《鵝媽媽出嫁》，臺北：香草山出版社，1976 年。

許俊雅編，《王昶雄全集》，臺北縣：臺北縣文化局出版，2002 年。

陳少廷，《臺灣新文學運動簡史》，臺北：聯經出版社，1977 年。

陳芳明編，《楊逵的文學生涯》，臺北：前衛出版社，1988 年。

黃英哲編、凃翠花譯，《臺灣文學研究在日本》，臺北：前衛出版社，
　　1994 年。

楊素絹主編，《壓不扁的玫瑰花——楊逵的人與作品》，臺北：輝煌出版
　　社，1976 年。

---

[1] 在分類內按筆劃依序排列

楊逵著，《羊頭集》，臺北：輝煌出版社，1976年。

楊逵著，《鵝媽媽出嫁》，臺北：前衛出版社，1985年。

楊逵著，《綠島家書》，臺中：晨星出版社，1987年。

楊逵著，《楊逵集》，臺北：前衛出版社，1991年。

楊逵著、彭小妍主編，《楊逵全集・1-14卷》，臺北：國立文化資產保存研究中心籌備處出版，1998年。

葉石濤著，《臺灣文學史綱》，高雄：文學界雜誌社，1979年。

鍾肇政、葉石濤主編，《光復前臺灣文學全集1-8卷》，臺北：遠景出版社，1979年。

鍾肇政著、莊紫蓉編，《臺灣文學十講》，臺北：前衛出版社，2000年。

二、【專著】

井手勇著，《決戰時期臺灣的日人作家與皇民文學》，臺南：臺南市立圖書館，2001年。

王曉波著《被顛倒的臺灣歷史》，臺北：帕米爾出版社，1986年。

王曉波編《臺胞抗日文獻選編》，臺北：帕米爾出版社，1985年。

王曉波編，《臺灣的殖民地傷痕》，臺北：帕米爾出版社，1985年。

矢內原忠雄著、周憲文譯，《日本帝國主義下之臺灣》，臺北：帕米爾出版社，1985年。

呂正惠著，《殖民地的傷痕——臺灣文學問題》，臺北：人間出版社，2002年。

尾崎秀樹，《舊殖民地文學的研究》，臺北：人間出版社，2004年。

周婉窈，《海行兮的年代——日本殖民統治末期臺灣史論集》，臺北：允晨出版社，2003年。

陳映真著，《孤兒的歷史・歷史的孤兒》，臺北：遠景出版社，1984年。

彭瑞金著，《臺灣新文學運動40年》，臺北：自立晚報社出版，1991年。

彭瑞金著，《臺灣文學的探索》，臺北：前衛出版社，1995年。

葉石濤著，《文學回憶錄》，臺北：遠景出版社，1983年。

葉石濤著，《沒有土地，哪有文學》，臺北：遠景出版社，1985年。

葉石濤著，《臺灣文學的悲情》，高雄：派色文化出版社，1990年。

葉石濤著，《臺灣文學的困境》，高雄：派色文化出版社，1992年。

葉石濤著，《府城瑣憶》，高雄：派色文化出版社，1996年。

葉榮鐘著、李南衡編，《臺灣人物群像》，臺北：帕米爾出版社，1985年。

劉珈盈執行編輯，《皇民文學論戰：1937-1945》，臺北：少年臺灣雜誌
　　出版，2004年。

聯合報編輯部編《寶刀集——光復前臺灣作家作品集》臺北：聯經出版社
　　（1981年。

三、【博、碩士學位論文】

王郁雯著，《臺灣作家的「皇民文學」（認同文學）之探討：以陳火泉、
　　周金波的小說為研究中心》，中國文化大學日本語文學研究所碩士論
　　文，1999年。

王敬翔著，《日本統治期臺灣「皇民文學」之考察：以決戰時期文學為中
　　心》，中國文化大學日本語文學研究所碩士論文，2005年。

吳素芬著，《楊逵及其小說作品研究》，國立臺南大學教育學院經營與理
　　研究所國語文教學碩士班碩士論文，2005年5月。

姚蔓嬪著，《王昶雄小說研究》，國立師範大學國文研究所碩士論文，
　　2002年。

柳書琴著，《戰爭與文壇——日據末期臺灣的文學活動》，國立臺灣大學
　　歷史研究所碩士論文，1994年。

陳明娟著，《日治時期文學作品所呈現的臺灣社會：賴和、楊逵、吳濁流
　　的作品分析》，東吳大學社會學研究所碩士論文，1990年。

曾巧雲著，《未完成進行式：戰前、戰後的皇民文學論爭／述》，國立成
　　功大學臺灣文學研究所碩士論文，2005年。

黃宗彬著，《臺灣日治時期文學作品研究：庄司總一之陳夫人》，中國文
　　化大學日本語文學研究所碩士論文，1999 年。

鄭美蓉著，《七〇年代以後的臺灣皇民文學論述評介》，私立真理大學臺
　　灣文學系學士論文，2001 年。

賴婉玲著，《皇民文學論爭研究》，國立中央大學中國文學研究所碩士論
　　文，2007 年。

四、【期刊論文】

王郁雯著，〈真摯與孤獨──周金波小說中的現代日本與臺灣鄉土〉，
　　《國際文化研究：真理大學通識教育學報》，2005 年。

林瑞明著〈騷動的靈魂──決戰時期的臺灣作家與皇民文學〉，《臺灣
　　文學的歷史考察》，臺北：允晨出版社，1996 年。

陳芳明著，〈皇民化運動下的四〇年代文學〉，《聯合文學》第十六卷第
　　七期，2000 年。

王昶雄著，〈老兵過河記〉，《臺灣文藝》第七六期，1982 年 5 月。

張恒豪著，〈反殖民的浪花──王昶雄及其代表作「奔流」〉，《暖流》
　　第二卷第二期，1982 年 8 月。

陳火泉著，〈被壓迫靈魂的昇華〉，《抗戰時期文學回憶錄》，1987 年
　　7 月。

張恒豪著，〈〈奔流〉與〈道〉的比較〉，《文學臺灣》第四期，1992
　　年 9 月。

羊子喬著，〈歷史的悲劇‧認同的盲點──讀周金波〈水癌〉、〈『尺』
　　的誕生〉有感〉，《臺灣文學》第八期，1993 年 10 月。

鄭清文著，〈最後一滴墨水──悼念陳火泉先生〉，《文訊》第一六五期，
　　1999 年 7 月。

錢鴻鈞著，〈論陳火泉、鍾肇政的戰後文學歷程〉，《臺灣文學評論》第
　　二卷第一期，2002 年 1 月。

王學玲著，〈日據時期「皇民論述」的身份認同策略──以陳火泉〈道〉為主的討論〉，《中外文學》第三十卷第十期，2002 年 3 月。

劉紀蕙著，〈從「不同」到「同一」：臺灣皇民主體「心」的改造〉，《臺灣文學學報》第五期，2004 年 6 月。

星名宏修著、莫素微譯，〈「血液」的政治學──閱讀臺灣「皇民化時期文學」〉，《臺灣文學學報》第六期，2005 年 2 月。

五、【報紙】

鍾肇政著，〈日據時期臺灣文學的盲點──對「皇民文學」的 一個考察〉，《聯合報》第十二版，1979 年 6 月 1 日。

鍾肇政著，〈問題小說〈道〉及作者陳火泉〉，《民眾日報》副刊第十二版，1979 年 7 月 1 日。

陳火泉著，〈從日文到國文──寫到天荒地老〉，《民眾日報》第十二版，1979 年 7 月 1 日。

陳火泉著，〈關於「道」這篇小說〉，《民眾日報》副刊第十二版，1979 年 7 月 7 日。

陳火泉著，〈道〉，《民眾日報》副刊第十二版連載 1-41 回，1979 年 7 月 7 日-8 月 16 日。

六、【網路資料】

臺灣歷史人物之鐵血詩人吳濁流先生
　　網址：ww.fgu.edu.tw/~wclrc/drafts/Taiwan/xu-rul-cheng/xu-rul-cheng_01.htm

紀實與虛構：吳濁流、鍾理和的中國之旅與原鄉認同
　　網址：www.ntpu.edu.tw/dcll/paper/003/02.pdf

吳濁流藝文館

　　網址：www1.mlc.gov.tw/read/html/a/7/bin-sw/index.htm

從缺憾中試探吳濁流的烈性與深情

　　網址：www.fgu.edu.tw/~wclrc/drafts/Taiwan/huang/huang-05.htm

「皇民化運動」波濤裏臺灣作家的苦悶與國族身份認同問題

　　網址：www.srcs.nctu.edu.tw/joyceliu/TaiwanLit/online_papers/37_45.html

不同到同一

　　網址：www.srcs.nctu.edu.tw/joyceliu/mworks/difference2003.htm

差異／交混、對話／對譯

　　網址：www.litphil.sinica.edu.tw/publish/PDF/Bulleton/28/28-81-119.pdf

名家論王昶雄為人

　　網址：www.au.edu.tw/ox_view/edu/taiwan/meeting/g_4_3.htm

陳火泉〈道〉

　　網址：www.srcs.nctu.edu.tw/joyceliu/TaiwanLit/online_papers/ref1.html

日據時期「皇民論述」的身份認同策略

　　網址：www.srcs.nctu.edu.tw/joyceliu/cdr/TaiwanLit/students/日據時
　　期.htm

人間網

　　網址：www.ren-jian.com/index.asp?act=ViewEachArticle&ArticleID=1805

臺灣文學界一株壓不扁的玫瑰楊逵

　　網址：www.sh2es.tnc.edu.tw/~young/index.html

浮生六記生平簡介

　　網址：www.sh2es.tnc.edu.tw/~young/1-1.html

壓不扁的玫瑰楊逵

　　網址：www.ohmygod.org.tw/goodtohaveyou/good017.htm

楊逵簡介

　　網址：www.wusanlien.org.tw/02awards/02winners06_b01.htm

從事運動的文學家楊逵

　　網址：www.fic.org.tw/books/eb/41013.htm

楊逵的〈公學校〉

　　網址：www.scu.edu.tw/foreign/symposium/paper/20030306-6.pdf

楊逵

　　網址：www.fg.tp.edu.tw/~m923525/ht18.htm

論楊逵的小說藝術

　　網址：www.ren-jian.com/index.asp?act=ViewEachArticle&ArticleID=1819

國家圖書館出版品預行編目

皇民文學與反皇民文學之研究 / 褚昱志著. --
一版. -- 臺北市 ： 秀威資訊科技, 2009.04
面 ； 公分. -- (語言文學類 ；PG0245)
BOD 版
參考書目:面
ISBN 978-986-221-203-5 (平裝)

1. 臺灣文學　2.文學評論

863.07　　　　　　　　　　　　98004633

語言文學類　PG0245

皇民文學與反皇民文學之研究

作　　者 / 褚昱志
發 行 人 / 宋政坤
執行編輯 / 林世玲
圖文排版 / 姚宜婷
封面設計 / 蕭玉蘋
數位轉譯 / 徐真玉　沈裕閔
圖書銷售 / 林怡君
法律顧問 / 毛國樑　律師
出版印製 / 秀威資訊科技股份有限公司
　　　　　臺北市內湖區瑞光路 583 巷 25 號 1 樓
　　　　　電話：02-2657-9211　　　　傳真：02-2657-9106
　　　　　E-mail：service@showwe.com.tw
經 銷 商 / 紅螞蟻圖書有限公司
　　　　　臺北市內湖區舊宗路二段 121 巷 28、32 號 4 樓
　　　　　電話：02-2795-3656　　　　傳真：02-2795-4100
　　　　　http://www.e-redant.com

2009 年 4 月 BOD 一版
定價：280 元

讀 者 回 函 卡

感謝您購買本書，為提升服務品質，煩請填寫以下問卷，收到您的寶貴意見後，我們會仔細收藏記錄並回贈紀念品，謝謝！

1.您購買的書名：＿＿＿＿＿＿＿＿＿＿＿＿＿＿＿＿

2.您從何得知本書的消息？

　　□網路書店　□部落格　□資料庫搜尋　□書訊　□電子報　□書店
　　□平面媒體　□ 朋友推薦　□網站推薦 □其他＿＿＿＿＿＿

3.您對本書的評價：(請填代號　1.非常滿意 2.滿意 3.尚可 4.再改進)

　　封面設計＿＿　版面編排＿＿　內容＿＿　文/譯筆＿＿　價格＿＿

4.讀完書後您覺得：

　　□很有收獲　□有收獲　□收獲不多　□沒收獲

5.您會推薦本書給朋友嗎？

　　□會　□不會，為什麼？＿＿＿＿＿＿＿＿＿＿＿＿＿＿＿

6.其他寶貴的意見：＿＿＿＿＿＿＿＿＿＿＿＿＿＿＿＿＿
　　＿＿＿＿＿＿＿＿＿＿＿＿＿＿＿＿＿＿＿＿＿＿＿＿
　　＿＿＿＿＿＿＿＿＿＿＿＿＿＿＿＿＿＿＿＿＿＿＿＿
　　＿＿＿＿＿＿＿＿＿＿＿＿＿＿＿＿＿＿＿＿＿＿＿＿

讀者基本資料

姓名：＿＿＿＿＿＿＿＿＿　年齡：＿＿＿＿　性別：□女 □男

聯絡電話：＿＿＿＿＿＿＿　E-mail：＿＿＿＿＿＿＿＿

地址：＿＿＿＿＿＿＿＿＿＿＿＿＿＿＿＿＿＿＿＿＿＿

學歷：□高中(含)以下　　□高中　　□專科學校　　□大學
　　　□研究所(含)以上 □其他＿＿＿＿＿＿＿

職業：□製造業 □金融業 □資訊業 □軍警 □傳播業 □自由業
　　　□服務業 □公務員 □教職　□學生 □其他＿＿＿＿＿

秀威與 BOD

BOD（Books On Demand）是數位出版的大趨勢，秀威資訊率先運用 POD 數位印刷設備來生產書籍，並提供作者全程數位出版服務，致使書籍產銷零庫存，知識傳承不絕版，目前已開闢以下書系：

一、BOD 學術著作—專業論述的閱讀延伸
二、BOD 個人著作—分享生命的心路歷程
三、BOD 旅遊著作—個人深度旅遊文學創作
四、BOD 大陸學者—大陸專業學者學術出版
五、POD 獨家經銷—數位產製的代發行書籍

BOD 秀威網路書店：www.showwe.com.tw
政府出版品網路書店：www.govbooks.com.tw

　　　永不絕版的故事・自己寫・永不休止的音符・自己唱